Blanche
et le vampire de Paris

Blanche
1874 vampire de Paris

Hervé Jubert

Blanche
et le vampire de Paris

wiz
Albin Michel

Prélude

Le vieillard en manteau long et à la toque en peau de castor s'arrêta au pied de la tour de la Boucherie. Il observa les bourgeoises, les ménagères, les ouvrières et autres demoiselles de Paris Emmitouflées et pressées. Aux yeux verts, bleus et marron, mais aucun de l'éclat de ceux qu'il cherchait.

L'homme prit la direction des Grands Boulevards. Arrivé à l'Opéra-Comique, il fit demi-tour pour se laisser rejeter sur l'avenue dont le point de fuite était le Louvre. Il salua une promeneuse au chapeau nacarat. En voyant ce Scapin décrépit lui adresser un signe de tête, l'élégante fit la bouche en cul-de-poule.

Le vieillard passa sous le guichet du Louvre, longea les ruines du palais des Tuileries toujours pas déblayées, remonta la Seine en direction de la Samaritaine. Pas la pompe qu'il avait connue enfant, démontée depuis belle lurette, mais le grand magasin.

Il écumait ces terrains de chasse comme le Bon-Marché, la Belle-Jardinière ou les Magasins du Louvre depuis près de deux ans, depuis la fin des événements, depuis que les choses étaient rentrées dans l'ordre. Sans doute les employés, à voir traîner ce vieux rabougri dans des espaces *a priori* réservés à la gent féminine, le prenaient-ils pour un pervers. Alors que la pureté, l'amour le plus noble l'avaient toujours guidé. Mais cela, aucun de ces commis aux cols talqués n'était censé le savoir.

Le vieil homme changea d'avis au dernier moment. Il délaissa le temple de la consommation pour s'engager sur le Pont-Neuf. Il acheta un cure-dent en os de rat à un marchand ambulant et s'adossa au socle soutenant ce cher Henri IV. À l'ombre du Vert Galant, il scruta les femmes, qui vers la rive droite, qui vers la gauche, empruntaient le plus vieux pont de Paris. Il faisait froid, un froid de gueux à donner l'onglée. Mais le promeneur avait chaud. Son cœur était une braise palpitante.

Tout en se curant les gencives, il eut une pensée émue pour ces monarques asiatiques qui, dans leur sublime grandeur, jouaient autrefois leurs favorites aux échecs : « Le grand roi Kosroës perdit sur une case la rose d'Ispahan, la perle du Caucase. La belle Dilara, sérénité du cœur qu'un mat livra soumise au pouvoir du vainqueur. »

Le vieux planta son cure-dent dans le revers de son manteau et jeta un coup d'œil à une blanchisseuse qui se hâtait vers le nord. Tout devint flou hormis ce profil clair comme le trait d'une gravure à l'acier. Le vieillard, le souffle court, se mit à suivre la blanchisseuse à dix mètres de distance.

C'est elle, pensait-il. *C'est elle. Je ne suis pas en train de rêver.*

La blanchisseuse atteignit le boulevard de Sébastopol. Elle risquait à tout moment de bifurquer vers les Halles ou le Temple. S'il ne l'abordait pas maintenant, il la perdrait. Mais comment l'aborder ?

Heureusement, il avait anticipé cet instant de longue date.

Il sortit de son manteau une enveloppe ficelée avec une faveur rose. Un gamin attendait, les mains dans les poches, que la Providence lui fasse gagner quelque picaillon. Il arrondit les yeux en voyant les cinq francs que le géronte lui offrait pour simplement remettre ceci à la blanchisseuse, là-bas, qui s'éloignait.

Le gamin courut après la belle et lui remit la missive. Il débutait dans les affaires d'amour, et il n'avait pas forcément la tête à ça. Mais il se dit que cette brunette était réellement charmante. La beauté le gratifia d'un sourire angélique.

Caché derrière une fontaine, le vieillard vit sa reine décacheter l'enveloppe, déplier la lettre, en parcourir les lignes – la lisait-elle vraiment ? –, regarder alentour avec un air étonné, ranger la lettre dans l'enveloppe, l'enveloppe dans son corsage et s'engager dans une rue pour disparaître à sa vue.

Acte I

Scène 1

– Oui.

Alphonse Petit s'était exprimé d'une voix étranglée mais les yeux rivés à ceux du maire du Ier arrondissement. Blanche, dans sa robe couleur lilas, prit la main du jeune homme dans la sienne et regarda derrière elle pour recevoir ce qu'elle pouvait de l'assistance en ce moment historique, alors que l'officier municipal déclinait son état civil sur un ton grandiloquent. Par Dieu ! N'était-elle pas une princesse aujourd'hui ? Et son bientôt mari prince ?

L'oncle Gaston, vêtu d'une magnifique redingote outremer, lui adressa un regard complice. Émilienne, à gauche du policier, charmante dans cette robe de soie mauve, avait les yeux humides. Blanche lui tira très discrètement la langue. Hé ouais ! C'était elle qui se mariait la première ! Rien ne servait de courir...

Côté témoins d'Alphonse – qui ne s'en remettait pas d'avoir dit oui et contemplait la fresque peinte derrière le maire avec une mine béate –, l'ambiance était plus sérieuse. Le père Martin, éclusier du canal de la Bastille et seule famille du mari, se tenait raide comme une sentinelle. Arthur Léo, binôme du grand Gaston, se dandinait d'un pied sur l'autre.

11

Les cérémonies le mettaient mal à l'aise, mais il était content d'être là au vu du sourire qu'il renvoya à Blanche.

Quant aux autres personnes rassemblées dans la salle des mariages... La maman d'Émilienne, concierge du 17, rue Neuve-des-Petits-Champs, tamponnait ses yeux en reniflant bruyamment. Robert, le père de Blanche, tapotait affectueusement le bras de sa vieille maman qui dormait debout. Berthe était lumineuse. Quant à Madeleine, elle faisait sa tête d'enterrement des grands jours. Le regard de Blanche glissa sur elle, d'autant que le maire venait de lui poser la question fatale.

Blanche inspira profondément. Elle repensa à ces deux années durant lesquelles sa mère avait tenté de la faire changer d'avis. À ses rendez-vous discrets avec son amour d'ingénieur. Au chemin qu'ils avaient déjà parcouru. Blanche avait accepté d'attendre jusqu'au jour de ses vingt ans. Ce jour était venu. Tant pis pour sa mère. Elle serra la main d'Alphonse et lança avec force :

– Oui !

– Par les droits qui me sont conférés, je vous déclare mari et femme.

S'il avait eu un marteau à portée de main, M. le maire s'en serait servi à la manière des commissaires-priseurs des salles de ventes pour adjuger cette union à la trinité républicaine.

On applaudit. Gaston Loiseau rugit. Arthur Léo siffla avec les doigts. À eux deux, ils couvrirent les gémissements de Madeleine qui se sentait mal. Blanche s'en fichait. Elle s'était jetée dans les bras de son homme et elle pensait seulement qu'il la serrait fort contre lui : pour le meilleur et pour le pire. Certes. Mais ensemble.

Le goûter, hétéroclite, serait la cause de maints maux d'estomac. Mais la bonne Jeanne avait voulu faire plaisir aux mariés. Aussi avait-elle préparé des mirlitons (pâtisseries préférées de Blanche), des bavaroises (pâtisseries préférées d'Alphonse) et du lait d'amandes au tapioca (péché mignon de Blanche et d'Alphonse).

Blanche avait décidé d'épouser un ingénieur des Ponts et Chaussées, un orphelin dont le train de vie ne leur permettrait pas d'avoir de domestique. Cela s'était fait un mercredi, sans passer par l'église. Et sans raout. Même les habituées du lundi de Madeleine Paichain n'avaient pas été invitées.

— Un très petit comité, avait exigé Blanche, glaciale. Ou on vous enverra un faire-part.

Madeleine se laissa tomber plus qu'elle ne s'assit dans le rocking-chair. Gaston la neutralisa en lui faisant avaler quelques dés à coudre de sa liqueur de Mexico. Le cordial fit son effet. Son monde gris s'anima de couleurs et de lumière.

Alphonse est un gentil garçon, se surprit-elle à penser en observant son gendre. Alphonse qui riait en s'échinant sur une bouteille de champagne. Quant au père Martin... Un numéro, celui-là ! Il lui avait tenu un discours sur ses philodendrons avant d'en essuyer les feuilles avec une grande douceur. Et notre Berthe, qu'est-ce qu'elle avait grandi ! Elle faisait le service avec empressement. Ne manquait que l'aînée, Bernadette, alitée pour cause de grossesse difficile. Quant à Gaston, comme à son habitude, il matamorait.

Et puis, se rappela Madeleine, ce 8 janvier est non seulement le jour du mariage de Blanche mais aussi celui de son anniversaire.

Elle se leva pour se rendre dans la cuisine, en catimini.

Qu'elle se soit mariée dans l'heure précédente ne changeait rien pour Blanche qui essayait de faire parler son oncle et Léo sur leurs affaires en cours. Gaston restait sourd à ses questions. En bonne fournaise, il prenait sa nièce dans ses bras pour l'écraser contre son poitrail puissant en adressant des avertissements au mari qui acquiesçait comme un automate. Ce travail de pressoir aurait pu durer longtemps si Léo ne s'était chargé d'éclairer la lanterne de l'enquêtrice en jupons.

– Le feuilleton du moment s'intitule *Les Compagnons de la Casquette noire*, lâcha-t-il sur le ton de la confidence.

– *Les Compagnons de la Casquette noire* ? répéta Blanche, écarquillant les yeux.

Gaston arracha la bouteille des mains d'Alphonse et l'ouvrit d'une torsion du poignet tout en expliquant :

– On ne les connaissait que par ouï-dire jusqu'à ce qu'on tombe sur une casquette de velours noir lors d'une perquisition chez un fonctionnaire de la Monnaie. Une bête histoire de vol de montres et de fournitures nous a amenés chez le gugusse qui a lâché le morceau sans qu'on lui demande rien. Le gang compterait quatorze personnes.

– Qui se sont rendues coupables de quoi ? voulut savoir Alphonse.

– Vol à la tire, à la carre, au poivrier, chantage, assassinats. On a déjà deux crimes à leur coller sur le dos. Celui d'un employé du ministère des Finances dont le corps a été retrouvé au barrage de Bezons...

– ... et celui d'un cocher tué à coups de couteau aux Buttes-Chaumont, compléta Léo.

– Diantre, murmura Alphonse.

– Au fait, Émilienne ne se joint pas à nous ? s'enquit Gaston, sautant du coq à l'âne.

– Il fallait qu'elle rentre vite chez elle. Elle ne pouvait se libérer qu'une heure ou deux. Elle a l'air assez prise par son travail, lui apprit Blanche.

– Et son travail, c'est quoi ?

– Joyeux anniversaire ! brailla Madeleine en sortant de la cuisine.

Elle portait un plat dans lequel flottait un baba au rhum servant de socle à vingt bougies aux flammes bien vives. Elle passa sous le nez d'Alphonse et se planta face à sa fille qui l'observa, circonspecte.

– On avait dit qu'on ne fêterait pas mon anniversaire aujourd'hui, lâcha Blanche, le front baissé.

Une bougie, suivant la pente du baba, glissait vers la mare d'alcool qui baignait le fond du plat.

– Tu as décidé de te marier et je te souhaite tout le bonheur du monde, résuma Madeleine sans une once de chaleur. Mais ce jour est avant tout celui où tu es née. Aussi, souffle-moi ces bougies. Tu feras plaisir à ta mère.

Blanche ne réagissait pas. Gaston allait souffler les bougies à la place de sa nièce lorsque la bougie nomade atteignit le fond du plat. Une torchère bleue s'alluma entre les mains de Madeleine qui hurla :

– Mon baba est en feu !!!

Gaston s'empara de la machine infernale pendant que Léo réceptionnait Madeleine se pâmant pour de bon cette fois. Le baba fut jeté dans l'évier et aspergé. Lorsque Gaston revint dans le salon, il se pencha sur sa sœur évanouie dans le rocking-chair, lui agita les poignets, lui tapota les joues, lui pinça le bout du nez.

– Elle est vraiment dans les pommes, conclut-il en se relevant.

Dans le salon flottaient d'étourdissantes vapeurs antillaises.

– On pourrait la laisser là et continuer cette petite fête ailleurs, proposa Robert, torve.

– Ce ne serait pas très correct, essaya Gaston sans conviction.

On fit salon sur des poufs autour de l'évanouie. Gaston fouilla sa redingote et présenta un étui à Blanche.

– Puisqu'elle a ouvert le feu... Je comptais te le donner plus tard. Joyeux anniversaire, ma bichette.

Blanche ouvrit l'étui, en sortit une médaille.

– Une médaille de commissaire ? À mon nom ?

– Comme tu ne portes plus ta médaille d'inspectrice, j'ai supposé que tu l'avais perdue. Je profite de ton nouveau statut pour t'offrir une promotion.

Blanche déposa un baiser léger sur le front de son oncle. Un fin observateur aurait pu voir les moustaches du policier friser. Mais c'était au tour d'Arthur Léo d'avoir la vedette. Il tendit un livre à Blanche.

– *L'Homme-femme* de Dumas fils...

– J'en recommande la lecture à toute demoiselle qui vient de dire oui.

Blanche remercia l'inspecteur d'une révérence.

– À mon tour, lança Alphonse, pas trop fort pour ne pas réveiller sa belle-mère.

Il se leva, prit la main gauche de Blanche et glissa à son majeur un anneau d'argent doré. Blanche contempla sa main, se pencha vers son mari.

– Ce n'est pas fini, l'arrêta-t-il.

Alphonse remit à Blanche un second anneau et montra sa main gauche à lui.

– Vous savez que la loi n'oblige pas le mari à porter l'anneau, remarqua Gaston, paterne.

– Je sais, monsieur le commissaire. Je sais.

Blanche glissa la preuve de mariage au doigt d'Alphonse. Elle le remercia d'un baiser pour cette belle égalité aux yeux des autres.

– Hum, fit Berthe. Moi aussi j'ai un cadeau.

Le paquet, fait avec soin, renfermait un deuxième paquet puis un troisième qui suscitèrent des murmures d'impatience. Finalement, une poupée apparut. À tête de porcelaine. Et avec une crinoline de chiffons comme on en portait vingt ans plus tôt.

– Sophie ? reconnut Blanche. Tu as retrouvé ma Sophie ! Mais elle était où ?

– À Saint-Cénéri. Dans une vieille malle. Maman m'a aidée pour les coutures. Elle perdait son crin par les articulations.

– Merci, ma Berthe !

Les sœurs s'étreignirent. C'était au tour de Robert d'entrer en scène.

– Mon cher Alphonse. Je pense, hum, qu'il est temps de montrer votre nid d'amour à ma fille votre désormais épouse. Hum.

– Je le pense aussi, beau-papa.

Blanche et Alphonse avaient à peine parlé de leur futur logement. Elle savait qu'Alphonse n'avait aucun pécule – « un garçon sans sou ni maille », répétait sa mère en levant les yeux au ciel. Et il était plus ou moins prévu qu'ils cherchent, une fois mariés, un appartement à louer. Mais il faudrait au moins une semaine pour le dénicher et autant pour le meubler. Et l'idée de dormir encore aux Petits-Champs, même si elle y avait vécu presque toute sa vie, n'enchantait pas vraiment Blanche. Elle n'avait pas besoin de lire Dumas fils pour savoir avec qui elle voulait partager ses jours et ses nuits.

– Mais pour cela, il faudrait réveiller Madeleine, prévint Robert.

Gaston se donna deux claques sur les genoux, se leva et décréta :

– On m'attend à la Préfecture. Des rapports à rédiger. Des malfrats à appréhender. La paix civile à préserver...

– Les Casquettes noires, résuma Léo.

Le père Martin suivit le mouvement. Les trois hommes embrassèrent les mariés et prirent congé. Robert, une fois la porte refermée, les pouces dans les poches de son gilet, lança à l'adresse de Berthe :

– Tu veux venir voir où Blanche et Alphonse vont habiter ?

La cadette hocha vigoureusement la tête.

– Jeanne. Faites mander un fiacre. Et apportez-moi les sels, que je réveille madame.

La voiture les déposa devant le 30 de la rue des Saints-Pères, à un numéro seulement de l'École des ponts et chaussées. Blanche fixait Alphonse avec insistance. Mais le jeune homme ne disait rien. Madeleine, pelotonnée contre son mari, ressemblait à une somnambule. Robert pesa de l'épaule sur la porte cochère alors que Blanche déchiffrait l'enseigne de la boutique à gauche : Deburon et Gallais, fabricants de chocolats hygiéniques. Une librairie flambant neuve occupait le côté droit du porche.

– Les Paichain, grogna le concierge en les voyant apparaître. Je ne vous attendais pas si tôt.

La tribu Petit-Paichain pénétra dans l'immeuble à la queue leu leu, et chacun de serrer la main de l'homme bâti sur le modèle d'Héphaïstos : pattes courtes, bras velus, tignasse rousse rebelle au peigne, bougon.

– Vous connaissez mon gendre, Alphonse Petit. Voici ma fille, Blanche. Blanche, je te présente Isidore.

– Madame. (Isidore remit un trousseau de clés à Robert qui le transmit derechef à Alphonse.) Vous connaissez le chemin.

Et il regagna sa loge.

Robert Paichain eut une mine comique pour excuser le comportement du concierge. Mais Alphonse traversait déjà la cour ornée d'un platane déplumé par l'hiver. Il prit à droite, grimpa une volée de marches, s'arrêta face à une porte massive. Il fit tourner la plus grosse clé dans la serrure et s'effaça pour inviter Blanche à pénétrer dans l'appartement. Robert ferma la porte derrière Madeleine qui tenait Berthe par la main. À moins que ce ne soit le contraire.

– Forcément, ça aura besoin d'un bon coup de peinture pour le nettoyage de printemps, lança Robert, reprenant les rênes de la visite. Le précédent locataire était un vieux garçon, un opticien à la retraite, pas du genre à se soucier de son confort personnel. Par ici.

Robert s'engagea dans un couloir qui serpentait sur la droite puis la gauche. Il ouvrit une première porte côté cour et présenta :

– La chambre !

Un lit en acajou avec ses étages d'édredons et sa courte-pointe trônait au centre de la pièce. Blanche n'eut pas le temps d'apprécier la vue sur cour car son père les emmenait dans le couloir à gauche puis à droite. Il leur montra une pièce plus sombre que la première.

– La cuisine !

Joliment tapissée de céramique de Delft, ainsi que la salle d'eau attenante, en quart-de-rond. Couloir à gauche à nouveau, puis à droite, puis à gauche. Madeleine qui s'imaginait encore entre deux mondes eut la désagréable impression de remonter le boyau d'un boa géant. Elle se laissa tomber dans un fauteuil du salon, aussi meublé d'une table ronde, d'un dressoir, d'un canapé, de quatre chaises et d'une salamandre.

Blanche, qui s'était tue depuis qu'ils étaient entrés dans l'appartement, se plaqua les mains sur les joues. Elle se rappelait cet endroit. Mais elle n'avait pas plus de dix ans quand elle était venue ici.

– C'est votre appartement de jeune homme ? lança-t-elle à Robert qui, la bedaine conquérante, savourait son effet.

– C'était, ma fille. C'était.

Robert sortit du salon, arpenta la dernière portion de couloir, pénétra dans la dernière pièce. Madeleine, qui n'avait pas été mise dans la confidence, ne disait rien. Pour cette fois, elle s'en remettait complètement à son mari.

Blanche avança dans l'atelier brillamment éclairé par trois grandes fenêtres. Dans un coin avaient été entreposées des caisses, le trésor emporté de sa chambre dans la journée et surtout de son laboratoire secret sous les combles. Elle les ouvrirait plus tard. Ses yeux coururent sur le meuble à tiroirs qui masquait un pan de mur jusqu'au plafond. Une salamandre ronflait dans un coin, la même que celle du salon. D'emblée, Blanche s'imagina étudiant, inventoriant, notant, échafaudant, environnée de fioles et de traités en pagaille...

– Vous êtes chez vous. Tout est réglé côté notaire. Désormais, cet appartement est à vos deux noms. Certes, il manque une chambre d'enfant. Mais vous y serez bien, tant que votre famille ne s'agrandira pas. Toutefois, je me suis laissé dire qu'il y aurait une ou deux pièces à récupérer derrière cette cloison. (De sa canne, Robert montra le mur sans tiroirs.) Il suffirait de creuser une ouverture, de prolonger le couloir...

Blanche sauta au cou de son père comme elle ne l'avait pas fait depuis longtemps. Berthe l'observait, cachée derrière sa mère.

– Tu viendras dormir ici. On te fera un lit dans ce coin, lui promit Blanche.

Madeleine s'approcha d'une des fenêtres, observa le platane. Elle paraissait plus désincarnée que réelle. Mais elle reprenait du poil de la bête. Elle passa un index sur le rebord de la fenêtre, parut déçue de ne pas en ramener de la poussière.

– Il faudra que tu décides de ton jour de réception, déclara-t-elle.

– Mon jour de réception ?

– Pour inviter tes amies, tes connaissances, les voisines. Faire du point de croix. Parler musique. Avoir une vie sociale !

21

Blanche n'avait qu'Émilienne comme amie et elle s'imaginait mal brodant avec elle devant une salamandre.

– Tu ne portes pas de corset ? constata soudain Madeleine.

– Les corsets sont déconseillés par le corps médical.

– Je te ferai livrer une ceinture Des Vertus. Elle t'aidera à te tenir droite. Regarde-toi. On dirait tante Odette !

– Charmant, grinça Blanche qui, pour le coup, et comme elle était chez elle, envisagea de mettre sa mère à la porte.

Robert prit les devants.

– Laissons nos tourtereaux s'installer. Pour votre repas de ce soir, je vous conseille le café Raimbault. Leur petit salé est au poil. Mais Alphonse doit connaître.

Alphonse connaissait le restaurateur, vu qu'il aurait pu se rendre aux Ponts et Chaussées, où il avait passé ses cinq dernières années, par le toit de son immeuble. Les Petit escortèrent les Paichain le long du couloir serpentin jusqu'au palier. On promit de se revoir bientôt et la porte fut refermée. Blanche et Alphonse, livrés à eux-mêmes, se regardèrent quelques instants avant de se sourire.

Ils revisitèrent l'appartement. Les vêtements de Blanche garnissaient déjà la penderie. Les biens d'Alphonse étaient rangés au carré. Il y avait du bois dans la cuisine, des ustensiles, de la vaisselle. Blanche alla ouvrir ses caisses dans l'atelier pendant qu'Alphonse allumait une flambée dans la chambre. Elle sortit son *Dictionnaire de police* de la paille sèche, en épousseta la reliure de maroquin noir, l'ouvrit sur ses genoux pour le consulter.

– J'espère que tu me feras une petite place, lança l'ingénieur en entrant dans l'atelier. Cette pièce est commune.

– Ah bon ? fit Blanche, candide.

22

– Cette année, il faut que je réalise ma maquette de boule-vard couvert.

– Quel boulevard couvert ?

– Le projet avec Contamine ! Ne fais pas cette tête. Je suis sûr de t'en avoir déjà parlé.

– Bien sûr, lâcha Blanche en tendant le bras vers son homme.

Il se pencha vers elle pour leur premier baiser de couple installé. On frappa à la porte. Alphonse se dépêcha d'aller ouvrir. Il revint avec son beau-père, rouge d'avoir couru.

– J'ai oublié de vous dire, l'appartement est assuré tous risques à la compagnie Paichain. Alors, pas de babas au rhum explosifs, d'élevage de tortues des Galápagos ou je ne sais quoi encore. (Il plaça une bourse en soie verte dans les mains de sa fille.) Et ça, c'est pour vous aider à démarrer. À bientôt !

Il repartit aussi pressé que l'infatigable Pickwick courant après quelque mission philanthropique.

Blanche délaça la bourse et fit couler une trentaine de pièces d'or dans sa paume. C'était, avec cet appartement, la façon pour son père de lui dire qu'il l'aimait. La voix d'Al-phonse qui avait raccompagné leur bienfaiteur lui parvint, lointaine. Depuis la chambre, imagina-t-elle. Il chantait.

Acte I

Scène 2

Ce 1er février, Blanche avait rendez-vous avec Émilienne dans leur ancien café.

L'air était anormalement doux. Aussi prit-elle le temps, en chemin, de s'arrêter pour admirer la ligne du Louvre, la dentelle du pont des Arts, la masse imposante de Notre-Dame, la Monnaie, l'Institut, les Beaux-Arts, les immeubles de la rive gauche... La lumière faisait chatoyer la pierre et les vitres, étinceler les vaguelettes du fleuve vierge de mouches et de barges pour cause de trêve hivernale.

Place des Victoires, Blanche poussa la porte du café de Mathilde et alla droit à la table où Émilienne l'attendait. Les copines s'embrassèrent. La rousse, plus resplendissante que jamais, avait commandé un ballon de vin blanc. Blanche demanda un grog. Elle se sentait transie. La première gorgée d'eau chaude et parfumée mit un terme aux frissons qui faisaient trembler ses épaules. Émilienne contemplait son amie avec un sourire moqueur.

Mme Petit, pensait-elle en l'observant sous toutes les coutures. *Qu'a-t-elle gardé de Mlle Paichain ?*

– Quoi ? fit Blanche en pliant sagement ses gants en peau de chèvre sur la table de marbre blanc.

– J'étudie le fruit que donne l'arbre de l'amour sur cette bonne vieille rive gauche.

– Eh bien, tu vois. Femme blonde d'un mètre soixante-dix, toujours pressée d'en découdre, mais sacrément heureuse de voir sa copine préférée, la première fois depuis trois semaines. L'indépendance a du bon. Mais on se croisait plus souvent quand on habitait sous le même toit !

L'époque dont parlait Blanche datait en fait d'avant le siège prussien de l'hiver 70. Entre-temps, Émilienne avait failli être déportée avant qu'on ne la ramène au pays. Certains fils, entre les deux femmes, avaient été brisés par l'Histoire. Mais celui de l'amitié avait tenu bon. Et pour Blanche, il tiendrait jusqu'à la fin.

– Je travaille trop, s'excusa Émilienne. Debout à six heures. Couchée à neuf. Le soir, je suis assommée. Je m'endors comme une brute.

Émilienne avait les yeux cernés. Et son vin blanc descendait vite, constata Blanche. Elle s'en commandait déjà un autre, d'ailleurs.

Même si elle n'avait pas le train de vie d'une Rothschild, Blanche faisait ce qu'elle voulait de ses journées. Dans l'idéal elle aurait été inspectrice – commissaire maintenant qu'elle avait la médaille ! – aux côtés de son oncle. Mais la Préfecture n'embauchait pas de femmes policières. Et, depuis le Grand Khan, Blanche n'avait eu aucune affaire criminelle à se mettre sous la dent. De toute façon, se rappela-t-elle en se redressant, une épouse responsable de l'honneur de son mari ne se risque pas dans des intrigues insensées.

– En tout cas, ça fait plaisir de te voir, dit-elle. Et t'es belle comme un cœur.

– C'est l'amour qui embellit la femme. (Émilienne fit ses yeux de chat.) Tu es bien placée pour le savoir, non ?

Blanche ignora le compliment. Car l'amazone venait de lancer une bombe.

– T'as rencontré quelqu'un ?

Il n'était pas question de tergiverser. Et Émilienne n'avait aucune raison de le cacher.

– Il s'appelle Evgueni. Il est russe. Il travaille à la raffinerie de la Villette, dans l'équipe de nuit.

– À l'usine de gaz ?

– Nan. Celle des sucres et mélasses. (Émilienne descendit son deuxième verre de blanc et laissa ses yeux errer au plafond.) Il est grand. Il est beau. Il est gentil.

– Comme Alphonse, lâcha Blanche, ingénue. (Elle attrapa l'avant-bras d'Émilienne.) Il faut que tu nous le présentes.

– On pourrait vous inviter à dîner, une fois qu'on sera installés, rue des Cascades.

– Tu vas te mettre en ménage avec lui ?

– Ben oui. Je ne vais quand même pas loger avec Evgueni chez maman ?

– Mais. Euh... vous n'êtes pas mariés ? (Émilienne accorda à Blanche un de ces regards qu'elle lui réservait lorsque la bourgeoise parlait à la place de la jeune femme aventureuse et aimable.) Sûr, se reprit Blanche. Rue des Cascades... C'est dans quel coin ?

– À Belleville.

Blanche se redressa. Belleville. Un des foyers rouges du temps de la Commune. Elle coinça ses mèches derrière ses oreilles avant de s'exclamer :

– Chouette ! Alors quand est-ce qu'on vient vous voir ? La semaine prochaine ?

– Dans une quinzaine, plutôt. Qu'on puisse vous recevoir dans les formes.

– Vous savez, ma chère, nous avons des goûts très simples, minauda Blanche en commandant un deuxième grog.

Émilienne fit signe à Mathilde de lui remettre ça aussi.

– Je n'en doute pas. Mais nous mettrons néanmoins les petits plats dans les grands.

Mathilde apporta le verre de blanc et le grog. Les copines trinquèrent. Blanche avait l'air un peu pompette. Émilienne en profita pour l'amener sur un terrain qui l'intéressait tout particulièrement.

– Comment se passe la cohabitation avec l'homme ?

– Parfaitement. Enfin... (Blanche se racla la gorge.) Hormis deux ou trois détails auxquels je n'avais pas pensé.

– Du genre ?

– Il grince des dents.

– Ah.

– J'aurais préféré qu'il ronfle.

– Et pourquoi ?

– Je lui collerais un tampon de coton dans la narine droite avant de dormir et le problème serait réglé.

Émilienne hocha la tête, impressionnée.

– Et côté literie, on en est où ?

Blanche arrondit les yeux et sentit ses pommettes rosir. Elle répondit mécaniquement :

– J'entremêle la laine des matelas avec du poivre noir et des graines de camphre. C'est souverain contre les urticants.

– Je ne te parle pas de ce qui se passe dans la literie, petite idiote, mais sur !

Les pommettes de Blanche virèrent au rouge vif. Son éducation l'empêchait de faire sauter ce satané verrou. Pourtant, qu'est-ce qui l'empêchait de répondre à son amie ? Ils n'avaient pas encore « consommé » leur mariage, selon le terme horrible et consacré. Mais ce moment approchait. De jour en jour. Et ils n'avaient pas besoin de se le dire pour le savoir.

Blanche en était à chercher une formulation simple et n'appelant pas de précisions complémentaires sur son intimité avec Alphonse Petit lorsqu'un mouvement, dans le café, fit diversion.

La lumière avait baissé d'un cran. Et tous, Émilienne et Blanche comprises, se tournèrent vers la porte pour contempler celle qui venait d'entrer. On attendait une reine. Ce fut une blanchisseuse, un panier sous le bras. Elle livra son lot de torchons à Mathilde tandis que les conversations, un instant interrompues, reprenaient *mezza voce*. Émilienne observait la nouvelle venue qui patientait pour son règlement devant le comptoir d'étain.

– Qui est cette fille ? C'est la première fois que je la vois dans le quartier.

Sa peau blanche, ses lèvres incarnates, ses mèches brunes aux reflets bleutés, ses yeux dont les iris étaient clairs comme un ciel lavé par la pluie, participaient de l'envoûtement général. La dizaine d'hommes et de femmes présents dans le café ressentait ce magnétisme. Et l'intimidation durerait tant qu'elle contaminerait les parages.

– Elle s'appelle Camille, révéla Blanche.

28

– Tu la connais ?

Les regards de Blanche et de Camille se croisèrent. Elles se saluèrent de loin. La blanchisseuse récupéra son dû et sortit du café pour continuer sa livraison de linge propre et repassé. La lumière revint. Certains eurent l'impression que leurs oreilles se débouchaient comme au sortir d'un tunnel lors d'un voyage en chemin de fer.

– Elle m'a abordée le lendemain de mon mariage du côté des Innocents. Quelqu'un lui avait fait remettre un billet mais elle ne savait pas lire. J'aime aider mon prochain. Alors je le lui ai lu.

– Ce billet, il disait quoi ?

– Un homme lui donnait rendez-vous dans un café en face du Théâtre-Français. Il lui disait qu'il l'avait cherchée ces deux dernières années, qu'il remerciait le Ciel de lui avoir fait croiser sa route, et qu'il espérait de tout son cœur que Camille, il la nommait, accepterait de le revoir. Apparemment, ils se connaissaient déjà.

– Comment il s'appelait, son Roméo ?

– Philémon.

– Pas de toute jeunesse, le prénom. Et on dirait qu'il avait quelque chose à se faire pardonner.

Blanche, pensive, sirotait son grog.

– Ce qui est bizarre, c'est que Camille est arrivée d'Auvergne il y a un mois. Elle n'avait jamais mis les pieds à Paris et n'y connaissait encore personne.

– Et elle est allée voir ce type ?

– Je n'en sais rien. Je ne l'ai pas revue depuis. À part aujourd'hui. Et c'est elle que ça regarde, non ?

Émilienne consulta la pendule derrière le comptoir et s'exclama :

— Mince ! Faut que j'y aille ! J'ai rendez-vous avec le proprio des Cascades.

Elle avala son verre cul sec et se mit à fouiller sa robe. Blanche fut plus vive et alla payer Mathilde au comptoir. Les copines sortirent du café bras dessus bras dessous. Blanche accompagna Émilienne jusqu'à la porte Saint-Denis. Elles s'y quittèrent après avoir fixé un jour pour le dîner de la nouvelle amitié franco-russe.

Blanche redescendit seule vers la Seine. Cette histoire de lettre était bizarre, en effet. En temps normal, elle aurait peut-être essayé d'en découvrir le fin mot. Mais cela relevait de la sphère privée. Et il y avait des choses plus cruciales dans l'existence. Comme...

Comme de cuisiner un gigot avec des pommes Pompadour. Et un riz au lait. Ni trop liquide ni trop ferme. Bon à se relever la nuit pour en manger en douce. À l'instar de celui que Jeanne faisait rue des Petits-Champs.

Ce défi est digne d'une femme au foyer de ma trempe, se dit Blanche en allongeant le pas. *Que je le relève et plus rien ne m'effraiera.*

Acte I

Scène 3

Arthur Léo se considérait comme un gars verni.

Sa carrière dans l'Administration était pour l'instant un sans-faute. Entré au poste de la rue Vivienne avant le siège, après un bref passage chez les Anglais, il avait aidé à résoudre un certain nombre d'enquêtes en compagnie de Loiseau. Sa rigueur infaillible et son approche moderniste du métier – n'avait-il pas émis l'idée de constituer une collection photographique des malfrats comme l'avait fait Curtis, le chef de la police de San Francisco ? – lui avaient valu des éloges de la hiérarchie, une mention spéciale dans *L'Audience*, la gazette des tribunaux, et cette promotion prévoyant que le 1er février 1873, soit aujourd'hui, Arthur Léo quitterait le poste Vivienne pour intégrer la neuvième brigade de l'île de la Cité en tant que commissaire de cinquième classe. Le traitement serait de mille deux cents francs par an. C'était quatre fois moins qu'un commissaire de première classe comme Gaston Loiseau mais beaucoup plus qu'un inspecteur. Et il y avait le prestige.

Léo portait beau. S'il n'avait épousé dames Justice et Vérité, il en aurait chaviré, des cœurs. Sa tête angélique et ses yeux d'adolescent émerveillé qui peinaient parfois à rétablir l'ordre – mais la vue de son Lefaucheux attendrissait les plus rudes – rangeaient Léo, à l'orée de la trentaine, dans la catégorie des favoris. Il n'y avait pas plus prometteur que ce policier sur la place de Paris, avec le commissaire aux pas duquel sa promotion l'avait officiellement rattaché.

Pour ce grand jour, Léo accompagnait Loiseau dans son tour du samedi : celui-ci souhaitait présenter l'inspecteur aux petites mains sans lesquelles le vaisseau de la Préfecture aurait pris l'eau depuis longtemps. Les présentations débutèrent avec un planton aux allures de grognard qui couvait d'un air maternel un polichinelle titubant dont la bosse avait été décousue par des enfants retors.

Napoléon – ainsi s'appelait le planton – serra chaleureusement la main d'Arthur. Arthur serra la main de Napoléon. Gaston s'inclina devant une mondaine qu'on relâchait avec les honneurs et dont il tut le nom – mais son décolleté atteignait aisément l'équateur du corsage – avant de trimballer Léo le long de corridors qui avaient vu plusieurs règnes et échappé à au moins deux incendies sévères, le dernier en date étant celui de la Commune. Gaston parlait avec un entrain de bonimenteur de son métier dont le but était d'éradiquer le Crime. But fort heureusement inatteignable. Retirez à un médecin ses patients et il sombrera dans la plus irrémédiable dépression.

– Ah Arthur ! (Et paf, une grande claque dans le dos.) Je revois, il y a vingt ans, mon mentor me faisant visiter le temple dont vous possédez maintenant les clés. (Ils longeaient la Sainte-Chapelle.) Il m'a tout appris. À arrêter les chiens suspects. À désarmer les fous et à décrocher les pendus. À vérifier le coup de pouce du bistrotier quand il emplit sa mesure ainsi que le jeton dissimulé par le boucher pour fausser sa bascule.

J'ai mémorisé les espèces protégées, les herbes séditieuses, l'argot des malfaiteurs...

– Tout ce qu'un policier doit connaître s'il veut remplir sa mission avec honneur et équité, ajouta Léo avec une pointe d'ironie.

– Certes. Mais mêlez un doigt d'expérience à toute cette théorie et vous aurez entre les mains un verre de xérès merveilleusement vieilli.

Les ouvriers finissaient de déblayer les ruines de l'immense corps de bâtiment – côté petit bras de la Seine – parti en fumée avec l'aide des pétroleuses. On en reconstruirait un fonctionnel flanqué de figures allégoriques, de devises et d'armes municipales. Une vraie déprime architecturale. Gaston emmena Léo dans la partie qui avait échappé au brasier et qui ressemblait à l'ancien Hôtel-Dieu dont la démolition était, elle aussi, programmée.

Il s'arrêta devant une porte et annonça cérémonieusement :

– Les Plaintes ! L'ensemble des dénonciations et des récriminations parisiennes sont centralisées ici. Si le Sommier ne vous apprend rien, adressez-vous aux Plaintes.

– Et si les Plaintes ne m'apprennent rien ?

– Poussez cette autre porte.

Qui se dressait face à la précédente. Gaston marqua néanmoins un temps d'arrêt avant de joindre le geste à la parole.

– Poussez-la si possible à la fin de votre service. Et notez quelque part, sur le revers de votre manteau, votre nom et votre adresse. Des fois qu'on soit obligé de vous ramener à la maison.

L'apparition de Gaston Loiseau dans l'espèce de laboratoire où travaillaient trois hommes en blouse blanche, d'après ce

33

que compta Arthur, provoqua un quadruple rugissement. De joie, bien entendu. Léo, plus curieux qu'inquiet, revint sur ses pas pour lire la plaque vissée à la porte.

SERVICE DE LA DÉGUSTATION DES BOISSONS

Service qui partageait ses locaux avec celui des Poids et mesures...

Léo retourna dans le piège en se promettant la prudence. Mais Gaston l'attrapa par le coude et le présenta aux joyeux drilles qui goûtaient à tout ce qui arrivait dans la capitale pour éviter que les Parisiens ne s'empoisonnent. Quatre éprouvettes furent remplies. L'on trinqua, une fois, deux fois, trois fois, avant de décider qu'il était temps d'annoncer l'arrivée du nouveau commissaire dans l'espace le plus emblématique de la Préfecture, celui qui servait un peu de sas entre ce monde fermé et l'extérieur. Ils voulaient parler de la halle aux faits divers, le café que se partageaient reporters et policiers sur le boulevard du Palais.

En franchissant le seuil de la halle, endroit maudit que Léo connaissait déjà, bien sûr, mais qu'il n'avait jamais pratiqué comme roi de la basoche, la situation échappa à l'ex-inspecteur de la rue Vivienne. Malgré cela, son esprit fonctionnait encore à l'acmé du banquet dont ses nouveaux collègues, de plus en plus nombreux au fur et à mesure que les bouteilles se vidaient, assumèrent tous les frais.

Léo aurait été en peine de coucher sur le papier le quart de la moitié de ce qui fut dit à leur tablée. Il se souviendrait, plus tard, que dieux et héros avaient été cités. La police s'appelait Asmodée et le crime Protée. Chacun y alla de son discours.

À cinq heures de l'après-midi, Léo fut enfin adoubé. Mais il lui fallait prendre l'air sous peine de défaillir.

On l'en empêcha. On réclamait une chanson. Le nouveau commissaire essayait de s'en remémorer une entendue dans la rue, la veille, lorsqu'une meute de reporters prit possession des lieux. La plupart montèrent à l'étage en ignorant les fonctionnaires bruyants, sauf l'un d'eux qui se détacha du lot. Gaston reconnut un certain Jacques Grandseigne, un spécialiste des faits Paris, un type intègre, selon les critères de sa caste.

– Y a-t-il un policier dans la salle ? demanda le reporter, un fin sourire aux lèvres.

Loiseau et Léo se levèrent en même temps et saluèrent. Leurs fronts, en s'entrechoquant, résonnèrent avec un bruit mat.

– Vous, vous avez un potin sous le manteau, fit Gaston dont l'élocution restait distincte.

Et la perspicacité intacte. Car Grandseigne répondit :

– Il y a un mort au café de la Régence. Le commissaire du poste le plus proche...

– Tenaille du Palais-Royal, se rappela Gaston, dégrisé à l'annonce de l'homicide. Un parfait idiot.

– Nous parlons du même... Il a conclu à la crise cardiaque. (Grandseigne se tritura le lobe de l'oreille.) Si j'étais vous, j'irais voir de plus près. Le corps y est toujours. Les secours n'ont pas eu le temps d'arriver. Et ce mort est... spécial.

Grandseigne avait l'instinct du limier. Gaston le savait et il prit son information pour argent comptant.

Dix secondes plus tard, Léo et lui étaient sur le trottoir du Palais. Gaston arrêta un fiacre en brandissant son écharpe tricolore. Il sauta à côté du cocher. Léo prit place sur l'étroit marchepied et s'excusa d'un sourire auprès des occupantes, deux religieuses qui se signèrent en voyant sa face hilare et rubiconde.

– Place du Théâtre-Français ! rugit Gaston. Au triple galop ! Et si des piétons sont écrasés, on passera derrière pour les achever !

Le cocher observa le fonctionnaire un bon moment avant de lui répondre sans aménité aucune :

– Je ne vous conduirai ni au triple galop ni au grand trot.

– Ah oui ? Et pourquoi ?

– Je serais en contravention avec l'article 475 numéro 4 du Code pénal.

Gaston en resta bouche bée. Une des sœurs fit « Et toc ! ». Léo réprima un fou rire.

– C'est un représentant de la loi qui vous l'ordonne !

– En ce cas, je vous donne mon numéro de médaille, s'obstina le cocher. Vous faites établir une autorisation sur papier timbré, vous revenez avec et je lance mes canassons.

– Vous irez plus vite à pied, remarqua une sœur.

– Les lenteurs de l'Administration... philosopha l'autre, prenant le ciel à témoin.

– Sont à peu près aussi impénétrables que les voies de votre grand patron, continua Gaston, vaincu. Emmenez-nous au moyen trot. Quelque chose entre le petit et le grand. S'il vous plaît.

– À vos ordres. Mes sœurs, s'excusa le cocher en se tournant vers sa cargaison de sainteté. Une urgence. (Le fouet caressa la croupe des chevaux.) Allez. Hop. Tchk. Tchk. En avant, mes belles.

Le café de la Régence était un lieu de silence. Dans les salons aux lambris dorés éclairés par des lustres, des hommes concentrés menaient des combats parallèles. L'ambiance tenait à la fois du cabinet de lecture et du cercle militaire. La discrétion était de rigueur, ce que fit comprendre par gestes le responsable de l'endroit, un grand sec qui avait la particularité de se déplacer de biais tout en s'exprimant à la limite de l'audible.

Voir deux messieurs de la Préfecture débarquer dans son café qui, jusqu'à présent, n'avait rien à se reprocher, le mettait sur des charbons ardents. Aussi poussa-t-il ses visiteurs vers l'étage.

– Le commissaire Tenaille est passé il y a moins d'une heure. Et il a conclu à une crise cardiaque. Franchement, il n'y a pas de quoi alerter toute la maréchaussée.

Les policiers s'arrêtèrent sur le palier, derrière le patron qui hésitait à ouvrir une porte tendue de velours vert.

– Mais si vous insistez... fit-il devant le mutisme de Loiseau et Léo.

Il les laissa pénétrer dans un cabinet dont la fenêtre donnait sur la place du Théâtre-Français. Un homme était assis devant un échiquier. Du côté des noirs. Le patron referma la porte derrière eux et recommença le laïus servi au commissaire du poste voisin un peu plus tôt, parlant du mort au présent, comme s'il était encore vivant.

– M. de Saint-Auban est inscrit à notre club depuis près de vingt ans. Il a la clé de ce cabinet et s'y rend quand bon lui semble.

– De jour comme de nuit ? interrogea Gaston.

– Absolument. Lorsque le café est fermé, il passe par la cour de l'immeuble d'à côté.

Gaston s'approcha du vieillard au profil d'oiseau. Le menton tranchant comme un fer de hache, le nez en vrille, un pli moqueur déformant encore les lèvres. Gaston en avait vu, des morts de crise cardiaque. Mais aucun n'affichant un tel flegme.

– Il passe par la cour de l'immeuble et vient ici sans être vu de personne, marmonna-t-il.

Il fouilla les poches de Saint-Auban qui étaient vides à part une clé. Celle de ce cabinet sans doute.

– Et personne ne l'a vu entrer, confirma le maître des lieux.

Gaston observa la place par la fenêtre. Léo, quant à lui, inspectait la pièce. Il glissait la main entre les plis du canapé, s'agenouillait pour regarder dessous, cherchait des traces sur le plancher.

– Avait-il un adversaire régulier ?

– Lamomie. Inscrit depuis douze ans. Mais il n'a pas affronté Saint-Auban depuis la semaine dernière.

– Et pourquoi ?

– Il fait partie de la délégation que nous avons envoyée au Cigar-Divan de Londres. C'est la revanche de Waterloo qui se joue là-bas. Nous sommes en contact par télégraphe et en voie de gagner. Vous pouvez me croire. Lamomie est capable de suivre cinq parties les yeux fermés. Les Anglais vont avoir l'occasion de faire preuve de leur fameux *fair-play*.

Arthur Léo s'intéressa à la toque de castor de leur client, encore accrochée à la patère. Il attrapa la canne à bec de corbin avec un mouchoir, la reposa en équilibre contre le mur.

Gaston s'assit à côté de Saint-Auban qui paraissait minéralisé ou embaumé.

– J'ai rarement vu macchabée aussi paisible.

Léo s'assit de l'autre côté. Les excès de leur déjeuner à rallonge et le mécontentement exprimé par son appareil digestif le forcèrent à déboutonner son gilet de deux crans.

– Il aurait sa place au musée de figures de cire de Curtius.

Gaston tira légèrement le foulard qui entourait la gorge du vieillard. Le patron de la Régence, effaré, se signa.

– Regardez-moi ça.

Léo se leva pour faire le tour de la table. Il constata *de visu* ce que Gaston lui montrait : deux entailles discrètes au niveau de la jugulaire, trop symétriques pour être honnêtes. Une sorte de... morsure ?

– Vous allez à la morgue et vous me ramenez Lefebvre fissa.

– Entendu.

Léo redescendit l'escalier, traversa la salle du rez-de-chaussée, retrouva l'air frais avec délice. Un individu mesurant une tête de plus que lui, aux mâchoires puissantes et aux favoris en côtelette, l'aborda immédiatement. Il était vêtu d'un complet de tweed et aurait fait bonne figure en société. Mais l'instinct de Léo lui fit porter la main à son arme dans un repli de sa redingote.

– Cavendish, du *Figaro*, se présenta l'homme. Je viens d'apprendre qu'un assassinat a été commis dans cette institution qu'est le café de la Régence. (Le reporter dégaina carnet et crayon.) Auriez-vous des détails à nous donner à ce sujet... (Il recula pour apprécier son interlocuteur.) Inspecteur... ?

Léo laissa l'interrogation en suspens et voulut forcer le passage. L'autre s'interposa.

– Pas inspecteur, commissaire. Commissaire Arthur Léo. Et nous avons un crime sur les bras, en effet. Une affaire sanglante qui, à n'en pas douter, car son issue sera forcément à notre avantage, prouvera l'excellence de la police française lorsqu'il s'agit de pourchasser ceux qui se croient protégés par l'audace et l'impunité.

Cavendish, mi-figue mi-raisin, gribouilla quelques mots avant de demander :

– Vous avez une piste ?

– Un rouage.

– Pardon ?

– Celui de l'automate joueur d'échecs de Robert-Houdin. Il a encore frappé. Mais soyez sûr que nous mettrons la main au collet de ce tueur des Temps modernes. Sur ce, pardonnez-moi, le devoir m'appelle.

Léo prit congé du reporter qui referma son calepin et jeta un coup d'œil furibond au commissaire puis intrigué à la fenêtre, un étage plus haut. Il y surprit la silhouette d'un policier allant et venant dans le cabinet.

Gaston avait congédié le patron de la Régence. Il vit le grand blond qui avait abordé Léo s'éloigner en direction du Palais-Royal. Il tira le rideau et s'assit face au vieillard.

Il n'était pas un adepte des échecs. Et il aurait été bien en peine de dire à la suite de quels coups les pièces étaient arrivées là. Le roi noir de Saint-Auban paraissait en fâcheuse posture. Les blancs avaient été privés de deux fous, d'une tour et d'un cavalier. Les pions, vaillants petits soldats, décideraient de l'issue de la bataille.

Gaston s'intéressa aux pièces rangées à la main droite du vieillard. Il manquait une prisonnière et pas des moindres.

Léo fit vite : un quart d'heure plus tard, le fourgon de la morgue s'arrêtait au pied du café de la Régence. Deux gardiens de la paix ordonnèrent aux badauds de circuler. Badauds qui, au contraire, s'agglutinèrent autour de la voiture noire comme des mouches attirées par l'odeur de la mort.

Acte I

Scène 4

Blanche s'était emmitouflée dans trois épaisseurs de châles. Alphonse disparaissait dans son pardessus haute nouveauté acheté vingt-trois francs au magasin de la Redingote-Grise, rue de Rivoli. Le mercure avait chuté par rapport à la veille. Mais en marchant vite il ne leur fallait pas longtemps pour relier les Saints-Pères aux Petits-Champs.

Depuis leur mariage, ils avaient réussi à couper aux déjeuners du dimanche. Blanche connaissait sa mère. Elle préférait la laisser digérer l'épreuve dont elle n'avait pu maîtriser un seul aspect. Mais trois semaines, c'était trop court, se dit-elle en entrant dans l'immeuble. Et c'est avec une certaine appréhension, plus vive à chaque étage, que Blanche fit sonner la cloche de ses parents. Berthe, en ouvrant, chassa le démon inquiet qui s'était posté sur l'épaule de la visiteuse.

– Entrez ! lança Madeleine depuis la cuisine. Nous revenons de la messe. Nous avons pris un peu de retard. Installez-vous dans le salon ! (Un silence, le temps que Blanche et Alphonse confient leur manteau à une Berthe jouant les soubrettes.) Robert, sers une collation aux enfants.

Alphonse tendit une main virile à Robert. Blanche embrassa son père.

42

– Tonton n'est pas arrivé ?

Elle redoutait par-dessus l'absence de son oncle préféré à ce déjeuner.

– Il est prévu, répondit Robert qui se tourna vers son gendre. Qu'est-ce que je vous sers, mon petit Alphonse ?

Blanche laissa les hommes entre eux – au grand dam d'Alphonse qui tenta, d'un geste désespéré, de la retenir – pour faire un saut en cuisine où ça s'activait ferme. Sa mère fatiguait une salade avec énergie. (« Tu ne peux pas nous aider, ma chérie. Va donc rejoindre ton mari au salon. ») Ordre que Blanche suivit en partie car elle rejoignit l'escalier de service, grimpa jusqu'aux chambres de bonne, voulut ouvrir celle où elle cachait, autrefois, ses secrets. La porte était fermée à clé. En scrutant par le trou de la serrure, elle vit des affaires au rebut entreposées dans son ancien domaine.

Elle redescendit lentement jusqu'à l'appartement. Renoncer au passé n'était décidément pas chose facile.

Gaston était arrivé. Madeleine mit un terme aux retrouvailles entre la nièce et l'oncle par un « À table ! » qui provoqua une migration immédiate vers la salle à manger.

– Qu'est-ce qu'on mange ? interrogea le commissaire.

– Une tartiflette en l'honneur d'Alphonse, lança sa sœur.

Jeanne peina pour apporter le plat dans lequel se mêlaient au moins cinq kilos de pommes de terre, deux livres de reblochon et trois pintes de crème fraîche.

– Si je ne m'abuse, la tartiflette est un plat savoyard ? essaya Gaston.

Alphonse fixait Mme Paichain, interloqué.

– Justement ! fit Madeleine, attachée à son idée première.

Et elle se mit à servir la tablée, chacun sentant à son

43

approche l'électricité qu'elle dégageait. On s'abstint de la contredire. Et l'on adressa à Alphonse, né à Nogent-sur-Marne, une série de regards compatissants qui le réconfortèrent plus sûrement que tous les discours et lui firent comprendre qu'il faisait vraiment partie de la famille.

En dépit de son aspect gargantuesque, la tartiflette fut promptement dévorée. Après ses agapes à la halle aux faits divers, Gaston avait fait maigre la veille au soir, se contentant d'un bouillon et d'une poignée de rognons. Robert avait naturellement bon appétit. Madeleine, sèche comme un coucou, transformait ce qu'elle avalait en énergie positivo-négative. Quant à Blanche et Alphonse, ils étaient affamés.

Le gigot de la veille au soir, oublié dans la cuisinière, aurait pu servir à remplir un trou dans une maçonnerie. Blanche l'avait jeté dans la Seine enrobé d'un tissu comme on jette une arme ou un enfant mort-né. Seule Berthe fut prudente. Il faut dire qu'elle avait un appétit de pinson.

Ça, plus les quatre bouteilles de pommard, teintèrent ce déjeuner du dimanche qui aurait pu être lugubre d'une franche jovialité. Ce qui ne fut pas sans déconcerter Madeleine dont le but était tout autre. Elle aurait aimé un peu plus de solennité. Elle faisait encore le deuil de sa fille ! Aussi, à un moment, fit-elle tinter son verre avec cérémonie pour une annonce officielle.

– Mon frère, ma fille, mon gendre. (Blanche sentit la main d'Alphonse se crisper sous la sienne.) Je tenais à vous annoncer une grande nouvelle. Nous allons, Berthe et moi, accomplir un voyage dans les jours qui viennent.

Robert, le nez dans son assiette, se défendit d'un « Trop de

travail. Peux pas quitter Paris » et laissa Madeleine développer, les yeux mi-clos :

– Nous nous rendons à Lourdes pour la fête de Notre-Dame,
le 11 février. Nous ne serons de retour que le 15. Nous y prie-
rons pour vos âmes.

Heureusement que Blanche n'était pas en train d'avaler
quelque chose. Elle se serait étranglée. Elle observa Berthe,
constata avec effroi que sa petite sœur souriait. Était-il possible de trouver cette perspective agréable ? L'idée la glaça.
Gaston rompit le silence gêné qui s'était installé autour de la
table après cette déclaration fracassante.

– C'est bien beau, mais pourquoi se fatiguer à aller à
Lourdes ? (Madeleine tangua légèrement.) Il suffit d'aller à
Nevers !

– À Nevers ? Pourquoi à Nevers, mon frère ?

Gaston finit son verre, s'essuya les lèvres, plia sa serviette
comme le prêtre son amict et expliqua :

– Si tu te rends à Nevers qui est à quelques heures de Paris
et non à quelques jours, tu pourras sonner chez les sœurs
de la Charité et de l'Instruction chrétienne. Là, avec un peu
de chance, tu verras de loin la sœur Marie-Bernard. Mais tu
ne l'approcheras pas. On t'en empêchera. Mais, à ce moment,
tu prieras pour nos âmes plus sûrement qu'une bande de
gogos mystiques venus acheter leur fiole d'eau de montagne
sortie d'une grotte prétendument miraculeuse, les apparitions étant en option.

Robert, voyant les poings de sa femme se fermer, essaya de
tempérer son beau-frère.

– Soyez un peu plus clair, Gaston. Quel rapport y a-t-il
entre Bernadette Soubirous et cette sœur Marie-Bernard ?

– C'est une seule et même personne, mon cher Robert. Une fois que les fidèles ont commencé à envahir Lourdes, le clergé a mis cette pauvre jeune fille au secret, bien loin de sa terre natale. Le pire, c'est qu'elle ne sait rien de l'activité qu'a engendrée sa grotte préférée. Une vraie logique industrielle. Remarquez, ça arrive tous les jours : écarter un inventeur avant de lui voler son brevet...

– Oncle Gaston !

L'exclamation venait de Berthe. La gentille Berthe, du haut de ses quinze ans mais qui en paraissait douze, était outrée. Madeleine, elle, ne disait rien. Avec faire sortir sa sœur de ses gonds, casser du curé était un des sports favoris du commissaire. Deux activités qui allaient souvent de pair. Gaston bombardait donc l'assemblée avec l'obstination de l'artilleur prussien ayant fait le pari de toucher la lanterne du Panthéon depuis les hauteurs méridionales de Paris.

– L'eau de Lourdes, y a pas qu'elle qui fait des miracles, d'ailleurs. Tu as l'eau dentifrice du Docteur Pierre. Ou l'eau des Fées. Je m'en sers pour me teinter les moustaches.

Alphonse, peu habitué aux joutes des Paichain, fixait la porte d'entrée avec envie.

– Il y a aussi l'eau de mélisse des carmes de la chaussée de Vaugirard, continua Gaston, imperturbable. L'eau des Everglades pour les cheveux. (Il claqua des doigts.) Mais non ! Il faut que tu ailles rue Montmartre, au numéro 4. À la pharmacie des Halles. J'ai vu dans leur vitrine qu'ils vendaient la véritable eau de Jouvence. Je crois même qu'elle a gagné une médaille à la dernière Exposition universelle.

Madeleine se leva lentement pour saisir le plat vide. Berthe s'empara des assiettes. Jeanne vint à la rescousse. La maîtresse de maison signifia à Blanche qu'elle pouvait rester assise et demanda à la cantonade, glaciale :

– Je suppose que personne ne prendra de fromage ?

Elle disparut en cuisine sans attendre la réponse. Gaston proposa un cigare à Robert qui accepta, à Alphonse qui refusa, avant de s'en allumer un sans tenir compte du fait qu'avec le froid, à l'extérieur, il n'était pas question d'ouvrir les fenêtres. L'atmosphère s'empuantit lentement mais sûrement.

Blanche rapprocha sa chaise de celle de son mari et nicha sa tête dans le creux de son épaule. Le numéro de transmission de pensée était très au point entre les amoureux. Car Alphonse demanda au commissaire alors que Blanche s'apprêtait à le faire :

– Où en êtes-vous avec vos Casquettes noires ? Sont-elles toutes sous les verrous ou vous en manque-t-il encore ?

Gaston sourit et arracha un brin de tabac de ses lèvres.

– On en a attrapé treize sur les quatorze qui constituaient la bande. De vrais pégriots !

– Des pégriots ?

– Des mômes, traduisit Gaston. Gelignier, le chef, a l'âge de Berthe. Il vivait chez sa mère. Il parade à Mazas comme un Robert Macaire à qui il sortirait du lait des narines si on appuyait dessus.

– Si les enfants s'en mêlent... argumenta Robert. Plus de moralité. Plus de sens commun.

– On tuera pour dix francs avec cruauté, prophétisa Gaston.

– Le quatorzième, vous savez qui c'est ? reprit Blanche.

– Un cordonnier du nom d'Émile-Joseph Vanthilo. L'aîné. Vingt-sept ans. Les gares, les relais de poste, les bureaux

47

d'octroi, tous les lieux de passage ont son signalement. Je suis sûr qu'il est à Paris. On l'attrapera bien un jour.

– Et finalement, combien de crimes leur sont attribués ?

– Une bonne quinzaine d'agressions au couteau-poignard dans Paris et ses environs. Ils maniaient leurs lames comme des tricoteuses. (Gaston tapota son cigare contre le cendrier que Robert venait d'apporter.) Que l'on retrouve ou non notre cordonnier, la bande passera aux assises en avril. Ce dossier est bouclé. Encore heureux ! Nous allons être occupés avec le début de la saison des bals.

Alphonse, emporté par le récit des aventures policières de Gaston Loiseau, accepta finalement un cigare et se le fit allumer par le commissaire. Blanche prit ses distances et le regarda faire avec un air de reproche. Alphonse n'avala pas la fumée, comme on le lui avait appris. Mais il sentit aussitôt son cerveau aller de haut en bas comme si on l'avait accroché aux balançoires géantes des barrières de Malakoff. Il écrasa son cigare et le glissa dans sa veste en lâchant, le teint verdaille :

– Je le fumerai plus tard. À la maison.

Il but un grand verre d'eau pour essayer de récupérer ce qui lui tenait lieu de gorge.

– Lorsque vous dites que les bals vont vous occuper, reprit Robert, goguenard, c'est parce qu'ils vous permettront d'exhiber vos talents de danseur ?

Gaston dévisagea Robert avant de glisser ses lunettes à verres rouges sur son nez et de sortir son agenda d'une poche intérieure de sa veste.

– Bien sûr. Et si ça vous chante de montrer les vôtres...

Voyons. Nous commencerons par le bal de l'Élysée. Le 10. Très chic. En plus, Mme Thiers est de vos connaissances ?

Robert, qui avait bâti une partie de sa modeste fortune sur les porcelaines de la première dame de France, assurées à la compagnie Paichain, se renferma. Avec cette tête de bois de Loiseau, on ne savait jamais si c'était du lard ou du cochon. Robert ne l'avouerait jamais sinon à son confesseur : son beau-frère, lorsqu'il mettait ses verres rouges, lui faisait un peu peur.

– Nous continuerons par le bal des chiffonniers, le 12. Ou celui des plumassiers à l'hôtel du Louvre. Le 18, vous avez le bal des gens de maison. Peut-être y croiserons-nous Jeanne ? Je ne parle pas des ambassades qui rivalisent d'ingéniosité pour attirer les pièges à diamants que compte la capitale. Voleurs et escrocs suivent aussi, évidemment. Quant au bouquet final, ce sera à l'Opéra, le 25, pour Mardi gras. On ne compte pas moins de trois morts à chaque édition. Là, vous ne me ferez pas faux bond ? Hein ? Hein ?

– C'est que... Euh... Nous verrons ? Pourquoi pas ?

Madeleine réapparut avec une salade d'oranges. Mais chacun avait atteint sa limite question capacité alimentaire. Les convives passèrent donc au salon. Berthe partit lire dans sa chambre. Ou prier, suspecta Blanche. Dehors, il faisait un temps gris à mourir. Robert alluma le lustre au gaz, une nouveauté chez les Paichain, avant de plonger dans le bahut à liqueurs pour y dénicher quelque merveille susceptible de leur faire croire qu'ils n'avaient pas encore deux longs mois à tirer avant de fêter le retour du printemps.

Gaston avait attrapé un livre sur les échecs et le feuilletait dans le rocking-chair. Alphonse écoutait son beau-père l'entretenir sur une attraction qu'il avait visitée pas plus tard qu'hier, près de la place Clichy : un cube de rouleaux de pièces de zinc, de huit mètres de haut sur cinq de large représentant le milliard que les Français devaient aux Prussiens, cela en fausses pièces de vingt francs.

– C'est inouï ! La contribution en pièces de cinq et non de vingt, couchée à terre, couvrirait la distance entre Strasbourg et Saint-Pétersbourg ! récita celui qui avait bien étudié la brochure.

Blanche fixait son oncle tout en écoutant son père délirer. Gaston avait retiré ses verres rouges et jetait de fréquents coups d'œil à la pendule. Comme s'il attendait quelque chose. Elle aurait aimé savoir quoi.

– Ce rouleau, dressé à la verticale, représenterait quarante-huit mille soixante-seize tours Saint-Jacques ! Cinquante et un mille et vingt Panthéons ! Cinquante-huit mille cent quarante-neuf colonnes Vendôme !

Alphonse hochait la tête mécaniquement à mesure qu'on l'assommait avec cette comptabilité inutile. Quant à Blanche, elle réfléchissait. Plutôt, elle essayait de se souvenir comment c'était *avant*. Avant qu'elle ne soit l'épouse d'Alphonse Petit, ingénieur aux Ponts et Chaussées. Avant d'être une femme avec un statut et une route toute tracée. Elle se serait assise à côté de son oncle, là, sur le pouf à glands dorés, et elle l'aurait fait parler sur ce qui occupait ses pensées.

– Il faudrait à un être humain vingt-trois ans, un mois, vingt-trois jours, trois heures et vingt minutes pour compter l'emprunt. En travaillant une heure par jour et en comptant mille francs toutes les cinq minutes. Fou, non ?

Madeleine apporta cafés et eaux chaudes. Il y eut un

concert de tintements de cuillers contre soucoupes et tasses de porcelaine alors qu'à l'extérieur la pluie se mettait à piquer les vitres. Blanche en profita pour demander à son oncle :

– Qu'est-ce qui vous tracasse ?

Gaston contempla sa nièce qui se sentit alors bizarrement transparente.

– Hier soir, j'étais dans un club d'échecs, répondit-il, sibyllin.

On aurait plutôt imaginé Gaston dans une académie de billard, et chacun de siroter son café à petites gorgées.

– Un homme y est mort. Apparemment d'une crise cardiaque. Mais... (le policier tiqua) quelque chose clochait. Je l'ai envoyé à la morgue. Les vingt-quatre heures légales étant passées, j'espère que Lefebvre a autopsié le corps. J'attends de ses nouvelles. Voilà ce qui me tracasse.

Madeleine frissonna à la mention de la morgue. Alphonse jeta un regard étonné à Blanche lorsqu'elle s'enquit :

– Quel était le nom du mort ?

– Je ne peux pas te le donner. (Blanche arrondit le dos.) La presse aussi a été muselée. Seules les initiales sont permises.

– Qui sont ?

On frappa à la porte. C'était Léo qui resta sur le palier avec sa capote luisante de pluie. Gaston s'entretint rapidement avec son adjoint. Il se dépêcha d'enfiler son manteau et de prendre congé après un salut général. La porte se refermant fit l'effet d'une claque à tout le monde, surtout à Blanche.

– Ça va, mon cœur ?

Alphonse venait de poser un châle sur les épaules de sa

femme qui se retint aux accoudoirs pour ne pas suivre son oncle à la morgue.

– Quel temps ! fit Madeleine en regardant les hallebardes qui tombaient dehors. Et ce pauvre Gaston obligé d'y retourner au pied levé ! Son métier est impossible.

Madeleine paraissait beaucoup plus détendue depuis que son frère avait débarrassé le plancher. Elle se tourna vers Blanche et Alphonse.

– Vous n'allez pas rentrer aux Saints-Pères maintenant ?

– Pour attraper une pneumonie, argua Robert.

Madeleine tapa dans ses mains.

– Nous allons faire un bésigue ! Ne bougez pas. J'installe la table et les cartes.

Alphonse ne bougea pas. Blanche non plus. Ce qui ne les empêcha pas de se serrer l'un contre l'autre tout en laissant échapper un soupir commun et lourd de sous-entendus.

Loiseau et Léo sautèrent du fiacre de la Préfecture et coururent sur les quelques mètres qui les séparaient du long bâtiment installé au chevet de Notre-Dame. Ils s'engouffrèrent dans le couloir des visiteurs pour tomber nez à nez sur le greffier Lefebvre, grand maître de la morgue, silhouette impeccablement sanglée dans une veste en soie de chez Renard.

Les policiers ressemblaient à deux meneurs de loups venus visiter quelque aristocrate dans son château des sept douleurs sis sur une lande morne, sans nom et perpétuellement battue par les vents. Vents qui sifflaient dans les profondeurs du musée de la mort une complainte de circonstance.

– C'est un plaisir de vous revoir, ô valeureux myrmidons.

Nos folles soirées du vendredi me manquent. Il nous faudra remédier à cette carence dans les plus brefs délais.

– Votre Lady Godiva ne voit plus nos bordées d'un mauvais œil ? lança Gaston avec une innocence feinte.

Le greffier s'était mis en ménage, un an plus tôt, avec une rousse incendiaire mi-corse mi-irlandaise, le feu sous la glace ou la glace sous le feu, selon le point de vue. La garde-robe du greffier y avait gagné en chic mais Lefebvre y avait perdu son autonomie de célibataire. Ce qu'il commençait à regretter vivement.

– Mon pain de sucre des îles est parti visiter sa famille sur l'île de Scattery. C'est en face de l'embouchure du Shannon et difficile d'accès. Lorsque l'on s'y rend, c'est pour un certain temps.

Le greffier avait précisé ce dernier point avec une mine peinée. Le commissaire le prit par l'épaule pour l'emmener vers la salle d'exposition.

– Et vous n'êtes plus habitué au silence ? Nous vous rendrons à votre douce et tendre tel qu'elle vous aura quitté. Peut-être un peu plus fatigué. D'accord ?

Ils parvinrent dans la pièce séparée du couloir des visiteurs par une vitre. Trois corps étaient allongés sur les tables, trois corps dans leurs habits du dimanche : un ouvrier mort d'une apoplexie du côté de l'avenue Montaigne ; un Anglais qui avait eu l'incongruité de se pendre à un réverbère et une noyée à qui la morsure du fleuve n'avait laissé aucune chance.

Lefebvre arrangea une mèche de cheveux sur le front de l'Ophélie et conduisit ses visiteurs dans une salle d'étude où le corps de Philémon de Saint-Auban était étendu sur une table de marbre noir. Il était nu, hormis le linge blanc qui lui cachait le sexe. Léo, Loiseau et Lefebvre entourèrent le cadavre tels les trois juges des Enfers ayant à dépatouiller un cas de damnation trop pointu pour la foultitude de démons dévolus à cette tâche.

– Vous avez bien fait de me l'adresser. En trente ans de morgue, je dois reconnaître que c'est la première fois que je vois une chose pareille.

Voir quoi ? se demandait Gaston. Hormis la cicatrice recousue à gros points attestant que les organes du joueur d'échecs avaient été étudiés, pesés, soumis à tout un protocole d'analyses, rien ne montrait de prime abord que Philémon de Saint-Auban avait quoi que ce soit de particulier. De prime abord. Et Gaston, sentant l'impatience picoter le bout de ses doigts, ne put s'empêcher de toucher le corps à l'endroit des marques, au niveau du cou, qu'il avait déjà repérées.

Lefebvre sortit une fiole de sa poche et la posa en équilibre dans le creux de sa paume.

– Avant de vous parler de ce qui manquait dans notre client, laissez-moi vous présenter le gentil parasite qui s'était délicatement niché dans le creux de son nombril, nombril que Philémon de Saint-Auban avait fort joli au demeurant. Messieurs, je vous présente Mlle Sanguisuga. Mademoiselle Sanguisuga, voici le duo Loiseau-Léo de la Préfecture.

Les deux policiers s'approchèrent pour voir ce que contenait la fiole.

– Une sangsue ? fit Léo.

– Une sangsue médicinale, précisa le greffier. Encore vivante. Gorgée des derniers millilitres de sang que contenait ce corps. Car, mes amis, et c'est ce qui m'intrigue au plus haut point, Philémon de Saint-Auban a été vidé de son liquide vital jusqu'à la dernière goutte. Cinq litres de sang évanouis dans la nature. Son cœur était sec comme une cornemuse.

– Cinq litres ? douta Gaston.

– En fonction du poids. Oui. Vous, par exemple, avec vos cent kilos...

– Quatre-vingt-quinze.

– Et votre tempérament de picador, je gagerais sur sept litres. Pas moins.

– Où tout ce sang serait-il parti ? interrogea Léo. Il n'y en avait aucune trace au café de la Régence.

Lefebvre haussa les épaules. Ses conclusions étaient livrées. Aux policiers de faire leur travail. Gaston prit la fiole et la tint devant ses yeux, entre le pouce et l'index.

– Je suppose que cette charmante bestiole n'est pas responsable de ce saignement en règle ? Et que notre joueur d'échecs, à moins d'une perversité non encore cataloguée, ne l'a pas oubliée *exprès* dans son nombril ?

– Cette sangsue ressemble fort à une signature, supposa Léo.

La perspective de traquer un tueur signant ses forfaits d'une manière aussi répugnante ne l'enthousiasmait pas plus que cela.

– Il est un peu tôt pour parler de meurtre, calma Loiseau.

Il revint à la double marque du cou, aussi nette que deux picots d'aiguille.

– Si vous pensez à un suicide, il lui aurait fallu une sacrée aide extérieure, émit Lefebvre. Mais pourquoi pas ? On a vu des cas originaux. Comme ce type qui s'était fabriqué une guillotine dans sa chambre d'hôtel. Vous vous rappelez ? La femme de chambre a retrouvé sa tête sur un coussin brodé et un testament en forme d'excuses sur le guéridon, à côté. Il léguait tout à l'hôtel. Les héritiers ont râlé.

Gaston rendit la sangsue à Lefebvre. Il s'alluma un cigare et entreprit de le fumer en contemplant le cadavre.

Loiseau n'avait pas chômé, ces deux dernières années. Il avait fait fermer un certain nombre de bouges infects, des cercles où l'on plumait les jeunes gens du quartier Latin. L'hiver dernier, il avait démantelé un réseau de braconniers qui faisaient entrer le gibier dans Paris en lançant les carcasses de biches et de sangliers depuis les trains le long des voies ferrées, après avoir passé les barrières. Il y avait eu la fermeture de l'atelier de dislocation de la Butte-aux-Cailles. Le Saturne qui le dirigeait se faisait payer cinquante centimes par jour pour transformer des enfants en saltimbanques, enfants qui avaient été confiés aux services municipaux. L'affaire rondement menée avait un peu consolé Gaston de son échec face à l'Hydre.

Non, Loiseau n'avait pas chômé. Mais le destin, l'époque, un certain assagissement de la lie parisienne – les statisticiens se chargeraient de donner des réponses plus tard – l'avaient privé du vrai, du bon, de l'odieux assassinat, prélude à toute enquête digne de ce nom. De plus, la province narguait les limiers de la capitale. Car, ces vingt-quatre derniers mois, c'était en dehors de la juridiction de Paris que les actes les plus atroces avaient été perpétrés.

Il y avait eu l'ogresse de Montauban dont on peinait à compter les petites victimes. L'affaire des laveuses de nuit, dans le Berry. Le Barbe-Bleue lyonnais dont le massacre avait, l'été dernier, lancé la mode des châles couleur sang et fait exploser le marché de la cochenille.

Avaient-ils affaire à quelque chose de semblable avec ce joueur d'échecs ? Cinq litres de sang manquants et un invertébré au rapport... Un policier moins ardent que Loiseau aurait délivré le permis d'inhumer avant de retourner à son train-train. Mais Gaston était d'une autre trempe. Les picotements qui avaient réveillé ses doigts avaient pris petit à petit possession de sa corpulence. Il se sentait envahi d'une radiance bienfaisante. Cette morgue froide le voyait revivre.

– Alors ? fit Léo qui voyait, lui aussi, un cas intéressant se profiler à l'horizon de cette table.

Gaston écrasa son cigare sous son talon et se tourna vers Lefebvre.

– Vous lui avez ouvert le ventre ?

– Comme tout légiste qui se respecte.

– Dans vos investigations, avez-vous mis la main sur une pièce de jeu d'échecs ?

Lefebvre, qui aimait la précision, demanda :

– Quelle pièce ?

La reine blanche.

– Elle aurait tenu compagnie à notre vampire noir... Je veux parler de la sangsue. Mais non. Les viscères de ce monsieur ne recelaient aucune pièce d'échiquier.

Gaston se gratta la joue gauche.

– Gardez-le au frais, dit-il, décidé. Léo, nous avons un procès-verbal à rédiger et une enquête à ouvrir.

– Joie ! s'exclama Léo.

Lefebvre raccompagna les policiers et les assura que Philémon de Saint-Auban serait, par ses soins, comme un coq en gelée, surtout par ce froid bienvenu. Et qu'ils viennent le voir rapidement pour le tenir au courant de leurs investigations ! Et qu'ils se programment une soirée... Une soirée à écailler les sirènes !

Depuis le seuil de la morgue, Lefebvre vit les deux hommes disparaître le long de Notre-Dame. La nuit était tombée et les cieux déchirés dévoilaient la lune par intermittence.

– Aujourd'hui, dimanche 2 février, jour de la Purification, murmura-t-il. On lave le linge de messe et on nettoie les calices.

Le vent faisait furieusement tinter la cloche de la bouée amarrée à une encablure de l'île de la Cité. Le greffier savoura l'atmosphère lugubre avant de réintégrer son antre. Il dormirait dans son bureau, sur un lit de sangles, après un dîner de viande froide arrosé de brandy. Près de ses morts. Et il dormirait sans doute mieux qu'à côté de sa lady. Même si elle lui manquait.

– Comme elle est compliquée la vie, soupira-t-il en se grattant la nuque.

Comme elle était simple, la mort.

Madeleine les aurait bien gardés pour le dîner, pour la nuit et pour la semaine. Les Petit profitèrent d'une accalmie entre deux ondées pour courir prendre un fiacre place des Victoires. Jeanne leur avait mitonné un plat de paupiettes que Blanche tint sur ses genoux durant le trajet. La pluie faisait résonner la capote comme une peau de tambour lorsqu'ils s'arrêtèrent devant le 30 de la rue des Saints-Pères. Ils rentrèrent chez eux telles des ombres fuyantes.

– Quel temps de chien ! lança Alphonse en aidant Blanche à retirer son manteau. Je prépare une flambée.

Blanche rangea les paupiettes dans le garde-manger avant de gagner la salle d'eau où elle s'enferma une bonne demi-heure. Elle en sortit soucieuse. Alphonse qui arrivait sur elle s'arrêta net.

– Un problème ?

– J'en ai assez d'avoir à chauffer de l'eau juste pour me tremper les fesses. Tu pourrais imaginer un système de plomberie plus efficace... C'est toi l'ingénieur, non ?

Un mois de vie quotidienne avec Blanche avait appris à Alphonse à ne pas insister quand elle se transformait en hérisson. Pour le coup, il l'aurait plutôt rangée dans la catégorie du couguar. Pourquoi cette irritation ? À cause de son oncle, sans doute. Ou du fait d'avoir vu sa mère...

– Je vais bassiner le lit, dit-il.

Blanche, elle, alla s'enfermer dans l'atelier.

Alphonse remplit une bassine de braises et la transporta avec précaution jusqu'à leur chambre. Il la passa sous l'édredon en s'attardant au niveau des pieds – sa femme était frileuse des extrémités – avant de retourner la vider dans la salamandre du salon. Quand il revint dans la chambre, Blanche s'était glissée dans le lit. On ne voyait d'elle que sa chevelure défaite, son nez trop long, et des yeux inamicaux.

Alphonse sauta dans son pyjama, se glissa dans le lit et remua cinq bonnes minutes avant de trouver une position adéquate. Il s'était à peine arrêté qu'il reprit sa gigue lente et silencieuse.

– T'as fini ? demanda Blanche avec impatience.

– C'est la tartiflette qui ne passe pas.

Blanche soupira et sortit du lit puis de la chambre pour revenir avec une cuiller, un sucre dans la cuiller, quelques gouttes médicinales sur le sucre.

– Croque. Ça ira mieux après.

Alphonse s'exécuta. Les crampes ne se calmèrent pas. Mais il sentit un doux apaisement le saisir. Blanche, en chemise de nuit, était repartie jeter la cuiller dans l'évier de la cuisine. Elle appela, sa voix résonnant dans l'appartement dont les murs n'avaient été garnis d'aucune décoration.

– Tu travailles avec Contamine demain matin ?

Pas de réponse. Blanche revint dans la chambre. Alphonse dormait comme un bienheureux.

– C'est pas vrai ! fit-elle en le secouant sans ménagement.

Alphonse grogna mais ne se réveilla pas pour autant. Ce, avec la lampe bouillotte allumée et avant neuf heures du soir. On pouvait toujours traiter Blanche de marmotte. Mesdames, messieurs, je vous présente mon mari !

Blanche se glissa à nouveau sous l'édredon et saisit le livre offert par Arthur Léo. *L'Homme-femme* de Dumas fils. Elle en lut quelques pages avant de laisser tomber. Aurait-elle eu une merveille d'efficacité feuilletonesque entre les mains – un roman de Dumas père par exemple –, elle aurait échoué à rentrer dedans. Avec ces idées qui lui trottaient dans le ciboulot et Alphonse dont la respiration lente, paisible, hors de ce monde, l'horripilait !

Blanche se releva, enfila ses mules en peau de lapin, jeta un châle sur ses épaules et, la lampe à la main, gagna l'atelier. Elle renonça à allumer le poêle : il aurait fallu un bon moment avant de chauffer la pièce. Elle attrapa son *Dictionnaire de police* et se réfugia dans le salon dont la température atteignait péniblement les quinze degrés. Elle s'assit à la table, poussa le compotier qu'elle détestait et dont sa mère lui avait fait don – il épouserait bien le plancher un jour ou l'autre – et ouvrit le premier tome du *Dictionnaire* au hasard, à la lettre B. Elle entama l'article sur les Bohémiens, s'arrêta quand une cloche sonna dix coups dans la nuit noire.

Dormir. C'était le mieux qu'elle avait à faire. Il lui fallait une occupation assommante. Quelque chose de pire que la lecture d'un guide de conversation... Blanche alla chercher le pantalon d'Alphonse posé sur le dossier d'une chaise, dans leur chambre. Le fond était brillant mais il refusait de s'en débarrasser. Elle remplit un grand bol d'eau additionnée de café noir et s'installa dans le salon pour frotter le fond du pantalon avec la solution. Elle le fit sécher devant le poêle et le repassa avec une pattemouille.

Au terme d'une heure de cette gymnastique énergique, Blanche était satisfaite mais n'avait toujours aucune envie de dormir.

– Aux grands maux... jura-t-elle en retournant dans la salle d'eau.

Elle fouilla dans la boîte à pharmacie qu'elle n'avait pas encore pris la peine de ranger. La fiole de chloral était bleue, son étiquette à moitié arrachée. Comme la fiole d'éther qui avait si bien réussi à Alphonse, et qui était restée sur le bord du lavabo. Blanche dévissa le bouchon, renifla le contenu, reconnut le somnifère et non le remède aux maux d'estomac.

Avec la dose que je lui ai donnée, il y avait de quoi assommer un éléphant, se dit-elle, un brin gênée de son étourderie.

Heureusement que leur pharmacie contenait plus de remèdes que de poisons.

Blanche avala une lampée de somnifère. Le temps de rejoindre son lit, de se glisser sous l'édredon, de fermer les yeux, tout ce qui faisait sa vie passa aux oubliettes. Lorsqu'elle se réveilla, la lumière du jour entrait à flots dans la chambre et Alphonse, habillé, l'observait depuis l'encadrement de la porte.

– Réveillée ? Pas trop tôt ! Un peu plus et j'appelais les sapeurs-pompiers. (Il s'assit sur le bord du lit et déposa un baiser sur le front de sa bien-aimée.) Je suis allé te chercher des rôties et *Le Figaro*.

– *Le Figaro* ? fit Blanche d'une voix pâteuse. Tu lis *Le Figaro* maintenant ?

– Moi non. Mais toi, oui. Parce qu'il y a un article qui va t'intéresser. Je file. Je ne rentre pas pour déjeuner. À ce soir, fillette.

L'ingénieur partit comme une flèche. Blanche se força à se lever pour éviter de se rendormir. Elle se débarbouilla et s'habilla à la hâte. Elle se traîna jusqu'à la cuisine, commença par se confectionner un chocolat chaud. L'arôme eut le don de lui remettre à peu près les idées en place. Elle s'assit à la table de la cuisine, attrapa une rôtie, regarda la cour depuis le couloir.

Ça travaillait dur dans les bureaux en contrebas. Le bruit rassurant d'une imprimerie en provenait.

Imprimerie, journal, *Figaro*, se souvint-elle.

Le quotidien était sur la table. Le gros titre barrait la une d'une énorme ligne noire :

LE VAMPIRE DE PARIS
Par notre envoyé spécial Zacharie R. Cavendish

Blanche posa sa tasse et la rôtie dans la soucoupe. Elle prit le journal à deux mains et lut l'article d'une traite.

Amie lectrice, ami lecteur, vous avez tous entendu parler de ce que l'on nomme communément « vampire ». Mais avant de vous révéler ce que ce terme signifie désormais pour la police parisienne, essayons d'en donner une définition propre à satisfaire le plus tatillon des encyclopédistes.

Vampir est un mot esclavon qui signifie « sangsue ». Il fut forgé pour désigner les morts, en Pologne, en Hongrie, en Silésie, en Moravie et en Lorraine, des morts affamés venant se nourrir au cou des vivants. Charmante coutume, n'est-il pas ? De celles qui envoient rapidement les petits enfants au lit. Si tu ne t'endors pas rapidement, grand-papa viendra te sucer le sang. La réalité est plus simple et plus complexe à la fois. Car les vampires eurent leur origine historique dont j'ai le devoir de vous affranchir en quelques mots.

Les chrétiens de rite grec s'avisèrent que les chrétiens de rite latin enterrés dans leur juridiction refusaient de... – excusez le terme mais nous sommes en pays de violence – ... pourrir. Il y eut un fait, en Hongrie du côté de la Tokaj et de la Transylvanie, en l'an de grâce 1732, pour rendre cette assertion exacte. Pour en parler, nous emprunterons à nos vaillants policiers français leur style aussi efficace que concis.

Arnold Paule, habitant de Medreiga, mourut écrasé par la chute d'un chariot de foin. Ce M. Paule avait raconté (de son vivant) qu'un vampire l'avait houspillé sur les frontières de la Servie turque. Il s'en était protégé en mangeant de la terre de son sépulcre et en se barbouillant de son sang. Dire que ces contrées barbares sont à huit jours de diligence de Paris ! Donc Arnold Paule, selon ses proches, vint à mourir. Et les soucis commencèrent pour le voisinage.

Une jeune fille se réveilla, mordue par un animal inconnu. Puis un échevin qui faillit y laisser la vie. Des bêtes, vaches, moutons, chiens, étaient régulièrement saignées. Un enfant enfin fut attaqué dans les bois. Il avait de bonnes jambes. Il échappa à son agresseur et identifia formellement Arnold Paule décédé quarante jours plus tôt.

Aussi exhuma-t-on le cadavre du rôdeur de la nuit noire.

Stupeur et effroi ! Notre mort portait toutes les marques d'un archi-vampire. Corps vermeil. Cheveux, ongles, barbe renouvelés. Rempli d'un sang fluide coulant de toutes parties de son corps. Le bailli ne fit ni une ni deux, et de le transpercer d'un fort aigu pieu avant que de lui couper la tête, le réduire en cendres et jeter ces dernières dans la Save. Les méfaits cessèrent.

Dégageons de cette anecdote un fait propre au vampirisme : le mordu mordra.

Et avertissons les âmes sensibles. Bouchez-vous les oreilles, les yeux et les narines car c'est ici que votre serviteur revient à Paris, en ce mois de février 1873. Ici. Maintenant. Ou plutôt avant-hier. Dans l'après-midi. Au café de la Régence, cercle d'échecs que l'on ne présente plus, dans un de ses salons particuliers, M. P. de Saint-A. (nous conservons son anonymat par demande expresse de la Préfecture), joueur sans histoires, a été retrouvé mort, qu'écris-je ! Et ma plume tremble... Vidé de son sang ! Oui ! Vous avez bien lu ! L'homme était aussi sec qu'une momie égyptienne. Et il portait sur son cou, à l'endroit où l'aimée vous embrasse, deux marques aisément rangeables dans la catégorie des morsures vampiriques.

La police est arrivée bien tard. Elle ne dispose d'aucun élément pour expliquer la fuite du liquide vital. Elle, pas plus que ces messieurs de *la morgue, ne paraissent compétents pour résoudre ce crime. Mais parle-t-on de crime lorsque le tueur est une bête ? Qui sait, en ce siècle de modernisme et de voyages à tous crins qui ont rendu les frontières plus perméables que des éponges saturées de vinaigre de Bully, qui sait quelle créature hideuse a pris ses quartiers d'hiver dans Paris ? Faut-il la chercher au Grand Hôtel ? Revêt-elle le frac ? Se terre-t-elle dans les égouts ? Nous n'en savons rien. Ils n'en savent rien. Je n'en sais rien. Mais je veille...*

Et vous dis : à la prochaine livraison.

Ou plutôt : à la prochaine saignée !

Une bûchette éclata dans le foyer de la salamandre. Blanche n'y prêta pas attention. Elle tentait de se souvenir.

Le café de la Régence. Place du Théâtre-Français. Elle en avait entendu parler quelques semaines plus tôt.

Elle se versa une nouvelle tasse de chocolat et le but sans sucre pour stimuler son esprit.

Le souvenir était lié à Émilienne. Elles avaient parlé de la Régence à l'occasion de leur dernière rencontre.

Blanche frappa la table du plat de la main.

Camille et son mot doux rédigé par ce Philémon qui lui avait donné rendez-vous dans le cercle ensanglanté par le vampire !

C'est impossible, essaya-t-elle de se raisonner.

N'empêche. Son esprit avait fait le lien. Un point de non-retour avait été franchi. Et sur la stèle marquant cette étape était gravé : *Et si le prénom de Saint-A. était Philémon ?*

Blanche découpa l'article et se rendit dans son atelier. Elle dénicha son carnet d'enquêtrice au fond d'une caisse pas encore vidée. Elle n'avait pas eu l'occasion de l'ouvrir depuis près de deux ans. Elle colla l'article de Cavendish sur la première page vierge qui se présenta.

Camille et Philémon.

Il fallait qu'elle retrouve la blanchisseuse.

Et Paris n'était pas si vaste, même si c'était un monde.

Acte II

Scène 1

La ville se cache sous un fin voile de brume. Le haut de la Butte recueille les primes pinceaux de l'aube et se teint de rose, un rose qui devient fuchsia lorsqu'il s'accroche au moulin de la Galette. Une croix blanche, trait de pinceau livide, surligne l'écartement des pales. Une colonne d'hommes en noir se dirige vers le moulin.

On reconnaît Gaston Loiseau et Arthur Léo suivis d'une dizaine de gardiens de la paix. Deux d'entre eux portent une civière pliée. À part un juron quand un gars glisse sur le chemin boueux, on se tait. De loin, on dirait une procession.

Le cadavre était visible à distance. En fait, on le verrait de partout, même de Meudon avec une lunette, si on ne le décrochait pas avant que le jour se lève vraiment. Heureusement, le haut de Montmartre était encore en friche. Un immeuble ici. Un cabaret là. Des bicoques disséminées, de bric et de broc. Les témoins immédiats se comptaient sur les doigts de la main.

– Les chacals, râla Gaston en voyant l'attroupement formé au pied du moulin.

Il s'était tu durant l'ascension pour économiser son souffle.

– Des maraîchers du coin, fit Léo. Les Halles seront au courant dans moins d'une heure.

– Dans moins d'une heure, notre client sera en route pour la morgue et il n'y aura plus rien à voir.

L'officier qui les avait fait prévenir, un sergent préposé à la tour du sémaphore de Saint-Pierre, se porta à la rencontre du commissaire Loiseau.

– Dieu merci, vous voilà, soupira le jeune militaire. (Une belle balafre lui creusait la joue gauche.) Nous n'avons touché à rien. Il est tel que nous l'avons découvert.

Loiseau retira ses lunettes à verres bleus, Léo immobile à ses côtés. Le moulin les dominait. Et le cadavre... Un pagne ceignait les reins de l'homme qui avait été crucifié contre les ailes tournées vers Paris. L'expression de sa face, dirigée vers eux, était celle du reproche.

Le gardien les attendait au pied de la volée de marches. Il avait vu la porte ouverte sur le coup de cinq heures trente du matin. Il avait fait le tour du moulin pour courir aussitôt au sémaphore. Il n'avait pas mis les pieds là-haut, non, jura-t-il. Plutôt mourir.

Avec l'accord de Loiseau, Léo disparut le premier dans le moulin.

Gaston attendit une minute, puis deux, tapa du pied avec impatience, frappa à la porte de l'édifice.

– Léo !

– Je manque de lumière, admit l'adjoint depuis l'intérieur.

– Je vais vous en faire, moi, de la lumière.

Gaston poussa la porte, traversa l'entrée en deux enjambées, grimpa à l'échelle de meunier et ouvrit la trappe qui donnait près du bras mouvant les pales. Léo contempla les traces de pas boueuses appartenant à Loiseau et à un autre.

68

Mêlées. Las, il ajouta ses propres empreintes au gâchis général.

Gaston passa la tête dehors. Les agents de la force publique la virent sortir du moulin comme un oiseau d'un coucou suisse. Il n'y eut ni commentaires ni gloussements. L'ambiance ne prêtait pas à rire. Léo lança depuis le bas de l'échelle :

– Alors ?

Loiseau ne vit aucune blessure christique mais, en se tordant et en se penchant, deux marques au niveau du cou. Un corps mou et noir s'accrochait au nombril du crucifié. Il descendit l'échelle et s'alluma un cigare. Léo prit le relais, constata *de visu* les évidences. Lorsqu'il se retourna, Loiseau n'était plus là.

– Je déteste quand il fait ça ! s'exclama-t-il.

Il surgit hors du moulin, furibard, et surprit Gaston en grande conversation avec un personnage en redingote qui n'appartenait pas à leur première colonne. Le nouveau venu portait un manteau gris à col de fourrure, une canne et un tube sur une tignasse argentée. Le commissaire l'écoutait avec déférence. Léo, depuis trois ans qu'il côtoyait Loiseau, ne se souvenait pas de l'avoir vu une seule fois attentif à ce point, sauf lorsqu'un restaurateur lui expliquait comment il avait confectionné tel plat. Et ce n'était ni l'endroit ni l'heure pour prendre un cours de cuisine.

– Il y a deux façons de surprendre l'ennemi, entendit Léo en s'arrêtant derrière Loiseau. La surprise et l'audace. Allez là où on ne vous attend pas.

– Difficile d'aller où que ce soit quand on n'a aucune piste, avoua un Gaston Loiseau exceptionnellement contrit.

Le personnage exhiba *Le Figaro*.

– Vous l'avez lu, j'imagine ? Le Vampire de Paris. Ce Zacharie R. Cavendish ne manque pas d'audace...

– J'imagine qu'un garçon de la morgue aura parlé.

– Ou un des nôtres. D'ailleurs, il se pourrait que cette publicité fasse notre affaire et force le tueur à commettre un impair. À vouloir trop s'exposer...

– Cavendish, intervint Léo. Je l'ai refoulé du café de la Régence.

L'homme au tube observa longuement le mousquetaire de la Préfecture, les mains croisées sur le pommeau de sa canne.

– Arthur Léo. Le nouveau de la neuvième. Vous possédez une bonne technique, m'a-t-on dit. Ça plus le flair de votre équipier feront que ces mises en scène macabres (il désigna les pales d'un mouvement du menton) vont bientôt cesser. Ce Cavendish, à quoi ressemble-t-il ?

Léo réfléchit quelques secondes avant de répondre :

– À Henry Stanley, le reporter qui a rejoint le professeur Livingstone. Grand, puissant, des favoris roux, un air suffisant, une façon de se déplacer en imperator...

– Le reporter américain type. Nous n'avons *a priori* rien à lui reprocher, sinon sa curiosité. (L'homme se tourna vers Gaston.) Où en étais-je avant que votre adjoint m'interrompe ?

Léo se surprit à rougir comme un enfant pris le doigt dans un pot de confiture.

– À vouloir trop s'exposer.

– Ah oui. À vouloir trop s'exposer... Je ne sais plus. Quoi qu'il en soit, ce Cavendish nous en livre une, de piste à suivre. (L'homme tendit le cou et inspira profondément, ce qui lui donna un air martial.) Le Vampire de Paris ! La balle est dans notre camp. Messieurs, nous montrerons aux lecteurs du *Figaro* de quel bois la police parisienne se chauffe ! Vous allez me suivre la piste du Vampire, me dénicher la tanière du suceur de sang et régler cette histoire avant que la presse ne fasse ses choux gras de notre prétendue incompétence. Jour et nuit. Surprise et inventivité. Flair et intelligence. Je compte sur vous, messieurs.

L'homme fit volte-face et redescendit vers Paris en balançant sa canne qui, Léo l'aurait parié, contenait une lame.

– C'était M. Claude ? comprit-il tout à coup. Le chef de la Sûreté ?

Gaston Loiseau maugréa, façon de répondre par l'affirmative.

La légende vivante, le plus grand policier du Second Empire, celui qui avait arrêté Troppmann, Lacenaire et qui avait survécu aux intrigues de deux révolutions et du Cabinet noir. Léo le rencontrait pour la première fois.

– Mais il sait comme vous et moi que les vampires n'existent pas ? continua-t-il d'une voix plaintive.

Le jeune homme était à l'aise dans le réel. Dès que l'on abordait des rivages fantastiques, il se sentait beaucoup moins sûr de lui. Il se retint de gémir lorsqu'il entendit Gaston répliquer :

– Je suis désolé de vous l'apprendre, mais les vampires existent, mon petit Léo. Nous en avons quelques-uns au Sommier. Claude a raison. Il est temps d'aller leur faire un brin de causette.

Loiseau donna ses ordres aux gardiens de la paix afin qu'on décroche le cadavre – surtout, qu'ils conservent la sangsue – et l'envoie directement à la morgue, avant de prendre le même chemin que M. Claude, direction l'île de la Cité. Léo avait l'esprit agité d'idées impossibles. Il se retourna souvent jusqu'à la place Blanche, histoire de vérifier qu'on ne les suivait pas.

On ne se pressait pas pour pénétrer dans l'édifice dont seules les tours en poivrière étaient visibles entre les échafaudages. Le planton claqua des talons en voyant les deux commissaires revenir de leur randonnée macabre.

Au terme de cinq bonnes minutes de marche *intra-muros*, ils atteignirent le Sommier dont Gaston poussa la porte avec émotion. Du temps de l'ancienne préfecture, celle d'avant la Commune et ses destructions, le Fichier parisien était logé dans une bâtisse croulante, rue de Nazareth. Et il lui fallait le traverser pour rejoindre son bureau.

Les vieux meubles de bois noir avaient fait place à des étagères plus pratiques disposées selon un ordre rationnel par des commis rompus à la classification et les huit millions de casiers judiciaires partis en fumée avaient été en grande partie reconstitués grâce aux doubles conservés dans les mairies de province. Mais on s'activait encore à boucher les trous, ceux s'en sortant le mieux étant les malfrats nés dans la ceinture de Paris.

D'eux – actes de naissance, de mariage, beaucoup plus rarement de baptême, description morphologique et longue liste de condamnations pour certains –, il ne restait strictement rien. Heureusement, le gibier de potence parisien répugnait à quitter son domaine. Ça et la récidive offraient aux policiers de la Sûreté l'occasion de retrouvailles quasi quotidiennes. Ce qui donnait lieu à des scènes touchantes, au Dépôt comme au café, quand poursuivants et poursuivis se reconnaissaient après avoir été si longtemps séparés.

Gaston se dirigea droit vers le comptoir d'accueil et lança au commis de garde qui travaillait déjà en dépit de l'heure matinale :

– Nous aimerions consulter le tiroir aux chimères.

– Pardon ? fit le fonctionnaire pas très réveillé ou ignorant de la chose.

Gaston tourna sur lui-même dans un geste excédé. Il repéra le chat gris qui avait accompagné le déménagement du casier judiciaire.

– Laissez tomber et sortez-moi le bulletin du lieutenant Bertrand emprisonné en 1849.

Le commis abandonna son travail de classement pour se glisser entre les étagères. Loiseau en profita pour emmener Léo vers le chat couché sur une série de tiroirs.

– Je ne vous l'ai pas présentée lors de notre dernière visite. Raminagroba, voici un ami qui aimerait consulter le tiroir aux chimères. Nous te le rendrons dès que nous en aurons fini avec lui.

La chatte se leva mollement et laissa apparaître un tiroir marqué d'un point d'interrogation à l'encre brunie. Gaston le tira de son compartiment, s'installa à une table avec Léo et lui expliqua :

– Vous avez là-dedans une centaine de fiches recensant une pègre parisienne un peu particulière. Je ne l'ai pas consulté depuis longtemps. Mais je sais qu'il y a un vampire dans le tas. Faites-le sortir de son cercueil pendant que je m'occupe du lieutenant Bertrand.

Il laissa Arthur, sceptique, au contenu du tiroir mystérieux.

Un observateur aurait successivement vu se peindre sur les traits du jeune commissaire : perplexité, étonnement, incrédulité, amusement nerveux, concentration intense. Mais en fait d'observateur – le commis étant réquisitionné par Loiseau –, il n'y avait que la chatte Raminagroba qui savait l'effet produit par le tiroir aux chimères sur les policiers qui en découvraient l'existence et qui reprit son rêve où il avait été interrompu.

Léo manipulait des bulletins de mains, de styles, d'époques différentes. Rien à voir avec les fiches du casier synthétisant en colonnes les dates de condamnations, les cours et tribunaux, les crimes et délits, les natures et durées des peines, les signes particuliers et observations concernant le condamné. Ici, on se promenait dans une *terra incognita* de l'Identification, dans une zone de brouillards d'où était sortie toute une généalogie de meurtriers pourtant bien réels. Car ces crimes avaient fait l'objet d'enquêtes et été dûment répertoriés.

Enfin, quand on parlait de crimes, certains ressortissaient plutôt de la farce. Il en était ainsi pour l'homme rouge des Tuileries qui harcelait l'impératrice Eugénie. Pareil pour l'homme vert des catacombes qui pinçait les étudiants de l'École des mines lorsqu'ils s'enfonçaient dans le sous-sol parisien.

Pourquoi pas l'homme bleu du café de l'Eldorado ? songea Léo en hochant la tête, consterné, avant de reprendre l'exploration du trombinoscope fantastique.

Son attention s'arrêta sur le Tâteur, personnage ganté de fer qui faisait payer aux passantes du Pont-Neuf une dîme charnelle... cela du temps de Concino Concini. Un certain

Méphisto le ramena à son époque. Il aurait mis la prison de Saint-Lazare sous sa coupe pendant la Commune. Il s'était faufilé entre les rangs versaillais. Ni vu ni connu. Personne ne savait de qui il s'agissait mais tous avaient été d'accord pour le décrire sous des traits diaboliques et toujours vêtu et ganté de rouge.

Sans doute ce tiroir faisait-il partie d'un jeu réservé aux apprentis de la Préfecture, se persuada Léo. Loiseau allait-il lui demander de courir après un Drac, un lutin ou une gargouille homicide ? Toutefois, le fantôme d'une fiche lui glaça la moelle épinière. Une main avait écrit sur le rectangle de papier fort :

Ranger ici le dossier du naturaliste connu pour l'affaire
de la poupée humaine
Emprunté par Georges Beauregard
pour complément d'investigation

Raminagroba s'étira en sortant les griffes. Un peu secoué par l'idée qu'un confrère travaillait sur un des croquemitaines peuplant ce fichier, Léo en reprit l'exploration avec une nouvelle attention. Une fiche rangée à la lettre G le récompensa, sur laquelle était collé un extrait du *Courrier de Paris* daté de 1859. L'extrait disait :

On s'entretient beaucoup dans le faubourg Saint-Honoré du prochain mariage du Vampire.
Qu'est le Vampire ?
Le Vampire est un jeune prince magyar, le plus grand valseur de

l'Europe. Il y a quatre ans, il lui arriva à Londres une aventure terrible, qui lui donna une réputation effrayante et pleine de charme.

Le prince de G. était connu à Londres et à Paris comme le premier valseur du monde. Il valsait pendant une heure sans que le cœur lui battît plus vite ; il lassait toutes les danseuses, il mettait sur les dents tous les orchestres.

Un jour, à une fête d'Almack, une jeune personne belle comme les Anglaises qui le sont, un peu fluette et pâle, voulut valser avec lui et le fit prier de l'engager. Cette jeune personne était la fille d'un lord illustre qui revenait des Indes où il avait joué un grand rôle.

Le prince valsa avec elle ; bientôt les autres valseurs s'arrêtèrent ; le prince et Arabella seuls continuèrent. Il semblait que le prince se passionnât en valsant ; sa valse augmentait sans cesse de vitesse et l'orchestre s'essoufflait à le suivre. La jeune fille, la tête penchée sur l'épaule du prince, semblait en extase. On s'effraya d'abord de sa pâleur et de ses yeux convulsés, qui cachaient presque leur prunelle sous la paupière supérieure ; mais on se rassura en entendant la jeune fille enivrée par ce tourbillon harmonieux murmurer de ses lèvres pâles :

– Toujours ! Toujours plus vite ! Toujours ! Encore plus vite !

Bientôt elle ne parla plus. Le prince tournait toujours ; toute l'assistance était haletante comme si elle eût pressenti qu'un malheur allait se produire, mais on eût dit que tous étaient frappés d'immobilité. Personne ne songeait à arrêter le prince qui valsait, valsait toujours, emportant sa danseuse suspendue et ployée à son bras robuste comme une écharpe de gaze.

Enfin, les musiciens hors d'haleine succombèrent. Le prince raccompagna la jeune fille à sa place, lui fit une profonde révérence et voulut se retirer. La jeune fille tomba à la renverse sur le parquet.

Elle était morte.

Pendant un quart d'heure, le prince avait valsé avec une morte.

Sa douleur fut éclatante. Toutes les femmes raffolèrent de lui et le nommèrent le Vampire.

Les femmes adorent ce qui leur fait peur. Il n'y eut, à Londres, pas une seule femme, pas un type charmant de Keepsake ou de Book of Beauty qui ne fût prêt à lui donner la moitié de son sang pourvu qu'il voulût bien le boire à même ses veines.

Le Vampire, ou plutôt le prince, épouse Mlle Marest, fille d'un industriel de troisième ordre. Cette jeune fille modeste et d'une beauté singulière était, il y a trois mois, au bal chez la duchesse de S. Le prince, attiré vers elle, vint l'inviter à valser. Elle refusa. Aujourd'hui, il l'épouse.

— La vérité est-elle sortie de son puits ? gronda une voix de baryton juste dans le dos de Léo.

Qui montra sa trouvaille à Loiseau.

— Un prince de G. épouse Marest... (Il lut en bas de la fiche, derrière l'article.) « Demeure rue de Varennes, 42 ; travaille à la Compagnie des Indes. »

— Le Vampire magyar, marmonna le commissaire. C'est à lui que je pensais. Quant à moi... (Il agita l'extrait de casier judiciaire comme un carton de loterie gagnant.) Je vous présente l'ex-lieutenant Bertrand, ancien soldat de ligne, qui avait, il y a dix ans, la fâcheuse manie de déterrer des cadavres de jeunes femmes au cimetière Montmartre pour laisser libre cours à des passions interdites. Il a fait son temps et a été rendu à la vie civile depuis seulement six mois.

— Un valseur et un nécrophile. On peut certes les ranger dans la catégorie des vampires. Mais nos deux victimes sont des hommes.

77

– Et alors ! s'exclama Loiseau avec feu. (Il récupéra le tiroir aux chimères et lui fit réintégrer son emplacement.) Nous traquons un monstre, Arthur. Un monstre qui se nourrit de sang. Celui d'un homme ou d'une femme. Le goût change-t-il ?

Loiseau signa un reçu sous l'œil effaré du commis qui avait suivi leur conversation de loin. Conversation qui continua dans le couloir, Léo opposant :

– Un être humain qui pourrait s'avaler cinq litres de sang tous les trois jours ? Et ces mises en scène – un joueur d'échecs devant son plateau, une crucifixion – ne correspondent pas à l'idée que je me fais des actes commis par un irréfléchi.

Chacun campait sur ses positions lorsqu'ils sortirent de la Préfecture. Loiseau toisa son contradicteur :

– Je vous laisse le danseur. Je prends le profanateur. Je serai à la morgue dans la soirée pour assister Lefebvre dans l'autopsie du crucifié.

Léo remonta le col de son manteau et se prépara à partir.

– Au fait ! l'arrêta Loiseau. Vous savez comment on reconnaît un vrai vampire d'un faux ? (S'attendant à une nouvelle saillie de la part de son supérieur, Léo ne trahit aucune émotion.) On prend sa température. Si le thermomètre marque moins de vingt degrés, c'est que le gars est mort.

Léo s'imagina entrer dans une pharmacie, acheter un thermomètre, se présenter devant le valseur pour lui prendre sa chaleur corporelle. Il chassa ces idées saugrenues, consulta l'horloge du Palais – neuf heures – et décida d'aller d'abord à la Compagnie des Indes où l'ex-Vampire magyar avait sans doute commencé son service.

Blanche s'était levée pour être rue aux Ours avant sept heures et demie du matin. Se rendre au marché quotidien des blanchisseuses était le meilleur moyen de mettre la main sur Camille. En espérant qu'elle n'avait pas passé un contrat à la semaine ou au mois avec un maître de sa profession. Auquel cas, Blanche se casserait simplement le nez.

Elle atteignit le bout de la rue aux Ours dans sa partie rénovée alors qu'on éteignait les réverbères. Elle avait dû attraper un coup de froid en se promenant dans l'appartement avant-hier soir plutôt que de rester sagement, au chaud, sous l'édredon. Elle avait l'impression que sa gorge était tapissée de papier émeri et sa narine droite commençait à être attaquée. Ensuite ce serait la gauche, puis trois jours de mouchage en règle avec un pic de fièvre que la jeune femme prévoyait pour vendredi. Ses refroidissements étaient courts mais intenses.

Blanche jeta une gomme de jujube parfumée à la rose dans sa bouche et, les mains dans son manchon de fourrure, plongea dans la foule de blanchisseuses avec l'intrépidité d'un Occidental plongeant dans le bazar d'une ville de l'Asie sauvage.

– Pardon. Pardon. Excusez-moi. Pardon.

Les blanchisseuses la regardaient d'un drôle d'œil et refermaient leurs rangs derrière elle comme la forêt de ronces du conte. Blanche marcha sur un pied, s'excusa, reçut un coup de coude dans les côtes.

– Je ne vais jamais y arriver, gémit-elle en cherchant la sortie de cet enfer.

Elle crut voir une percée sur sa gauche et s'y précipita pour tomber sur Camille en pleine discussion d'embauche. Le type avec qui elle traitait portait une casquette de l'hôtel du

Louvre. L'affaire venait d'être conclue car un billet fut échangé. Camille n'avait pas vu Blanche. Une traction sur sa robe l'arrêta alors qu'elle s'apprêtait à mettre les voiles.

– Tiens ? Bonjour, fit-elle en reconnaissant la bourgeoise qui lui avait déchiffré son billet doux.

– Je vous cherchais. Il faut absolument que je vous parle.

La bourgeoise ne paraissait pas dans son état normal. Elle avait les yeux fiévreux, les joues brûlantes, les cheveux défaits. Le parfait négatif de Camille avec son teint de porcelaine que le froid n'altérait pas.

– On peut aller chez Boudard, proposa la blanchisseuse. Mais pas longtemps. Je commence mon service dans une demi-heure.

Les deux femmes se rendirent dans le café. Camille commanda un jus, Blanche un chocolat chaud. Assise face à son interlocutrice, elle se demanda comment aborder ce qui l'avait amenée jusqu'ici. Suivant son habitude, elle alla droit au but.

– J'aimerais savoir si vous avez répondu à l'invitation de ce Philémon qui vous avait fait remettre le billet.

Camille dévisagea Blanche qui remarqua pour la première fois la transparence de ses iris et leur aspect... inexpressif. Qu'allait-elle répliquer ? Cela ne vous regarde pas, sans aucun doute. Et ce serait justifié.

– J'y suis allée mais j'aurais mieux fait de rester couchée.

– Pourquoi ?

– C'était un fou. Il m'a tenu un discours incohérent, a voulu me retenir. Je suis sortie du café de la Régence. Il m'a suivie. J'ai appelé à l'aide. Il m'a lâchée et j'ai pu m'enfuir. J'en tremble encore.

Blanche, saisie d'un frisson, se chargea de trembler à sa place.

– Vous ne vous sentez pas bien ?

– Un rhume qui monte. (Blanche avala une gorgée de chocolat.) Est-ce que cet homme vous a dit son nom ?

– Me l'aurait-il dit que je l'aurais aussitôt effacé de ma mémoire.

– Donc, vous ne savez pas comment il s'appelait ? Pas Philémon de Saint-Quelque-Chose par hasard ?

Camille observa Blanche, les sourcils froncés.

– Qu'est-ce que vous avez derrière la tête ?

Blanche sentait la fièvre monter plus vite que prévu, fièvre qui allait de pair avec le sentiment du ridicule. Comment savoir si ce Philémon était lié à la victime du Vampire ? Le seul moyen de s'en assurer aurait été d'emmener Camille à la morgue pour lui montrer le corps. Encore fallait-il qu'elle accepte de la suivre. Mais si on l'attendait à l'hôtel du Louvre...

Elle se prit la tête à deux mains. Elle n'aurait pas dû venir importuner la blanchisseuse avec ses obsessions idiotes.

– Pardonnez-moi. Je... je ne vais pas vous déranger plus longtemps.

Blanche régla les consommations, sortit en compagnie de Camille, lança comme pour s'excuser du dérangement :

– Si vous avez besoin de quoi que ce soit, j'habite 30, rue des Saints-Pères. Premier étage à droite. N'hésitez pas. Pardonnez-moi encore.

Camille regarda Blanche s'éloigner et se cogner à un angle de mur. Puis elle haussa les épaules et prit la direction du Louvre.

Acte II

Scène 2

– « Le cercueil apparaît dégagé des draperies noires. Il est d'orme doublé de plomb. On le recouvre de son couvercle. Les assistants ont vu pour la dernière fois le visage de l'Empereur. »

Lefebvre, son exemplaire du *Monde illustré* à la main, cessa de déambuler autour des tables de marbre noir. Il écouta les bruits multiples répercutés par les couloirs de la morgue, bruits liquides pour la plupart. Minces filets d'eau, lointain écho d'une clepsydre dû à quelque infiltration dans une pièce reculée, rumeur sourde du fleuve se déchirant contre l'étrave de l'île de la Cité. Il reprit sa lecture à destination des deux cadavres qui l'écoutaient avec une attention crépusculaire.

– « Il est dix heures et quart. Le couvercle est hermétiquement soudé au cercueil par une coulée de plomb dans les rainures. On y fixe une plaque portant l'inscription suivante : Napoléon III, empereur des Français, né à Paris le 20 avril 1808, mort Camden Place, Chislehurst, le 9 janvier 1873. R.I.P. »

Lefebvre hocha gravement la tête en imaginant la pompe funèbre qui avait présidé à l'ensevelissement de l'aventurier, directeur de la France pendant près de vingt ans. Une main posée sur l'épaule glacée de Saint-Auban, il continua :

– « Le cercueil de plomb est ensuite placé dans un second cercueil de chêne doublé en velours, orné de clous en cuivre et de poignées ciselées. Le couvercle, également en velours, est solidement vissé. » (Il replia son journal.) Avec un coffre-fort pareil, Badinguet ne risque pas de revenir hanter les vivants.

Lefebvre n'attendait aucune réaction de son auditoire. Mais le silence fut brisé par un tintement en provenance de son bureau. Sa première pensée fut pour les rats dont l'extermination était une de ses priorités. Il remonta le couloir et révisa son jugement en s'approchant de la source du bruit qui avait changé de nature.

Un Parisien au fait des dernières nouveautés en matière de théâtre chanté – et le greffier, malgré sa charge un peu particulière, était de ceux-là – aurait immédiatement reconnu l'air principal de la féerie des *Pommes d'or* se jouant actuellement au Château-d'Eau et que l'on reprenait sur les trottoirs du boulevard du Temple.

Gaston Loiseau était confortablement installé dans le bureau de son ami, un verre de porto à la main. Lefebvre remarqua tout de suite l'exemplaire du *Figaro* roulé dans la poche de la redingote du policier.

– Vous avez lu l'article ?

– Déjeuner à la tasse de sang au moulin de la Galette, marmonna le commissaire. Le Vampire nargue la police parisienne. Vampire en majuscules, police en minuscules. Tout ça en lettres rouges. Ils ont fait fort. Très fort.

– J'aimerais surtout savoir d'où ce Cavendish tire ses informations. Cette fois, il parle de la sangsue...

– Nous vivons dans un monde poreux, mâchonna Gaston. Ne vous en faites pas pour ça. Ces articles à sensation n'entameront ni notre détermination ni notre professionnalisme.

– Ah, Gaston, je vous reconnais bien là : lancé tel Actéon sur la piste de Diane !

Lefebvre récupéra le verre de son ami et le rinça dans le lavabo qui garnissait son bureau. Le lavement était un rite auquel il sacrifiait à peu près toutes les heures.

– Où en êtes-vous de vos investigations ? Arthur Léo est passé tout à l'heure. Il m'a dit que vous aviez rappelé la Préfecture au bon souvenir de ce cher lieutenant Bertrand ?

– Léo est passé ? Il vous a parlé du Magyar ?

– Vous d'abord. Je suis terriblement curieux et en manque de confidences depuis qu'une mer et deux détroits me séparent de mon Irlandaise.

Gaston enfonça les mains dans les poches de son gilet.

– Bertrand a deux alibis. Un pour Saint-Auban et un pour le crucifié de la Galette. Il travaillait en service continu et en équipe ces nuits-là. Ses collègues me l'ont confirmé.

– Et à quel genre de travail un ex-exhumateur de cadavres peut-il se consacrer ?

– Vous ne devinerez jamais.

Lefebvre était très mauvais en devinettes. C'était un autre bon côté à reconnaître aux macchabées : ils n'en posaient jamais. Mais celle de Gaston était facile.

– Il travaille pour la Ville. Dans un grand parc funéraire autour duquel sont nichés plein de restaurants sympathiques, notamment un spécialisé dans les escargots.

84

– Le Père-Lachaise ? Non ? !

– Eh si. Bertrand travaille comme gardien de cimetière. Un bel exemple de reconversion. À vous maintenant. Léo vous a-t-il dit quelque chose au sujet du Magyar ?

– Il a fait chou blanc de ce côté-là aussi.

– Par la mort de ma vie ! tonna Gaston en se donnant une claque sur la cuisse.

– Toutefois, la seconde victime du Vampire a été identifiée. Il faut dire qu'avec la publicité faite par *Le Figaro*, ce que nous avons perdu en discrétion, nous l'avons regagné en efficacité.

Lefebvre manipula une brassée de papiers sur son bureau et afficha un air agréablement surpris en s'emparant d'une feuille. Il s'assit à côté de Loiseau et commença avec l'enthousiasme du philatéliste qui vient de faire une découverte particulièrement intéressante.

– Je vous ai montré mes plans pour les futures installations frigorifiques ? Il faut que je boucle mon dossier rapidement si je veux avoir des fonds pour l'an prochain. Je me suis inspiré de ce qui se fait en Allemagne. Je compte y faire un voyage d'études d'ailleurs. (Lefebvre produisit ledit plan.) Regardez. Là, vous avez le congélateur qui contient de l'ammoniac liquide. Le froid sera véhiculé par du chlorure de calcium jusqu'à la chambre froide où les cadavres seront saisis à moins quinze degrés. Une fois bien raides, on les entreposera dans des casiers à zéro degré et il n'y aura plus aucun danger de corruption. Ce système vous aiderait dans vos enquêtes, non ? Avoir les corps à portée de main, pouvoir y revenir quand on veut, prendre son temps, quoi.

Gaston ramena Lefebvre doucement mais fermement à l'identité de leur crucifié.

– Son nom de famille est Gabriel. Le bedeau de Saint-Roch est venu l'identifier. Gabriel participait à un mystère qui a été représenté dans sa paroisse pas plus tard qu'hier soir.

Lefebvre tendit le programme que le bedeau lui avait confié.

– « Mystère de la Sainte Enfance de Notre Seigneur Jésus-Christ depuis sa naissance à Bethléem jusqu'à la Présentation », lut Gaston.

– Gabriel chantait des cantiques d'action de grâces dans le quatrième tableau. Il avait une bonne voix, paraît-il. Et tendance à s'amender d'une vie que nous qualifierons pudiquement de légère par ce type de bénévolat.

– Mais encore ?

– Léo a reconstitué le périple de Gabriel, de la fin du mystère jusqu'à quatre heures du matin environ. Notre bonhomme a écumé les lieux infréquentables de la Butte. Le Cabaret-Rouge. Les Sénateurs. Le Lapin-Agile dont il s'est fait jeter à la fermeture avec pour projet de rejoindre son garni de la rue de Clignancourt. Cela d'après son dernier compagnon de beuverie qui, lui, a dormi sous la table.

Gaston se remémora les renseignements glanés au sujet de Philémon de Saint-Auban. Fils d'un manufacturier. N'ayant jamais travaillé de son existence. Seule perversité connue : les échecs. Aucun point de comparaison avec cet archange tombé de son fil de fer.

– Pour votre gouverne, reprit Lefebvre, un examen préliminaire m'a appris que Gabriel a lui aussi été vidé de son sang. Quant à la sangsue, elle a rejoint sa petite amie dans le bocal que je leur ai dédié. Évidemment, si nous pouvions les faire parler, nous ne serions pas là à attendre que les choses se passent.

Le timbre de l'horloge égrena douze coups discrets. *L'heure du crime ou celle de l'autopsie*, songea le greffier en fixant le commissaire avec insistance. Gaston n'était pas un fanatique du scalpel. Il se drapa dans les plis de son manteau comme une chauve-souris dans ses ailes et lança au légiste qui ne demandait que cela :

– La Préfecture vous donne l'autorisation d'ouvrir, monsieur le légiste. Je reste ici dans l'attente de vos conclusions.

– Vous avez raison, mon ami. Tapez-vous un roupillon. Vous verrez, le sommeil en ces lieux est d'une profondeur sans pareille.

Arthur Léo fit un vœu lorsqu'une étoile filante raya l'atmosphère. Le météore était de bon augure, se dit-il. Son initiative allait payer. Mais la pente abrupte sur laquelle il se tenait était vide d'êtres humains, à part lui. Quoi de plus normal à cinq heures du matin ? Le hululement d'une chouette fortifia son sentiment de solitude.

Léo grimpa jusqu'au moulin de la Galette débarrassé de son épouvantail sinistre. Il passa derrière, traversa un terrain vague par une sente boueuse, déboucha sur un arpent de vigne dont les ceps, sous la lumière lunaire, ressemblaient à des mains à trois ou quatre doigts sortant de terre pour saisir le promeneur imprudent.

Léo observa de loin un cabaret d'où s'échappaient rires et couinements de saxhorn. Il aurait pu le faire fermer. Ce type d'établissement n'avait pas l'autorisation de rester ouvert toute la nuit, au contraire des cafés installés aux abords des halles et marchés. Mais il revint sur ses pas, longea un bâtiment de pierre qui ressemblait à un baptistère, se retrouva à son point de départ, à dix pas de la mire du Nord et du moulin de la Galette, au cœur d'une portion de Paris à peine construite. Ce « à peine » comprenant : le moulin ; le café afférent et, pour l'heure, fermé ; un immeuble d'habitation qui paraissait récent et étrangement inhabité. Léo recula pour mieux voir ce qu'il avait cru voir sur le toit, tout là-haut. Il ne fut pas peu surpris de reconnaître une coupole d'observation astronomique.

L'immeuble surplombait une friche qui dégringolait vers Paris marquée de points brillants, là où les becs de gaz luttaient contre les ténèbres. Léo rabattit sa capote sous ses fesses, s'assit dans l'herbe glacée, et s'amusa à repérer le Louvre, l'Arc de Triomphe, la tour Saint-Jacques, le Panthéon...

Le Vampire choisissait ses endroits avec soin. D'abord le cabinet privé d'un cercle d'échecs. Intime. Ensuite ce *no man's land*. Désert. Aucun indice. Aucun témoin. Un cauchemar d'enquêteur.

Il en était là de ses réflexions et songeait sérieusement à redescendre dans son deux pièces de la rue Vivienne pour dormir une heure ou deux lorsqu'un grommellement parvint à ses oreilles. Léo s'allongea sur l'herbe. Il sortit son Lefaucheux et attendit que la silhouette en contrebas se précise.

En fait de grommellement, il s'agissait d'une rengaine. Une rengaine fredonnée dans une langue dont Léo ne comprenait pas un traître mot mais dont il identifia la provenance : Europe centrale. Les Balkans. N'était-ce pas la terre d'élection des vampires ?

Le cœur de Léo battait le rythme en doubles croches lorsque

l'inconnu parvint à son niveau. Homme d'une cinquantaine d'années, tenant une sorte de quenouille dans une main et arrachant des fils invisibles à ras de terre de l'autre. Il fit brusquement volte-face et manqua de piétiner le policier qui n'avait pas eu le temps d'armer.

– Que faites-vous dans mon champ ? s'insurgea l'homme avec un très léger accent.

Léo se redressa, un peu ridicule, et se présenta avant de demander son identité à l'homme et la raison de sa présence, ici, en pleine nuit, avec cette quenouille.

– David Gruby. Docteur et astronome à ses heures. Quant à vous expliquer ce que je suis en train de faire...

Il se pencha pour ramasser un fil d'araignée qui se chargerait de rosée dans une poignée d'heures. Il observa sa quenouille, satisfait.

– Venez. Je vous offre le café. Et j'éclairerai votre lanterne.

Léo suivit le docteur dans l'immeuble qu'il avait repéré. La grille poussée, ils longèrent un coupé archaïque aux fenêtres à tabatière. Gruby confia une lampe à huile à Léo et le fit grimper jusqu'à l'étage sous la coupole. Là, il retira son manteau et le jeta sur une chaise chinoise au siège de marbre. Il tenait toujours sa précieuse quenouille. Il fit entrer Léo dans l'observatoire qui, malgré son exiguïté, accueillait trois lunettes astronomiques. Gruby ouvrit les oculaires et tendit les fils d'araignées dont il avait fait la récolte sur des sortes de mires métalliques.

– Il n'y a pas mieux qu'un fil de la Vierge pour quadriller une lunette, commenta le docteur en finissant son travail méticuleux. Voilà. Nous pouvons redescendre maintenant.

Gruby fit chauffer une casserole de café sur le fourneau et se chargea de remplir deux tasses.

– Je vous écoute, monsieur le policier.

Léo huma l'arôme que dégageait sa tasse.

– J'enquête au sujet de l'homme qui a été retrouvé accroché aux pales du moulin de la Galette.

Des relents de catéchisme empêchaient Léo d'utiliser le terme « crucifié » à tout bout de champ.

– Cette histoire de vampire, ridicule, rétorqua le docteur. Je suis né en Hongrie. J'ai fait mes études à Pest. Les vampires, je connais. Et ils n'existent pas. En revanche... (Gruby agita un index noueux dans l'air, faisant tourbillonner les volutes de vapeur blanche.) Ma grand-mère déclarait souvent que c'est parmi les vivants qu'il faut chercher ces créatures. Enfin... Comment puis-je vous aider ?

– En me disant si vous avez constaté quoi que ce soit de bizarre hier, à peu près à cette heure, lâcha Léo en sortant carnet et crayon. Auriez-vous vu quelque chose sortant de l'ordinaire ?

– Et comment ! s'exclama le docteur.

Léo s'humecta les lèvres, manière de faire comprendre qu'il était l'attention incarnée.

– Une planète télescopique d'une merveilleuse intensité, entre Hercule et le Bouvier. Je me suis rendu à l'Observatoire aujourd'hui. Elle n'avait pas été homologuée. Il n'y a plus qu'à la baptiser.

Léo précisa sa demande :

– Je voulais parler du plancher des vaches. Si vous aviez remarqué quelque chose d'anormal au pied de votre immeuble, autour du moulin.

– Ah, ça ? Non, désolé. Je suis resté l'œil rivé à mes lunettes. (Gruby consulta une montre accrochée à son gousset.) Je ne veux pas vous mettre à la porte, mais je ne vous serai d'aucune utilité et les étoiles n'attendent pas.

Léo reposa sa tasse et se prépara à prendre congé de l'excentrique qui le raccompagna jusqu'au rez-de-chaussée.

– Quand je pense à ce malheureux. Juste en bas de chez moi. J'aurais dû faire plus attention, s'excusa le docteur.

Ils se tenaient sur le seuil de l'immeuble. Léo nota son nom sur un bout de papier.

– Si vous vous rappelez quoi que ce soit, contactez-moi. Commissaire Léo, neuvième brigade.

Gruby roula le papier et le glissa dans sa veste.

– Il y a bien quelque chose qui m'a mis hors de moi. Je comptais venir porter plainte à la Préfecture. Mais je n'ai pas de temps à perdre avec ce genre de détails… Et on m'aurait ri au nez.

Un lièvre, à moins que ce ne fût un renard, passa dans le dos de Léo qui ne bougea pas.

– Je faisais ma récolte de fils d'araignées, hier, à peu près à cette heure, quand je suis tombé sur un marchand de coco.

– Un marchand de coco ?

– Vous savez, ces types des beaux jours avec un costume bariolé et une fontaine dans le dos. Il descendait mon champ sans se soucier du ravage qu'il y causait. Je ne me suis pas privé de l'abreuver de noms d'oiseaux, dans ma langue maternelle, précisa Gruby. Ce sapajou ne s'est même pas retourné !

– Un marchand de coco, murmura Léo qui venait de voir s'ouvrir devant lui une porte et, au-delà de cette porte, une éventualité.

Il serra la main de David Gruby avec chaleur.

– Un grand merci. Vous m'avez été d'une aide précieuse !

Et il s'élança vers Paris en se laissant emporter par la pente.

– Garçon sanguin, jugea l'homéopathe en le regardant s'éloigner. En voilà un à qui quelques granules d'Ignatia ne feraient pas de mal.

Gaston Loiseau se réveilla ankylosé et furieux contre lui-même. Le rêve qu'il venait de faire était le plus stupide qu'il ait fait depuis longtemps. Il travaillait toujours pour la Préfecture. Plus à la neuvième brigade mais au bureau de vérification des réclames.

Il avait testé la machine à coudre La Silencieuse vendue boulevard Magenta, prouvé l'inefficacité totale de la lime électrique américaine contre les cors aux pieds avant de se soumettre au test de la balle tirée à bout portant pour voir si ses nouvelles dents blindées résisteraient à l'impact d'un frelon métallique de très haute vélocité. Il s'était réveillé au moment où Léo appuyait sur la détente.

– La dernière fois que je dors parmi les morts, maugréa-t-il en s'étirant.

Il sortit le journal de son manteau. Ses yeux tombèrent sur la prose de Cavendish.

Nous vous parlions de sangsue dans notre précédent article pour vous rappeler l'étymologie du mot « vampire ». Sachez que l'assassin assoiffé signe son crime avec l'aide de ces invertébrés immondes. Une sangsue (vivante !) était lovée dans le nombril de P. de Saint-A. et de G. Les forces de police vont-elles opérer une descente en règle chez les apothicaires de la capitale ?

– Crétin, grogna Gaston en roulant le journal pour en faire une matraque.

Il descendit du bureau, passa devant la salle d'exposition, ne s'arrêta pas aux cadavres allongés derrière la vitre. Lefebvre se lavait les mains dans la salle d'autopsie. Gaston n'avait pas dû dormir si longtemps. Dehors, il faisait encore nuit noire.

– Alors ? fit le policier.

– Comme je vous le disais, numéro deux comme numéro un a été vidé de son sang, sans doute *via* les deux incisions visibles au cou, par la jugulaire. À part ça, notre Gabriel était en bonne santé. Je vous épargne la composition de son dernier dîner, plus liquide que solide et que son foie aurait eu le plus grand mal à assumer.

Gaston, les bras croisés, admira les deux corps étendus côte à côte dans la lumière tremblotante des becs de gaz qui saillaient des murs de la salle.

– S'il m'arrivait quelque chose de fatal... commença-t-il. (Il repensa à la vision de Léo le mettant en joue.) J'aimerais être brûlé.

– Brûlé ? (Lefebvre s'essuyait les mains avec énergie.) Voilà une idée intéressante. M. Siemens aurait élaboré un prototype de four à crémation. À Dresde, je crois. J'ai lu quelque chose à ce sujet. Ça m'avait frappé parce que l'Allemand a baptisé la partie qui récolte les restes carbonisés le cendrier. Le cendrier... L'esprit teuton me laisse parfois pantois. (Lefebvre tira ses manches de chemise, les reboutonna, rajusta sa veste.) Et si crémation il y a, dans quelle partie du globe monsieur veut-il être dispersé ?

Gaston gardait les yeux fixés sur le cadavre de Gabriel,

93

l'acteur de mystères qui avait sans doute eu son plus beau rôle sur les pales du moulin de la Galette.

– Sur la plage de Trouville. Quand j'étais petit, j'y fabriquais des châteaux de sable avec mon père. En remplissant les douves, je pensais pouvoir vider l'océan.

Le greffier respecta quelques secondes de silence en mémoire de l'enfance défunte de Gaston Loiseau. Mais il avait fini son travail sur le corps et il avait un rapport à rédiger. Rien d'aussi passionnant que le rapport sur l'assassinat de Ramus, rédigé par l'illustre Piédagnel en 1832, Ramus dont la tête avait été pêchée dans la Seine, le tronc dans l'égout de la rue de la Huchette et les deux jambes près du Pont-Neuf. Un modèle du genre.

Lefebvre tourna le robinet de gaz. Pris dans ses pensées, il l'ouvrit au lieu de le fermer. Les cadavres livides s'illuminèrent d'un coup sous la lumière vive.

Il tourna le robinet dans l'autre sens.

– Rallumez ! ordonna aussitôt le policier.

– Hein ? fit le greffier.

– Ouvrez le robinet au maximum !

La scène réapparut, blanche, immatérielle. Gaston marcha vers les deux tables, Lefebvre à côté de lui.

– Ces croix, demanda-t-il, sont-elles de votre fait ?

– Des croix ? Quelles croix ?

Le greffier se pencha pour inspecter les endroits précis que le commissaire lui désignait. Et il vit, sous l'éclat des quinquets, une cicatrice en forme de croix sur l'épaule gauche de Saint-Auban, sa réplique sous le téton droit de Gabriel.

– Elles m'avaient échappé.

Deux croix de Saint-André, cinq centimètres pour chaque

branche, disposées à des endroits différents, rigoureusement identiques.

— Peu profondes mais anciennes.

— Qu'est-ce qui aurait pu les dessiner ?

— Un clou. Un morceau de verre. Un ongle acéré.

— La marque du Vampire, murmura Gaston.

Ces croix attestaient qu'il existait un lien entre l'acteur et le joueur d'échecs, une piste logique empruntée par le tueur qui y avait forcément laissé des traces.

Et suivre une piste, c'était tout ce qu'un bon chien de chasse comme Gaston attendait.

Acte II

Scène 3

Amie lectrice, ami lecteur, je me suis tu pendant neuf jours. Vous vous demandez sans doute pourquoi.

Est-ce à cause d'une actualité trépidante, autant nationale qu'internationale ?

Les derniers communards ont été exécutés à Satory. Bon point pour le gouvernement.

Adolphe Thiers a été forcé de porter le deuil de l'Empereur, tous deux étant membres de l'ordre de la Toison d'or. Sans commentaire.

Le North-Fleet, navire anglais, a coulé avec ses trois cent cinquante passagers. Paix à leurs âmes.

La police française a mis fin aux agissements d'un certain Club des suicidés dont les membres se laissaient désigner par le biais de la galette des rois. Celui qui avait la fève était le prochain sur la liste. Rien de plus logique, me direz-vous, lorsqu'on sait que la fève était empoisonnée.

Ça plus les derniers interrogatoires du gang des Casquettes noires ont dû occuper nos zélés fonctionnaires depuis la découverte de l'acteur G. sur les ailes du moulin de la Galette.

Vous sentez mon ironie mordre sous l'encre et le papier. Et je m'en repens. Votre serviteur n'a pas plus avancé que les enquêteurs officiels dans la traque du Vampire.

Avez-vous eu connaissance de l'enfant né chauve-souris, aux Jonquiers, dans le Midi ? Voilà un cas de tératologie inédit. Ses deux bras sont réunis au corps par des membranes semblables à celles des suceurs de sang. Les curieux se précipitent à la métairie pour observer le phénomène. Les parents sont catastrophés. Que vont-ils faire de ce démon ? Plutôt la démone. L'enfant est une fille.

Suis-je trop audacieux en renchérissant : à quand l'enfant sangsue ? Et pourtant, il faudrait moins de baleines blanches à un Nostradamus moderne pour annoncer un quatuor de trompettes apocalyptiques.

Nous ne sommes pas prophètes. Nous disons simplement : aujourd'hui, jeudi 13 février, le Vampire se promène dans la ville. Deux fois – et combien d'autres nous ont échappé ? – il a goûté au sang humain. Pensez-vous qu'il s'arrêtera en si bon chemin ? Qui sera le prochain sur la liste ? Vous ? Moi ? Un parent ou un voisin de palier ? Un enfant ou une vieille femme édentée ?

Aujourd'hui, c'est saint Jonas qui, non content d'avoir été avalé par un poisson géant, protège les monstres d'une des fêtes de Paris. Je m'en vais la visiter. J'interrogerai femmes électriques et hommes salamandres et vous informerai, si cette enquête me prête vie, des éclaircissements que je pourrai apporter à cette affaire.

Votre dévoué
Zacharie R. Cavendish,
Chasseur de vampires à Paris.

Gaston observait les cornes d'antilope accrochées au mur en face de lui. La tache de soleil venait de quitter le bout de ses bottines posées sur un tas de règlements, de lois et de fascicules pour ramper contre le mur. *Il faut que j'aie une idée avant que le haut de ce trapèze de lumière atteigne les cornes,* pensa-t-il en jetant un peu plus de charbon dans la chaudière de son esprit. Son teint vira cramoisi. Ses yeux scintillèrent. Mais il ne sortit de cette minute de haute pression rien de concluant. Gaston avait besoin d'espace.

Il fit pivoter son siège d'un demi-tour pour se dresser face au dos d'Arthur Léo qui consultait un grand registre, grattant dans son carnet de temps en temps. Le commissaire s'apprêtait à signifier à son adjoint qu'il partait pour quelque affaire urgente lorsque la porte s'ouvrit sur un personnage qui savait garder intact l'effet de surprise et d'autorité attaché à chacune de ses apparitions.

La chevelure argentée, le maintien très Second Empire, la canne tenue comme un fleuret, une redingote épaisse sur les épaules faisant se demander au malandrin : cet homme a-t-il vraiment une carrure de lutteur forain ou s'agit-il d'un simulacre ? Gaston se mit au garde-à-vous. M. Claude lui signifia de se rasseoir, attrapa une chaise du pied, l'attira près de la salamandre, s'assit, la canne entre les genoux, retira ses gants de cuir rouge. Arthur Léo tournait maintenant le dos au commissaire *et* au patron de la Sûreté qui ne s'en offusqua pas car ce dernier lança, avec un exemplaire du *Figaro* :

– Vous avez lu ? (Loiseau ne déplia pas le journal qu'il aurait bien jeté dans la salamandre pour la nourrir.) Cavendish s'impatiente. Franchement, moi aussi. (Le visage de Claude se figea, à croire qu'il venait de s'injecter dans les veines une solution de granit et d'immortalité.) Où en êtes-vous sur ce jeu de l'oie par rapport au 4 février ? En avant ? En arrière ? Toujours sur la même case ?

Gaston savait que la bonne réponse, la numéro trois, ne

s'accompagnerait d'aucune sanction. Claude avait l'expérience des enquêtes qui piétinent avant de s'affoler. Il suffit d'attraper le bon courant et l'histoire s'emballe. Malheureusement, ils suivaient encore une rivière lente, paresseuse et sans rapides.

– Gabriel n'avait rien de remarquable. Vu ses habitudes nocturnes, et si le Vampire lui en avait laissé le temps, il aurait visité notre Dépôt assez rapidement. Sa vie a été disséquée.

– Le meurtrier frapperait au hasard ? spécula Claude.

Gaston n'en savait rien. Aussi sortit-il une autre carte de sa manche.

– Tandis que Philémon de Saint-Auban appartenait à tout un tas de sociétés secrètes.

– Tudieu ! Et c'est maintenant que vous le dites !

– L'Opéra l'a eu comme abonné. Il suivait les meetings de l'Association des dames françaises, ceux de la Société de tir et de gymnastique...

– Il n'était plus très vert ? s'étonna Claude qui avait pourtant le même âge que Saint-Auban mais mouchait une cible à plus de trente pieds.

– Adhérent sympathisant, précisa Gaston. (Le commissaire adopta une mine sombre.) Il y a plus grave, Saint-Auban était le trésorier de la Société contre l'abus du tabac.

– Un fumeur impénitent aura mal pris la chose. (Claude sortit d'un pouce la lame de sa canne avant de la ranger.) Le hasard ? Non, nous n'y croyons pas. Il y a ces croix. Supputons quelque plan caché derrière la mascarade. Un tueur à répétition ne met pas autant de soin à mettre ses crimes en scène.

Ou alors nous avons affaire à un nouveau type d'assassin. Et à un esthète.

Claude observa le dos de Léo qui, au mouvement de ses épaules et au bruit un peu agaçant qui parvenait jusqu'à eux, écrivait frénétiquement.

– Que fait votre adjoint pour être aussi concentré ?

– Il étudie le registre des marchands de coco.

– Il est encore là-dessus ! s'exclama le patron sans que les épaules de Léo frémissent.

Gaston essaya par amitié pour son adjoint :

– La bonbonne des marchands de coco expliquerait comment le sang disparaît chaque fois.

– Mais enfin, rétorqua le chef de la Sûreté, les marchands de coco ne réapparaîtront sur le boulevard de Gand qu'au mois d'avril ! Et tout ça parce qu'un astronome un peu toqué a déclaré en avoir vu un dans son champ d'étoiles d'araignées le matin du crime ?

– David Gruby est considéré comme un bon médecin. Il a tenu une ambulance pendant le siège et...

– Tttt. J'ai fait mon enquête, figurez-vous. L'astronome de Montmartre n'est pas très bien vu par l'Académie de médecine. Il guérirait l'anthrax avec de l'ouate et de l'huile. Il traiterait les migraines avec des passes magnétiques. Mieux ! La nuit, il s'enduirait de graisse de veau fondue avant de s'envelopper dans du papier Joseph. Franchement, Gaston, votre zozo est zinzin. Il dit avoir vu un marchand de coco ? Il aurait pu voir Napoléon, Jules César ou Jésus-Christ dansant le cotillon sur des coquelicots !

Un moderne Jésus-Christ avait récemment été accroché sur

les pales d'un moulin. Mais Gaston se retint de rappeler ce détail au chef de la Sûreté qui s'était emballé.

– Les croix que vous avez relevées sur les corps ne sont pas anodines. Fouillez à nouveau le passé des victimes. Dénichez ce qui les relie ! Je sais, c'est un travail ingrat que d'arpenter encore et encore un chemin arpenté cent fois. Mais une nouvelle vision vous apportera de nouvelles perspectives. Croyez-moi.

Claude avança jusqu'à la fenêtre. Gaston était encore logé dans la caserne de l'île de la Cité. Et ce serait le cas tant que les travaux de la Préfecture ne seraient pas achevés. Vers la droite et la Seine, derrière le marché aux fleurs, une troupe costumée passait en braillant, sortant d'une fête ou s'y rendant. Le commissaire et la légende vivante suivirent les masques de loin. Deux vautours sur leurs gouttières n'auraient pas montré plus d'imperturbabilité.

– Il y a forcément une femme, lâcha Claude. Il y a toujours une femme.

Gaston se tourna à demi vers son supérieur. De nombreuses histoires avaient couru sur le chef de la Sûreté et les femmes. En avait-il connu au long de sa carrière ! Des espionnes allemandes et italiennes. Des femmes tueuses, jalouses, intrigantes. Des as du revolver, de l'arsenic ou du couteau à tiers-point. Mais d'épouse, à la connaissance des ragoteurs de la Préfecture, point. Le commissaire attendit que le chef de la Sûreté développe sa théorie de la femme dépravatrice de l'homme. Et pour développer sa théorie, Claude prit un exemple dans l'histoire de Paris.

– Vous vous souvenez de l'assassin de la rue de la Vierge ?

– Celui qui a suriné... enfin poignardé six personnes avant de les balancer dans le canal Saint-Martin, l'an dernier ?

– La Hyène, l'appelait-on dans le quartier. Un squelette sur pattes qui frappait au cœur, d'un coup, avant d'aller cacher son butin dans sa bicoque sordide. (Claude renifla bruyamment.) La Hyène n'était qu'un bras. Celle qui le dirigeait s'appelait la Cyclope. Un vrai monstre de quartier. La petite vérole lui avait troué le visage et pris un œil. Elle avait des cheveux rouges, tressés en corne. Un animal de foire, vous dis-je. J'ai eu l'occasion de voir son corps. Et je remercie le ciel que la chaux de la fosse commune l'ait rongé. La Cyclope faisait ménage avec la Hyène et l'envoyait en tuerie sur un ordre. Un dompteur ne ferait pas autrement avec ses fauves.

Claude quitta la fenêtre, renfila ses gants, planta son tube sur son casque d'argent, désigna Léo qui, pas une seule fois, n'avait montré le moindre intérêt pour sa présence.

– Son pouvoir de concentration est phénoménal. Vous le féliciterez de ma part. (Gaston accompagna Claude dans le couloir.) Cherchez la femme. Elle est le pivot de notre énigme.

Le chef de la Sûreté laissa Gaston à son bureau et à ses pensées tumultueuses. Gaston enfila son manteau et glissa sur le côté du bureau de Léo pour apparaître dans son champ de vision. Il lui parla. Léo observa Loiseau, ahuri.

– Qu'est-ce que vous dites ?

Loiseau, perdant patience, extirpa sans ménagement les bouchons de cire que son adjoint avait pris l'habitude de s'enfoncer dans les oreilles lorsqu'ils travaillaient dans la même pièce. Au prétexte que le commissaire chantonnait sans s'en rendre compte. Alors que sa voix de baryton était pur délice !

– Oubliez le coco ! répéta Gaston. On reprend le passé de nos deux gusses à zéro. À vous Gabriel. À moi Saint-Auban. Je m'en vais de ce pas cuisiner sa mère.

Léo eut à peine le temps d'enfiler son manteau, de prendre son Lefaucheux et son carnet d'enquêteur avant d'être poussé hors du bureau et de la caserne. Le commissaire lui jeta avant qu'ils ne se quittent :

– Et cherchez la femme, Léo. La femme ! Pas l'homme. Rapport à la halle aux faits divers pour cinq heures.

– Tu crois que c'est ici ?

Avec ses murs lépreux, sa glycine squelettique, son pavé disjoint, la bicoque à trois étages ne payait pas de mine. Blanche fit un effort d'imagination et se transporta de leur crépuscule d'hiver à une chaude matinée de printemps. La glycine avait fleuri. Le charron travaillait devant son atelier. Des linges qui pendaient aux fenêtres donnaient à la rue des Cascades un air de fête foraine. Émilienne chantait à tue-tête, les mains sur les hanches, canaille, une chanson à la mode aux paroles un brin osées.

Blanche poussa la porte d'entrée. Le couloir sentait l'humidité. Alphonse grilla une allumette pour faire de la lumière. Blanche étudia les boîtes aux lettres et lut une inscription en capitales maladroites :

– Émilienne Bonvoisin-Evgueni Kobolkov. Deuxième droite.

Elle se lança dans l'escalier et, au bout de deux volées, frappa à la porte droite. Un homme lui ouvrit. Blanche, qui avait les yeux baissés, n'en vit dans un premier temps que les bottes graissées, puis la chemise boutonnée sur le côté, puis plus rien. L'homme l'embrassa trois fois sur la bouche sans qu'elle esquisse la moindre réaction. Alphonse restait pétrifié sur le paillasson. L'homme en profita pour l'embrasser lui aussi sur la bouche, par trois fois, comme c'est l'usage chez les Slaves.

– Blanche et Alphonse ! rugit le colosse.

Evgueni prit les deux petits Parisiens par les épaules pour les faire pénétrer dans l'appartement. Barbe-Bleue ne s'y était pas pris autrement en tirant sa septième femme dans le cabinet maudit. Émilienne apparut au grand soulagement de Blanche.

– Nous ne sommes pas en avance, j'espère ? fit Mme Petit d'une voix étranglée.

– Tu as toujours été très ponctuelle, la rassura Émilienne. (Elles s'embrassèrent, Émilienne en profitant pour chuchoter à son oreille.) Et je me doutais que ton ingénieur le serait pareillement.

Un feu joyeux flambait dans la cheminée. Des douceurs avaient été disposées sur une table. Evgueni débarrassa Blanche de sa cape et Alphonse de son manteau avant de frapper dans ses mains, manière d'annoncer qu'ils étaient au complet et que la fête pouvait commencer.

Du passé, il fut peu question. Certains aspects demeuraient douloureux pour Émilienne, notamment son passage dans les geôles de la République. Les conversations tournèrent donc, dans un premier temps, autour d'Evgueni. Il avait appris le français en lisant Balzac, dit-il à Blanche qui s'attendait à une sorte d'homme sauvage. Mais il resta lui aussi fort discret sur son passé. Blanche titilla un moment Émilienne pour apprendre les circonstances de leur rencontre mais elle en fut pour ses frais. On se rabattit alors sur le présent. L'important n'était-il pas d'être ensemble et de se donner un peu de bon temps ?

Le goulash confirma à Evgueni que Blanche avait un appétit d'oiseau. Malgré son insistance, elle n'en avala qu'une misérable assiette. Quant au vin... Un verre suffit à Alphonse, verre qui n'aurait pas enivré une musaraigne russe.

– Tempérance est sûrement votre second prénom, hasarda Evgueni.

Blanche hocha la tête de droite à gauche.

– Prudence alors ?

Elle répondit avec un air mystérieux :

– Ni Patience ni Abstinence. (Elle coula un regard en biais vers son mari qui, tout à son assiette, ne comprit rien au sous-entendu qui lui était adressé.) Mais Vérité. Je le porte sur le bout de mon nez.

– Alors à la Vérité ! proposa Émilienne en guise de toast.

Là, Blanche fut bien forcée de boire. Elle faillit tout recracher lorsque Émilienne révéla que le second prénom de la blondinette n'était pas Vérité mais Odette.

– Rapport à une tante, expliqua Blanche, fulminante.

– Odette ? reprit Alphonse à qui ce détail d'état civil avait échappé. C'est joli.

Sa remarque fut accueillie par un éclat de rire général qu'il apprécia à la manière d'un courtisan, en s'inclinant.

Ils se levèrent de table, la débarrassèrent et la plièrent pour faire de la place. Les amoureux de Belleville logeaient dans un deux pièces qui aurait tenu dans l'atelier de Blanche et Alphonse. La fille de la concierge avait laissé s'exprimer ses talents de couturière en cachant les murs de torchis avec des effets de tissus. Il y en avait partout, des plinthes au plafond. Ils donnaient à la pièce un aspect de tente nomade.

Alphonse refusa la cigarette qu'Evgueni lui tendait. Mais il s'accroupit devant un objet qui n'avait eu de cesse de l'intriguer pendant tout le repas. Une sorte de grosse bouilloire de cuivre traversée par un tube dont l'ingénieur cherchait à comprendre l'utilisation. Evgueni lui fourra un verre de vodka dans la main et se chargea de l'initier aux mystères du samovar. Quant à Blanche et Émilienne, assises près de la cheminée, elles conversaient.

– Et tes parents, demandait Émilienne, comment prennent-ils ta nouvelle indépendance ?

– J'en sais trop rien. Je ne les ai pas vus depuis dix jours. Papa n'est jamais là. Quant à maman, elle est partie à Lourdes avec Berthe.

– À Lourdes ? Remarque... C'est le genre de destination que je l'imaginais voir prendre.

– Elle a dû prier pour le salut de mon âme. (Blanche s'empara d'un bout de bois et poussa les braises qui avaient tendance à dégringoler vers le plancher.) Ton Evgueni est chouette.

– Ton Alphonse aussi.

– D'accord. Autre sujet. Côté travail, ça se passe bien ?

Blanche ignorait tout de la source de revenus d'Émilienne. Evgueni suait six nuits par semaine dans l'usine de mélasse. Et cela aurait à peine suffi à payer l'appartement.

– Viens, fit Émilienne en prenant le chemin de la seconde pièce dont la porte était restée close.

En fait de pièce, il s'agissait d'un réduit qui rétrécit un peu plus l'appartement aux yeux de Blanche. L'unique fenêtre avait été bouchée par des étagères et Émilienne enflamma la mèche d'une lampe à huile avant de fermer la porte sur elles deux. Une chaise pivotante était disposée devant un établi. Émilienne s'assit et assit Blanche sur ses genoux qui se laissa faire tant était grande sa surprise, sincère son émerveillement.

– C'est magnifique, dit-elle en tendant une main vers une des étagères.

Une petite fille au minois parfait et en costume Régence l'observait de ses yeux de verre.

– Je te présente Natacha. Natacha, voici Blanche.

Blanche prit la poupée et la tourna dans la lumière. L'habit pouvait être défait et elle ne se priva pas de déboutonner la robe.

– C'est le modèle cocotte. Il marche mieux que l'alsacien.

Blanche retint une exclamation en découvrant que Natacha portait un corset taillé dans une pièce de cuir rouge.

– Ma marque de fabrique, lâcha la lionne en ronronnant doucement.

Blanche rhabilla la poupée et en prit une autre – « Roberta », lui présenta Émilienne – aux cheveux flamboyants, en costume de bain et, allez savoir pourquoi, en bottines de gutta-percha.

– Ce sont mes princesses, celles sur lesquelles je travaille quand j'ai le temps. Sinon, je me consacre à mes réductions de Parisiennes.

Elle sortit une poupée d'un tiroir. Corps de carton, habits de chiffon mais possédant néanmoins sa grâce bien à elle. Une petite fille ne pouvait rester insensible. Et Blanche sentit son cœur se serrer en songeant aux années enfuies... Elle rendit la poupée à sa mère et lui dit :

– Vous êtes une artiste, Émilienne Bonvoisin.

– Mouais. Elles se sont pas mal vendues pendant les étrennes.

Mais en attendant, c'est pas avec ça que je vais m'acheter une nouvelle robe.

– Pourquoi ? Tu les vends combien ?

– Cinq pour un franc aux boutiques à un sou.

– Un franc pièce ?

Émilienne écarquilla les yeux et sourit, incrédule.

– S'pourrait-il qu'on me les achète cinq fois plus cher rue des Saints-Pères ? Faudrait p't'être ben que je traversions le fleuve pour vendre ma camelote. (Émilienne reprit sa voix normale.) Allez. Assez bavassé boulot. Sors de là, poulette. Allons voir si ton Alphonse tient toujours sur ses pattes.

Blanche se laissa pousser dans le salon. Un franc les cinq. Elle n'en revenait pas. Une idée lui traversa l'esprit. Lui confier Sophie, sa poupée que Berthe avait rapportée de Saint-Cénéri. Elle aurait besoin d'un sérieux raccommodage.

Blanche faillit avancer un prix. Mais elle se retint au tout dernier moment. Quelle somme proposer sans blesser Émilienne ? Et son amie accepterait-elle seulement de se faire payer ? Cette histoire de salaire avait mis Blanche plus mal à l'aise que si Alphonse s'était mis à danser la carmagnole.

Alphonse ne dansait pas. Il hochait gravement la tête en écoutant Evgueni, un dé à coudre de liqueur à la main. Émilienne sépara les hommes et annonça :

– J'ai besoin de m'agiter.

Evgueni avala son verre, Alphonse son dé avec un temps de retard.

– Aux Enfants-de-Momus ?

– *Da*, fit Émilienne qui ajouta à l'attention de leurs visiteurs de la rive gauche : Une gentille guinguette à deux pas d'ici. Vous allez adorer. Et comme on est jeudi, ça devrait être à peu près calme.

En voyant l'affluence du jeudi, Blanche se demanda comment ça pouvait être les autres soirs de la semaine. L'établissement en rez-de-chaussée et bas de plafond faisait à la fois café, concert et restaurant. Il chauffait sur le principe de la chaleur animale associé à celui des soirées à air comprimé.

Le comptoir ne désemplissait pas. Mais ils avaient un Tartare de deux mètres de haut dans leur camp, ce qui aidait pour être servi rapidement. Et Émilienne avait été bénie par la fée de la fête. Car elle leur dénicha une table à l'abri de la cohue et en lisière du parquet de danse. Un couple qui, soi-disant, attendait avant eux, battit en retraite quand Evgueni, revenant du comptoir avec un cruchon de bière mousseuse, s'enquit tout sourire, donc en montrant les dents, du problème.

Blanche se contenta de se laisser étourdir par l'ambiance. Émilienne ne tenait pas en place. La piste de danse l'appelait.

Alphonse surprit son monde en annonçant qu'il était grand temps pour eux de rentrer. Il travaillait tôt le lendemain matin. Evgueni beugla, fit mine de s'arracher la chemise, avant de serrer Blanche et Alphonse contre lui.

À l'air vif de la nuit, Blanche releva le col de son manteau et se colla contre Alphonse. Son dernier gros rhume l'avait mise sur les genoux pendant une semaine. Elle n'avait pas envie de renouveler l'expérience de sitôt.

Alphonse arrêta le premier fiacre libre qu'ils croisèrent rue de Belleville. Le représentant de la grande confrérie des malpolis prit l'adresse, enclencha son compteur kilométrique

– innovation récemment imposée par la Préfecture – et descendit la rue à pic. Blanche n'avait aucune idée de l'heure et elle s'en fichait. Les cahots la faisaient se caler contre Alphonse ou l'en éloignaient, selon.

La douleur apparut au moment où ils rentraient aux Saints-Pères.

Blanche s'enferma dans la salle d'eau et para au plus pressé avant de se dénouer les cheveux et de courir dans la chambre où Alphonse l'avait précédée. Elle piqua de sa chaleur à son homme. La bûche avait du mal à prendre dans la cheminée.

Blanche était heureuse. Émilienne allait bien. Ils avaient passé une bonne soirée. Si seulement elle parvenait à vendre un peu mieux ses poupées... Elles étaient si belles ! Les choses allaient forcément s'arranger pour la couturière. Elle poussa un long soupir et ferma les yeux.

Alphonse aurait dû se mettre sur le côté droit, après l'avoir embrassée. L'auberge des culs retournés. C'était leur tactique pour dormir. Or là, il ne bougeait pas. Il restait raide comme un piquet.

– Il y a quelque chose qui ne va pas ?

– Je pense à Contamine.

– Ton patron ?

– Il part demain pour Londres.

– Vraiment ?

– Il est invité par les Anglais pour visiter le Crystal Palace. Tu sais, celui qui a servi pour l'Exposition universelle de 51.

Blanche savait. Et elle était vexée que son mari ne fasse pas le voyage avec l'ingénieur en chef. Il était son bras droit, tout de même !

– Ton patron charrie. Il aurait dû t'emmener.

– Il m'a proposé de venir, affirma Alphonse avec le plus grand calme.

Blanche se hissa sur un coude afin de fixer son mari. La bûche qui se mit à flamber à cet instant posa sur ses traits un masque opportun.

– Contamine a voulu t'emmener à Londres et tu as refusé de le suivre ? Tu peux m'expliquer ce qui t'est passé par la tête ?

– Je... Je ne voulais pas te quitter, bégaya Alphonse. Et puis, tu étais malade. Et si je pars, c'est pour au moins quinze jours.

– Si tu te rendais aux Ponts et Chaussées demain matin, à la première heure, pour dire à Contamine que tu l'accompagnes, quelle serait sa réaction ?

– Il serait surpris mais je partirais avec lui. Enfin, je suppose. Il m'a encore dit aujourd'hui qu'on pouvait prendre mon billet au dernier moment.

L'expression de Blanche se détendit. Elle se pelotonna contre Alphonse et déclara :

– Tu vas me manquer.

Alphonse ne sut quoi répondre. Il lui caressa les cheveux, lui embrassa le front. *Si je pars demain...* murmurait son esprit enfiévré... Il s'enhardit, avança la main vers la poitrine de Blanche.

– Pas encore, murmura-t-elle. J'ai mes périodes.

– Ah.

Elle se retourna. Il écouta sa respiration ralentir.

Était-ce la vodka, la frustration, la perspective du départ ? Alphonse mit du temps à s'endormir.

Son sommeil fut traversé par des rêves multiples. Dans l'un d'eux, Blanche s'engageait sur une passerelle hasardeuse. Alphonse essayait de l'en empêcher. Il ne parvenait pas à l'atteindre. Blanche allait trop loin. La passerelle cédait. Elle tombait comme une poupée de chiffon, sans un cri, dans des ténèbres béantes. Et l'ingénieur des Ponts et Chaussées appelait celui à cause de qui sa femme était morte. Mais personne ne lui répondait.

Acte II

Scène 4

Le patron du café de la Régence fonça sur Gaston Loiseau dès son arrivée. On se doute que le meurtre d'un de ses membres, deux semaines plus tôt, avait fait dans le cercle un sacré boucan. Et il y en avait eu, des indélicats, pour tenter de s'inscrire dans ce désormais haut lieu du fait divers.

Gaston Loiseau était donc attendu. On le savait le timbre haut. Et policier ou pas policier, les consignes devaient être respectées. Donc, c'est en montrant l'exemple, en chuchotant, que le patron informa le visiteur :

– Lamomie est installé à sa table.

Gaston fut dirigé entre deux rangées de joueurs concentrés vers une table où un cinquantenaire sec comme un coup de trique étudiait une partie entamée. Le joueur solitaire avait les noirs face à lui.

– Je vous laisse, chuchota le patron. Si vous avez besoin de quoi que ce soit...

Gaston reprenait les choses de zéro en revenant sur les lieux du premier crime afin d'interroger l'une des personnes qui connaissaient le mieux Saint-Auban : Lamomie, son adversaire attitré, de retour de Londres avec une victoire en poche, trophée qui lui fournissait un bel alibi. La Préfecture ne savait rien sur le personnage. Il n'émargeait à aucun de ses fichiers.

– Je suppose que vous êtes le commissaire Loiseau, spécula le joueur en rangeant les pièces sur l'échiquier. (Gaston s'assit.) Une partie ?

Gaston acquiesça tièdement. Il était assez mauvais aux échecs. Néanmoins, il se doutait que Lamomie se délierait plus facilement la langue avec ses mains osseuses manipulant les pièces. En plus, Gaston avait les blancs. Aussi avança-t-il un pion en posant sa première question.

– Quand avez-vous vu Philémon de Saint-Auban pour la dernière fois ?

– Ici. La veille de mon départ pour l'Angleterre, le mercredi précédant sa mort. Nous avons joué de quatorze à dix-sept heures. Il a une fois de plus échoué à me prouver la supériorité de son gambit sur le mien.

– Vous jouiez souvent ensemble ?

– Trois fois par semaine. Les lundi, mercredi, samedi. Permettez que je prenne votre cavalier. Voilà.

Ils en étaient seulement au cinquième coup et Loiseau vit sa pièce s'envoler dans la griffe de Lamomie. Il avança son fou dont la ligne était dégagée.

– Pour le voir autant, vous le connaissiez sans doute intimement ?

Lamomie prit le temps de prendre un pion blanc avant de répondre :

– Les échecs sont une activité agréable en ce sens qu'on n'a pas besoin de parler pour s'entendre. Il m'est arrivé de jouer des heures entières avec de parfaits inconnus. Et, sans que ce soit vraiment le cas concernant Saint-Auban, ce que je sais de lui se résumerait en un message télégraphique.

– Qui dirait ? fit Gaston en triomphant intérieurement.

Il venait de piquer un pion à Lamomie qui s'empressa de lui voler son fou tout en mettant son cavalier rescapé dans une position scabreuse.

– Célibataire. Rentier. Économe. Amateur d'opéra.

Choses que Gaston savait déjà. Il se gratta le menton en observant ses pièces et celles de son adversaire dont la tactique apparaissait peu à peu. Il consacra une bonne minute de réflexion pour tenter de sauver son second cavalier. Mais il était perdu. Et il lui fallait protéger sa dame. Le cavalier fut sacrifié sur l'autel de la royauté et un pion noir emporté.

– La presse a-t-elle dit vrai en écrivant que Philémon avait été vidé de son sang ?

Gaston regarda autour de lui. Les joueurs jouaient. Le patron vaquait à ses affaires. *Secret de Polichinelle*, se dit-il. *Idéal pour une période de carnaval.*

– La presse disait vrai.

Le second cavalier blanc s'en alla rejoindre le premier dans le camp des noirs.

– Et vous l'avez retrouvé assis face à un échiquier, continua Lamomie, laconique. Avait-il une pièce à la main ?

– Pas dans mon souvenir, répondit le policier après une hésitation.

– Personne n'a eu l'idée de relever la partie qu'il était en train de jouer ?

Gaston se revit observant le plateau. Puis le gardien de la paix le débarrassant pour dégager la table et transporter le corps.

– Non.

– Dommage. Celui qui a concocté cette mise en scène vous avait peut-être laissé un message... Échec.

Gaston contra l'attaque avant de lancer :

– Il manquait une reine.

– Laquelle ?

– La blanche.

– Intéressant.

Lamomie marqua un temps d'arrêt pour dévisager, enfin franchement, son interlocuteur.

– Philémon n'était pas très bavard mais il y a eu un changement perceptible dans son existence. Un changement que je situerais deux ou trois semaines avant sa mort.

– Un changement de quel ordre ?

– Il faisait attention à sa personne. Il s'habillait mieux. Il se parfumait. Et il jouait plus rapidement aussi. D'une manière plus effrénée, plus dangereuse qu'à son habitude.

– Une femme ?

– Ou un homme. Même si le Droit interdit l'inverti. Je ne sais rien de l'heureux élu ou élue, comme vous l'entendrez. Mais à mon avis, son dernier rendez-vous galant lui a été fatal. Échec et mat.

Gaston contempla l'échiquier avant de faire basculer son roi.

– Cherchez la femme, murmura-t-il, se rappelant le précepte claudien.

– Plaît-il ?

– Non. Rien. (Le commissaire se leva pour prendre congé du joueur d'échecs qui l'imita, raide.) Merci pour votre collaboration.

Gaston se préparait à partir. Il se ravisa.

116

– Que pensez-vous de la théorie du Vampire ?

– Vampire, loup-garou, moine fou, mari jaloux... peu importe la défroque. Mais à la façon dont il avance ses pièces, je dirais qu'il ne ferait pas long feu face à un joueur chevronné.

– Même s'il a les blancs ?

– Même s'il a les blancs.

Lamomie tendit la main à Loiseau qui, pris par surprise, la serra. Elle était glacée. Elle frigorifia l'échine du représentant de la force civile.

– Lorsque vous aurez la reine manquante, rapportez-la, le pria Lamomie. Il paraît que les jeux incomplets portent malheur.

Il neigeait sur Paris lorsque le jour les surprit dans les bras l'un de l'autre. Blanche se demanda subitement si... Mais non. Elle avait dormi d'une traite. Elle réveilla Alphonse d'un baiser sur le bout du nez.

– Hein ? Que ! Quoi ?

– Faut que tu te lèves.

Alphonse se frotta les yeux, s'assit, observa Blanche, la toucha du doigt pour tester son existence.

– J'ai fait un rêve horrible, commenta-t-il avant de s'arracher à l'édredon.

Blanche resta au chaud pour regarder son mari s'habiller.

– À quelle heure est le train ? s'enquit-elle alors qu'il se battait contre une bretelle récalcitrante.

– Onze heures. Il faut que j'intercepte Contamine à l'ouverture des Ponts. (Il rangea une mèche sur le front de Blanche.) Tu es sûre que c'est une bonne idée que je parte ?

– Affaires faites ne peuvent être défaites. Je parie que tu as préparé ton sac pendant que je dormais. Et tu ne vas pas rater une occasion pareille ?

Blanche aurait pu lui donner encore une bonne douzaine de raisons d'aller à Londres. À l'expression faussement boudeuse d'Alphonse, mauvais acteur, elle ne jugea pas cela nécessaire.

– Tu vas t'ennuyer ? hasarda-t-il, avec le maigre espoir d'une réponse affirmative.

– Je ne m'ennuie jamais. Et tu sais que demain ma mère revient de Lourdes.

– Mince, j'avais oublié !

– Menteur. Tu sais à côté de quoi tu passes. D'un saint dimanche chez les Paichain.

– Et d'une bénédiction en règle si ta mère a vu la Sainte Vierge.

Alphonse, en tant que mécréant, battait Blanche à plate couture et égalait parfois l'oncle commissaire. Aussi fronçat-elle les sourcils alors qu'il se rattrapait avec plus ou moins de bonheur, lançant :

– Tu salueras Gaston de ma part. Et tu embrasseras Berthe.

– Ben tiens ! Et mes géniteurs ?

Alphonse se pencha vers Blanche qui conservait encore sur une joue la marque de son oreiller.

– Je t'ai épousée toi. Pas ta famille. (Il l'embrassa sur les lèvres, s'attarda, se leva à regret.) Tu sais quel jour on est ?

– Vendredi, murmura la blondinette qui essayait de faire la tête mais n'y arrivait pas.

– Vendredi 14 février. C'est la Saint-Valentin.

– Et alors ?

– Et alors, pour les Anglais, la Saint-Valentin est le jour des amoureux.

– Moi je reste en France.

– Comme mon cœur.

Alphonse en profita pour poser une main entre les seins de sa belle.

– Pas touche. Et qu'il le garde, son cœur, l'ingénieur, grinça Blanche. Qu'il ne batte pas trop fort dans le sillage d'une lady je ne sais quoi. Et qu'il revienne avant que je m'impatiente. Allez, file. Je m'habille et je passe te dire au revoir aux Ponts et Chaussées.

Alphonse ne se le fit pas dire deux fois. Blanche paressa encore quelques minutes avant de se lever à son tour. Le feu, dans la salamandre de la cuisine, avait été ranimé. Elle se prépara un chocolat, s'emmitoufla dans un châle, s'en alla dans l'atelier où un début d'établi avait été monté. La neige tombait à gros flocons. Mais elle avait déjà été souillée par une foultitude de semelles car la cour était pour le moins agitée.

Blanche savait, pour avoir observé les va-et-vient en contrebas, que le journal ayant ses bureaux au rez-de-chaussée paraissait le vendredi. Et une fois par semaine, c'était la foule de commissionnaires et abonnés du quartier venant chercher leur numéro du *Voleur illustré*. Tel était le nom de la feuille. Le rédacteur en chef, un type à l'expression hautaine, observait ce remue-ménage depuis le seuil de ses bureaux, un fin cigare au bec, des cernes éloquents sous les yeux comme après chaque nuit de bouclage.

Blanche recula vivement lorsqu'il tourna la tête vers la fenêtre de l'atelier pour lui sourire.

Elle fit la vaisselle du petit déjeuner et sa toilette dans la foulée, baissa le pyroscèpe devant le foyer de la cheminée de leur chambre, aéra le lit, enfila son manteau le plus chaud. Elle ferma la porte de l'appartement à double tour, rangea la grosse clé dans son aumônière. Sur le perron du rez-de-chaussée, Isidore, en paletot doublé de fourrure et mitaines, cassait du gros sel dans un seau en étain pour en tapisser le trottoir devant l'immeuble.

– M. Petit vient de passer. Il m'a dit qu'il partait.

– À Londres. Pour son travail.

– Vous n'avez besoin de rien ? Charbon, bois, bougies...

– Merci non, fit Blanche qui entendait pour la première fois un mot gentil sortant de la bouche de son concierge.

– Tant mieux. Parce que j'ai pas que ça à faire. Non mais...

Blanche contempla le râleur avec une mine comique.

– Eh ben quoi, vous voulez mon daguerréotype ?

– Pourquoi pas ? répliqua-t-elle, juste histoire d'avoir le dernier mot.

Elle sortit de l'immeuble. Un gamin de Paris, les bras chargés d'exemplaires du journal, s'égosillait :

– Achetez le dernier *Voleur illustré* ! Vous saurez tout sur l'énigme de l'homme au masque de fer ! Tout sur les mangeurs de cadavres du Golden Hind ! Le bulletin de la semaine ! La chronique théâtrale ! Et la suite de nos trépidants feuilletons : *La Vie infernale* et *L'Assassinat de la rue du Temple* ! Il est chaud mon *Voleur*, il est chaud !

Blanche pensa fugitivement à Monsieur Monde. Elle imagina l'ancien kiosquier de la pointe Saint-Eustache, une bayadère à chaque bras, marchant sur ses jambes dans quelque palais de maharadjah, loin des concierges mal lunés.

120

La vitrine du voisin chocolatier vantait les mérites de sa crème au lait de cacao contre le givre. *Exactement ce qu'il me faut*, se dit Blanche en sentant sa peau tirée par le froid. Elle s'en achèterait un pot en revenant. Manquerait plus qu'Alphonse la retrouve avec des crevasses et ne la reconnaisse pas !

En parlant d'Alphonse...

Blanche trottina sous les flocons et pénétra dans l'enceinte des Ponts et Chaussées. Tout le monde connaissait l'épouse d'Alphonse Petit. Aussi, elle s'aventura dans les étages de l'administration et frappa trois coups à une porte précise. Victor Contamine lui ouvrit en personne.

– Vous avez accepté de me le prêter, lança-t-il, ravi. Ne vous inquiétez pas pour lui. (Le « lui » essayait de faire rentrer une boîte d'instruments dans une valise qui refusait de se fermer.) Je ne le lâcherai pas d'une semelle. Je vous le rendrai aussi docile que le chien Néro l'était avec Son Altesse Impériale.

– Je n'en demande pas tant.

Contamine se tourna vers Alphonse.

– Vous avez bien votre passeport ?

– Oui, oui, fit Alphonse, tirant la langue sous l'effort.

Il parvint enfin à fermer la valise et s'en éloigna prudemment, de peur qu'elle n'explose.

– Je descends régler les derniers détails, j'appelle un fiacre et en route pour l'aventure !

Contamine s'effaça pour que les jeunes mariés puissent se dire au revoir.

– Je me suis arrangé pour qu'on reste en relation, lâcha Alphonse, enthousiaste.

– Et comment ? fit Blanche, se composant le visage de la

femme qu'on abandonne. (Il n'allait pas s'en sortir aussi facilement, le gaillard !) Avec des pigeons voyageurs ?

– Avec le télégraphe.

– Tu n'y penses pas ? Ça coûte une fortune !

– J'ai un copain qui travaille dans le bureau de notre rue. Il me laissera un accès libre sur la ligne. Lundi. Je m'arrangerai pour t'envoyer longuement de mes nouvelles.

Alphonse demeurait très content de son initiative. De toute façon, ce voyage impromptu l'enchantait. Et Blanche lui aurait annoncé, là, maintenant, qu'elle allait acheter un piano hors de prix, il l'aurait embrassée en lui disant : « Quelle idée formidable ! » Avant de prendre sa maudite valise et la poudre d'escampette.

Mais Blanche jouait très mal du piano et n'avait aucunement l'intention d'en acheter un. Toutefois, il convenait de calmer les ardeurs d'Alphonse. Et pour cela, son épouse avait une requête.

– Je voudrais que tu me rapportes quelque chose.

– J'écoute.

– Les Anglais fêtent la Saint-Valentin et fabriquent des douches. J'apprécierais assez que tu nous en rapportes une. Notre salle d'eau me déprime.

Médée l'enchanteresse n'avait pas dû se montrer moins convaincante lorsqu'elle avait prié Jason de lui rapporter la Toison d'or.

– Je ferai mon possible, l'assura Alphonse. Mais nous ne voyagerons pas en voiture privée. (Blanche serra les mâchoires.) Je te rapporterai la douche de la reine Victoria s'il le faut. Promis, juré. Tu sais que je t'aime, toi ?

Il prit sa femme dans ses bras, femme qui, pour le coup,

122

eut besoin d'une bonne dose de sang-froid pour se décrocher de son homme, sortir des Ponts et rentrer dans son grand appartement tout vide. Elle s'acheta un plein pot de crème au lait de cacao chez Deburon et Gallais avant que le concierge, qui finissait de disperser le gros sel sur le trottoir, ne lui glisse :

– Je me doutais que vous reviendriez rapidement. Alors je ne lui ai pas ouvert.

– À qui ?

– À votre blanchisseuse. Elle vous attend sur le palier.

Ma blanchisseuse ? s'étonna Blanche. Elle n'avait pas de blanchisseuse ? Elle économisait sur l'argent du ménage en s'occupant de son linge elle-même...

Elle se traita d'idiote en apercevant Camille, Camille qui l'attendait sagement devant la porte, Camille qui lâcha d'une petite voix en la voyant monter l'escalier :

– Je m'excuse de vous déranger, mais j'ai encore un service à vous demander.

Elles étaient assises aux deux bouts de la table de la cuisine. Blanche tenait le papier confié par Camille qu'elle observait d'un regard teinté de reproche, comme un maître fixe son élève désobéissant. Elle s'était permis de venir frapper à sa porte parce qu'on lui avait remis ce document dans la matinée. Et ne sachant pas lire...

Blanche déplia la feuille en retenant un soupir. Elle avait d'autres choses à faire que lectrice bénévole. Enfin, puisque Camille était là. Elle lut d'abord pour elle-même l'en-tête, le timbre, le nom du bénéficiaire et le montant du chèque, montant qui lui fit arrondir les yeux.

– Qui vous l'a remis ?

– Un porteur. Chez moi.

– Vous vous appelez bien Camille Mespel ?

La graphie était soignée et ne prêtait à aucune interprétation.

– C'est ça oui.

Blanche rendit le papier à sa propriétaire.

– Il s'agit d'un chèque.

– Un chèque ? Qu'est-ce que c'est ?

Ce support fiduciaire était encore peu courant. Rien de plus normal qu'une blanchisseuse débarquée de province n'en ait jamais entendu parler, se dit Blanche, patiente.

– C'est un papier sur lequel on inscrit une certaine somme. Cette somme se trouve en ce moment au Crédit populaire. Si vous avez un compte, quelque part...

– Dans une banque, vous voulez dire ? Je n'en ai pas.

– Alors rendez-vous au Crédit populaire, rue de Rivoli, au 23. Faites-vous ouvrir un compte et votre argent y sera transféré.

Camille tournait le chèque entre ses doigts. Elle commençait à comprendre ce qu'il représentait.

– Et... combien d'argent cela fait-il ?

– Deux mille quatre cents francs.

– Mince !

– Je ne vous le fais pas dire.

– Deux mille... Mais je ne gagnerais pas ça en un an !

– À moins que vous n'ayez un oncle d'Amérique... (Camille hochait la tête, abasourdie.) C'est la banque qui vous verse cet argent par le biais d'un notaire, Maître Moreno. Il a authentifié la transaction.

Blanche, dont l'opinion au sujet de Camille changeait petit à petit, la regardait en silence. Elle avait tant de choses à faire dans son nid douillet. Tout ce que le manuel domestique prévoit pour occuper la parfaite ménagère pendant l'absence de son mari. Mais il y avait dans ce chèque sorti de nulle part un mystère à éclaircir...

– Voilà ce que je vous propose. Vous allez à la banque mettre ce chèque à l'abri. Ce serait trop bête de le perdre. (Camille de brinquebaler vigoureusement du chef.) Je rends une visite au notaire pour savoir de quoi il retourne vraiment. J'ai l'habitude des habits noirs. Avec un père assureur et un beau-frère huissier...

– Vous feriez ça pour moi ?

Camille s'était levée, le chèque sur le cœur, que Blanche roula et rangea au fond d'une de ses poches pour le protéger de la neige. Elle raccompagna la blanchisseuse sur le palier en lui répétant de ne pas s'inquiéter. Une fois seule, elle repensa fugitivement à ce Philémon. Non, il n'avait sans doute rien à voir avec le type tué par le Vampire. Bah. Elle aurait n'importe comment l'occasion de revoir Camille pour lui en retoucher deux mots, à l'occasion.

Et tu vas la revoir comment, idiote, si tu n'as pas son adresse ?

Elle passerait par le marché de la rue aux Ours. Ou par le notaire. Lui, saurait forcément où Camille Mespel habitait.

Maître Moreno était absent lorsque Blanche se présenta à son étude. Mais son clerc, jeune homme serviable aux manches de lustrine, lui proposa d'attendre dans l'antichambre qui lui servait aussi d'étude. Rien d'ostensible dans le mobilier : une pendule avec un sujet doré représentant le Temps poursuivant une femme, son enfant dans les bras, un semainier, un bureau. Quant au canapé sur lequel Blanche prit place, il aurait eu besoin de ressorts neufs. Aussi se leva-t-elle pour apprécier la vue sur l'extérieur avant d'avoir le postérieur tout engourdi.

La neige, la lumière diffuse, l'imposante majesté de l'église Saint-Sulpice aux tours boiteuses, le débouché de la rue des Canettes où Alphonse avait son appartement de jeune homme retinrent son attention pendant un bon quart d'heure au terme duquel elle consulta la pendule : elle était là depuis plus d'une heure. Le clerc surprit son expression et la rassura, comme il devait rassurer, d'ailleurs, la plupart des personnes.

– Mon patron est originaire de Marseille. Il est resté à l'heure de sa ville natale.

Il faudrait bien que quelqu'un se charge d'uniformiser l'heure changeant selon les villes, se dit Blanche. Sûrement pas Adolphe Thiers, plus intéressé par son image que par le confort de ses administrés.

– Vous êtes une cliente de Maître Moreno ?

– Non. J'ai simplement une ou deux questions à lui poser.

Réponse de policier, songea le clerc en se demandant comment il pouvait l'entendre dans la bouche d'une jeune femme. Plutôt mignonne, d'ailleurs. En dépit de ses oreilles en feuilles de chou et de son nez un peu trop long. Mais mariée, le renseigna un coup d'œil à sa main gauche. Le jeune homme plongea précipitamment sur l'enveloppe qui aurait dû concentrer toute son énergie. Les yeux de Blanche naviguaient entre le clerc et la porte d'entrée.

Qu'allait-elle raconter au notaire lorsqu'il arriverait ? Je connais une blanchisseuse qui aimerait bien savoir d'où vient le chèque de deux mille quatre cents francs que vous lui avez adressé. Si elle avait effectivement appartenu à la Préfecture, elle ne se serait pas posé de questions. Elle aurait exhibé son écharpe tricolore ou sa médaille de commissaire et le fonctionnaire aurait bien été obligé de lui répondre. Ou il aurait invoqué le secret professionnel. Alors que, dans sa position de fouineuse sans mandat, tout ce qu'elle récolterait serait du rouge au front et des questions en retour plus qu'embarrassantes.

Le clerc finit de rédiger son adresse, sortit un buvard de son sous-main et l'appliqua sur l'encre fraîche.

Finalement, se dit Blanche en le regardant faire, l'absence du notaire était peut-être une aubaine. Elle élabora son plan d'action et le mit en branle sur-le-champ.

Elle réintégra le canapé inconfortable, s'arrangeant pour que son coude gauche touche le bord droit du bureau du clerc. Elle se racla la gorge, bougea d'une fesse sur l'autre dans la mesure où sa robe le lui permettait. Ce n'était pas une crinoline comme celles que sa mère s'obstinait encore à porter dans ses grands jours, mais une robe à faux cul qui lui avait fait la rue Michel pour le passage aux Ponts et chez le notaire. Elle s'en débarrasserait une fois rentrée chez elle. Mais elle garderait sa ceinture Des Vertus. Il lui fallait se forcer à garder le dos droit.

Le clerc surprit la gêne de la visiteuse. Poli, il lui fit la conversation. Il trouva son sujet au bout de sa main gauche, car gaucher il était.

– Ces plumes en acier me font regretter les plumes d'oie avec lesquelles j'ai appris à écrire, se plaignit-il. Vous vous rendez compte qu'on ne prend plus le temps de tailler son calame ? Succomber au progrès, c'est aussi perdre son âme. (Il récitait des vers avec des amis du quartier une fois par semaine.) Ce canapé est vraiment mal fichu. Je vais aller vous chercher une chaise dans le bureau de Maître Moreno.

– Ne vous dérangez pas.

– C'est un plaisir.

Il se leva, frôlant l'encrier placé sur le bord gauche de la table. C'était l'occasion que Blanche attendait. Elle fit un geste brusque, donnant un coup dans la table. L'encre se renversa sur l'habit gris du clerc qui écarquilla les yeux en constatant le massacre. Blanche, les mains devant le visage, mimait la gêne dans tout ce qu'elle a d'effroyable.

– Mais que je suis sotte !

– Je... je crois qu'il faut que j'aille me changer, fit le pauvre avec un teint laiteux. Si vous voulez m'excuser.

Il sortit pour se rendre dans le vestiaire. Dès qu'il fut sorti, Blanche passa derrière le bureau du clerc, sans s'imaginer ce qu'impliquerait être surprise.

Le semainier était fermé à clé. Elle se rabattit sur le buvard. Elle le décrypta à la faveur de la glace posée sur la cheminée. Si le clerc avait adressé son courrier à Camille dans la matinée, une information la concernant se cachait sûrement dans cet enchevêtrement de signes hiéroglyphiques. Le buvard avait peu servi et le clerc, non content d'avoir une main élégante, n'était pas avare en encre, ce qui lui facilitait la tâche.

Blanche ne parvint pas à percer l'origine du chèque. Il aurait fallu fouiller dans les papiers de Maître Moreno et c'était hors de question. Toutefois, elle découvrit quelque chose. Quelque chose d'extrêmement intrigant.

Lorsque le clerc réapparut dans l'antichambre avec son habit de rechange, la visiteuse avait filé. Il vérifia qu'elle n'était pas dans la pièce adjacente. Tout était à sa place. Mais elle était partie comme une voleuse.

– Une folle, trancha-t-il au terme d'un court moment de réflexion.

Il retourna à sa tâche avec une ardeur renouvelée pour chasser l'intruse de ses inavouables pensées.

Blanche traversa le fleuve, d'abord pour le mettre entre son forfait ridicule et elle mais aussi pour rejoindre un cabinet de lecture réservé aux femmes dans lequel elle s'était rendue quelquefois lorsqu'elle habitait encore la rive droite.

La neige s'était arrêtée de tomber quand elle atteignit le passage des Panoramas. La chaleur du cabinet de lecture, vaste pièce meublée de présentoirs et de fauteuils luxueux, lui mit le feu aux joues. Elle laissa une pièce de cinq sous au comptoir, son manteau à la penderie, et se dirigea droit sur l'étagère des usuels après avoir louvoyé entre des lectrices cachées derrière leurs journaux déployés. Blanche prit le Bottin mondain de l'année en cours et le consulta debout à un pupitre. Comme elle s'y attendait, la notule qu'elle cherchait apparaissait dans l'annuaire. Elle disait :

Blanche (docteur E.), O* : médecin consultant de la maison de santé destinée aux aliénés de la rue Berton, 17 ; rue des Fontis, 15.

Blanche remit le Bottin à sa place, récupéra son manteau, sortit dans le passage. Elle déambula jusqu'à la vitrine d'un apothicaire qui exhibait une chimère, un montage monstrueux entre un poisson et le buste d'un singe momifié. Un cartel affirmait que cette sirène avait été pêchée dans la mer d'Okhotsk... Blanche continua son chemin sans prendre la peine de rappeler au propriétaire de la boutique que le naturaliste Cuvier n'avait pas intégré les dragons dans sa classification animale.

Elle arriva au bout du passage des Panoramas, côté rue Montmartre, et fit un point mental rapide.

Que lui avait appris le buvard ? Que le chèque exhibé par la blanchisseuse avait été adressé à Camille Mespel, aux bons soins du docteur Blanche, rue Berton.

Que lui avait appris le Bottin ? Que le docteur Blanche – étonnante, cette concordance de noms – était chevalier de la Légion d'honneur et qu'il dirigeait, sur la colline de Passy, une maison d'aliénés.

Et alors ?

Alors nous rendrons visite à ce bon docteur, lundi, se promit Blanche, brûlant de savoir.

Lundi, oui. Mais entre-temps, elle serait seule.

Elle songea à se rendre chez Émilienne. Non. Elle ne voulait pas la déranger. Et survivrait-elle à une soirée avec l'amazone de Belleville et son Slave bondissant ? Elle prit la direction des bureaux de son père, rue de Turbigo. Elle commencerait par se faire inviter à déjeuner. Ensuite elle verrait quoi faire de toute cette liberté.

Le liquoriste Dumas connaissait l'affluence des vendredis soir. Le Parisien se frottait à l'excitation du quartier Latin, tel le dard rouge d'une allumette à une surface rugueuse. Des étudiants, des ouvriers, des commerçants, hommes et femmes mêlés, préparaient la fête du lendemain, celle du samedi, véritable fin de semaine, en s'envoyant des verres de blanc cassé ou en sirotant sagement une absinthe.

L'ambiance était joyeuse et bon enfant même s'il était difficile de se frayer un chemin dans ce tohu-bohu. Gaston repéra Arthur Léo, assis à une table, le menton dans une main, dessinant à la mine de plomb sur un bout de papier. Il le rejoignit après avoir demandé un carafon d'eau-de-vie de prune au comptoir. On le leur apporta avec un saucisson et un couteau de contrebandier. Gaston entreprit de débiter le saucisson en tranches épaisses alors que Léo posait son crayon pour observer la liqueur sans coloration d'un œil sans expression.

Son croquis représentait un homme portant une bonbonne complexe dans le dos, un tuyau de caoutchouc suivant le mouvement de son bras.

– On croque des scaphandriers à ses heures perdues ? fit Gaston en remplissant les deux verres.

Ils trinquèrent. Léo eut la sagesse de goûter l'antiseptique, plutôt que de l'avaler cul sec.

– C'est le marchand de coco ! reconnut le commissaire. Avec son attirail pour pomper le sang de ses victimes ! Pas mal. Pas mal du tout. À garder pour le tiroir aux chimères ! Une rondelle de sauciflard ?

Léo se servit alors que Gaston s'offrait une seconde rasade de réconfortant.

– La journée a été aussi mauvaise que cela ? voulut savoir Léo en roulant son dessin pour mettre sa théorie, dont il ne démordait pas, hors de portée de toute nouvelle remarque désobligeante.

Gaston se caressa la moustache, en étira les pointes.

131

– Philémon de Saint-Auban cachait bien son jeu, le gaillard. Mais c'était un homme à femmes. J'ai passé la journée dans les clubs presque exclusivement féminins qu'il avait l'habitude de fréquenter.

Gaston les énuméra comme il les avait énumérés pour Claude. Léo, avec ses bouchons d'oreilles, n'avait alors rien entendu.

– Association des dames françaises. Ligue de vertu du Bon-Marché. Société contre l'abus du tabac... Au terme de cette minutieuse enquête, je me sens prêt à explorer mes travers quotidiens. (Le regard qu'il coula vers l'ex-inspecteur fit rougir ce dernier.) Je veux parler de ce genre de désinfectant ainsi que de mon penchant le plus ignoble. (Gaston sortit un cigare de sa veste et se l'alluma avec agilité.) Mais surtout (il dressa l'index droit), je peux affirmer une chose. Et que cela s'inscrive sur les parois intérieures de cette boîte crânienne ! (Il tapota le front de Léo, le faisant rougir à nouveau.) Les dames patronnesses, en femmes honnêtes qu'elles sont, ont la taille carrée et sont plus gourdes que des carpes du bois de Boulogne. Santé.

Léo but aux carpes pour qui la comparaison n'était guère flatteuse. Surtout avec la taille carrée.

– J'ai cherché la femme dans la vie de Gabriel, reprit Léo. Et je n'ai pas été déçu non plus. Notre acteur était le versatile type. J'ai interrogé cinq de ses conquêtes. Que des actrices. La liaison la plus sérieuse avait duré trois semaines. Toutes se sont accordées à dire que Gabriel était un parfait noceur mais un conjoint exécrable. Mais ça n'allait pas jusqu'à souhaiter sa mort. Certaines ont d'ailleurs pleuré son sort funeste...

132

juste avant de me demander si nous avions une piste concernant le Vampire.

Un brouhaha au fond de la salle attira leur attention. Juste des étudiants en médecine qui chantaient, debout sur une table. Léo continua :

– Vous auriez vu leurs yeux lorsqu'elles m'ont demandé... Et leurs gorges offertes...

Loiseau remit Léo dans les rails de l'enquête.

– Gabriel n'avait aucune régulière au moment de sa mort ?

– Aucune depuis le siège, en fait. Un Casanova, avant. Un moine, après. Deux ans sans frotti-frotta. Bismarck l'a dégoûté du beau sexe...

Loiseau regarda autour de lui. Personne ne prenait garde à eux. Il tâta machinalement la crosse de son Lemat dans l'épaisseur de son manteau.

– Saint-Auban voyait quelqu'un, reprit-il. Une nouvelle venue, d'après son adversaire aux échecs.

– Ce pourrait être notre Vampire.

– Comme la moitié féminine de Paris. Et je mets en première place les éteigneuses professionnelles de cigares.

– *Hola amigos !* tonitrua une voix familière.

Lefebvre posa les mains sur les épaules des deux policiers.

– Puis-je entrer dans le secret des dieux ? Me permettrez-vous d'adhérer à ce nouvel et brillant club Olympus ? Allez, une p'tite place. Zou.

Gaston tira sur les basques de Lefebvre pour l'asseoir. Il lui colla un verre de prune dans la main, espérant le faire taire. Mais le greffier de la morgue était d'excellente humeur. Son Irlandaise revenait bientôt et il allait goûter à nouveau aux joies de l'hymen. Mais avant, il profiterait du célibat, et ce jusqu'à la lie. Et tant pis s'il avait mal à la tête le lendemain. Si son scalpel se révélait approximatif, ses clients ne lui en tiendraient pas rigueur. C'est l'avantage de travailler avec les morts : le bureau des réclamations n'a pas lieu d'être.

– Vous connaissez la dernière de Sarah Bernhardt ? s'exclama Lefebvre avec un enthousiasme proche de l'hystérie. Elle a cédé à la mode du vampire. À moins qu'elle ne la crée. Une grande dame comme elle se doit d'être en avance sur son temps.

Gaston et Arthur avaient eu l'occasion de croiser l'actrice lors d'une précédente affaire. Ils en avaient gardé le souvenir d'une partie de cartes mémorable.

– Elle s'est mise en tête de dormir dans un cercueil. Une merveille d'ébénisterie. Doublé en satin blanc, torsades et glands en soie, avec les attributs de la tragédie et de la comédie et sa devise qui est ?

Léo avait repris son attitude mi-rêveuse, mi-maussade.

– Quand même ! révéla Lefebvre.

– Quoi quand même ? réagit Léo.

– C'est sa devise. Quand même !

– Ça ne veut rien dire, jugea le commissaire.

– C'est ce qui est beau. Car ça veut aussi *tout* dire.

Loiseau et Léo se dévisagèrent avant de reporter leur attention sur l'histrion en habit noir venu s'asseoir à leur table. Serait-il tombé d'une comète qu'ils ne l'auraient pas contemplé d'un œil plus énigmatique.

– Mais vous êtes plus triste que des veuves de Malabar, ma parole ! s'exclama le greffier. Peu importe. J'ai de quoi vous remonter le moral.

Il fouilla dans sa besace qu'il avait accrochée à sa chaise.

Gaston crut un moment qu'il allait en sortir une bouteille de derrière les fagots. Il en fut pour ses frais en voyant Lefebvre poser un carnet de notes devant lui et chausser son nez de bésicles.

– J'ai bien réfléchi à votre affaire de vampire et j'ai levé deux pistes qui seraient susceptibles de vous intéresser. Voyons. (Il ouvrit son carnet, s'humecta les lèvres, pianota nerveusement sur la table.) Ma première théorie concerne les sangsues. Cela m'a rappelé une découverte médicale faite par une femme il y a quelques années, ce qui n'est pas courant. Mme de Catelnau. Je ne sais ce qu'elle est devenue mais, à l'époque, elle avait observé au microscope l'animalcule causant le choléra. Et pour donner idée de sa forme, elle avait parlé de sangsue ailée. Image saisissante, n'est-elle pas ? Sangsues zélées ! (Il haussa les sourcils.) Succubes malfaisants. Les chauves-souris se terrent à votre approche. Les chiens hurlent, lugubres. Et nous, réservoirs de sang, croyons être protégés de vos bouches voraces. (Lefebvre retira ses lunettes en voyant l'air ahuri de ses deux amis.) Je l'ai composé cette nuit. Un très beau suicidé me l'a inspiré.

Gaston se coupa une énorme tranche de saucisson et la mastiqua posément, avec la peau.

– Je l'admets. On ne peut pas vraiment parler de piste. Mais j'ai aussi mis la main sur autre chose que j'avais gardé dans mes archives, rapport à une mort bizarre.

Léo croisa les bras et avança pour mieux entendre car, dans le café, le vacarme allait s'amplifiant. Gaston fit baisser le niveau de la carafe.

– Il s'agit d'une bague achetée chez un marchand de curiosités de la rue Saint-Honoré. Une bague qui avait une partie tranchante. Mon client la glisse à son doigt, s'écorche, ne prend pas garde. Quelques heures plus tard, et d'après témoins, il est pris de convulsions. Ses facultés se retrouvent paralysées. Il tombe raide mort.

— Vidé de son sang ? intervint Loiseau.

— Non. Mais écoutez la description de la bague de mort, ainsi qu'elle était appelée. (Lefebvre adopta le ton qu'il prenait lorsqu'il lisait *La Divine Comédie* ou des poèmes interdits par la censure à ses chers macchabées.) « Cet instrument singulier dont on faisait usage à Venise au beau temps de l'empoisonnement, c'est-à-dire vers le milieu du XVIIe siècle, se compose de deux griffes de lion fabriquées avec l'acier le plus tranchant. Elles se plaçaient dans l'intérieur de la main droite, et elles tenaient au doigt par des bagues. Les deux griffes suivaient la direction des deux doigts du milieu. Elles étaient profondément rayées et, dans les rainures, on plaçait un poison violent. Dans une foule, au bal par exemple, on saisissait avec une apparence de galanterie la main nue de la femme dont on voulait se venger. En la serrant et en retirant le bras on déchirait légèrement l'épiderme et le poison était inoculé. Le lendemain au matin la victime était trouvée morte dans son lit. »

Gaston salua de loin une de ses connaissances, un marchand de balais appointé par la Préfecture comme indicateur et surveillant un coin de la rue du Faubourg-Poissonnière.

Lefebvre était bien gentil avec ses histoires de *cholera morbus* et de bague vénitienne, mais il leur fallait quelque chose de concret. Une troisième hypothèse plus solide que des cicatrices. Un pont reliant les deux énergumènes. Quelque chose prouvant qu'ils n'avaient pas affaire à une nouvelle sorte de tueur décervelé semant des cadavres tous azimuts, sans rapport entre eux, mais bien à l'assassin classique qui tue peut-être à répétition mais pour une seule et unique raison.

Gaston ne participait plus à la discussion depuis cinq bonnes minutes. Léo et Lefebvre l'avaient complètement oublié. Comme ils avaient oublié le Vampire et ses mises en scène. Ils se faisaient mutuellement la réclame des tripots à la mode à visiter – le greffier penchant pour le Café pneumatique où les consommations sortaient de table grâce à un mécanisme invisible, Léo parlant des Corvettes, face à la Bourse, comme du nouveau lieu à sensations – lorsque Loiseau fit à nouveau savoir qu'il était de ce monde. En grillant une allumette, en les enfumant puis en montrant cette expression qu'un chien de chasse content de lui, s'il avait eu figure humaine, aurait montrée à son maître.

– Dites-moi, Léo, notre joueur d'échecs, il était bien abonné à l'Opéra ?

– Il s'est désabonné en 70.

– Et notre acteur de mystères chrétiens, avec ses actrices en pagaille, vous ne pensez pas qu'il aurait pu, lui aussi, être abonné à l'Opéra ?

– Euhhhhh, fit Léo. Nous n'avons trouvé aucune carte d'abonné dans son galetas.

– Mais avons-nous pris la peine de vérifier dans les registres de l'Opéra ?

La réponse était non. Gaston se leva en laissant un billet sur la table.

– Désolé, dit-il à Lefebvre.

– Et moi qui m'étais promis de tutoyer les anges en votre compagnie, déclara le greffier dépité.

137

– Vous les embrasserez pour nous. Allez, Léo. Le devoir nous appelle.

Il était neuf heures et demie passées lorsque le fiacre les déposa devant le perron de l'Opéra Le Peletier, une heure idéale pour ce qu'ils avaient à faire. La salle était en pleine seconde partie de la représentation du *Roi de Thulé*. Chants et musiques et accents des contrebasses leur parvenaient au travers de l'architecture de bois. Le bâtiment vibrait. Mais le vestibule et les couloirs étaient déserts. Hormis les ouvreuses qui attendaient que l'opéra s'achève et le guichetier, à son poste, en cas de spectateur très retardataire. Il s'empressa d'ailleurs d'avertir les deux hommes qui se plantèrent devant sa cabine vitrée :

– Si vous entrez maintenant, vous aurez raté les trois quarts de notre féerie.

Gaston exhiba son écharpe.

– Nous venons consulter les bulletins d'abonnés.

– Ah. Monsieur reviendra lundi. L'administration est fermée.

– Il reviendra lundi mais pas vous. Car vous serez dans nos locaux, pour entrave à procédure judiciaire. (Gaston patienta quelques secondes, le temps de voir au teint marbré du guichetier que sa menace avait été comprise.) Donc, le monsieur aurait besoin du registre de l'année 1870. Vous permettez qu'il s'installe au restaurant pour attendre ?

En habitué, Gaston emmena Léo dans une pièce décorée de figures éthérées. Il commanda deux cafés au garçon endormi. Ils les achevaient que le guichetier réapparaissait une boîte en bois entre les mains. Il la posa devant les policiers.

– Restez, lui ordonna Gaston en le voyant esquisser une retraite. Nous pourrions avoir besoin de vos lumières.

La boîte contenait quelques centaines de fiches rangées par ordre alphabétique. Ce fut donc sans mal qu'ils retirèrent celle de Philémon de Saint-Auban, colocataire de la loge numéro 1, désabonné en novembre 1870.

– Eurêka, murmura Loiseau en sortant la fiche du sire Gabriel.

Gabriel était lui aussi colocataire de la loge numéro 1. Et lui aussi s'était désabonné au mois de novembre de l'an de grâce 1870.

Léo et Loiseau n'eurent nullement besoin de se consulter pour savoir qu'ils venaient de lever la piste tant désirée. Et c'est avec les pupilles du chat-tigre se préparant à dévorer sa proie que Loiseau demanda au guichetier dont la pomme d'Adam faisait des allers-retours insensés dans sa gorge tout à coup fort sèche :

– Cette loge numéro 1, c'est laquelle ?

– Celle qui est sous la loge du directeur, monsieur. Côté cour.

– Combien d'abonnés se la partagent ?

– Six.

– Ce n'est pas la loge réservée aux membres du Jockey Club ?

– Plus depuis longtemps, monsieur. Le Jockey Club a acheté une loge dans le nouvel Opéra qui doit être inauguré cette année. Ils avaient vendu leurs abonnements de Le Peletier à l'encan. En 68, si ma mémoire est bonne. (Gaston étala les fiches de Saint-Auban et de Gabriel comme deux figures dans une main gagnante.) À ces messieurs, oui. Qui ont résilié leur abonnement depuis. Et à quatre autres dont je ne me rappelle plus les noms.

Gaston libéra le fonctionnaire d'un mouvement irrité du poignet.

Un quart d'heure plus tard, six fiches étaient disposées sur la table devant eux. Six ex-membres de la loge numéro 1 ayant tous résilié leur abonnement en novembre 1870. Deux d'entre eux étaient morts. Quant aux quatre autres...

– Rendez-vous au Sommier, dit Gaston. Voyez s'ils émargent au Fichier. Faites-moi un rapport rapide, laissez-le sur mon bureau et allez vous coucher. Nous en reparlerons demain matin.

– Et vous, que comptez-vous faire ?

– Moi ?

Gaston inspira profondément. Il surprit l'éclat vif-argent d'un casque passer dans l'embrasure de la porte. Le casque d'un pompier qui, nu, aurait été aussi beau que le Léonidas des *Thermopyles* peint par David, grande machine visible au musée du Louvre.

– Tout ce tremblement ayant l'Opéra comme épicentre, je vais me mettre à l'affût, attendre, observer et frapper.

Le commissaire éclata d'un rire sauvage qui aurait pu faire douter tout observateur objectif de sa santé mentale.

– Tel le vaillant Achille au milieu des filles de Lesbos. (Il hocha la tête avec un air extrêmement satisfait.) Oui, tel le vaillant Achille.

Acte III

Scène 1

Se rendre à Passy relevait de l'expédition, constata Blanche en consultant son guide Chaix des rues de Paris. Il lui faudrait prendre deux omnibus, le H jusqu'au Palais-Royal, puis le A jusqu'en bas de la rue Benjamin-Delessert. Elle n'allait quand même pas louer une voiture de place. Depuis qu'Alphonse était parti, trois jours plus tôt, Blanche vivait au ralenti. Elle mangeait peu, dormait mal et ne dépensait que le strict nécessaire à sa vie quotidienne.

Ce qu'elle projetait de faire en son absence – assister aux cours magistraux de la Sorbonne ouverts aux femmes (quel que soit le sujet) ; installer son laboratoire durablement, quitte à empiéter sur le territoire d'Alphonse (elle comptait étudier de près le monde des substances vénéneuses) – s'était résumé à passer le week-end en famille.

Berthe et sa mère étaient rentrées de Lourdes samedi. Ce séjour avait eu l'effet d'un bain de Jouvence sur Madeleine. Quant à Berthe, elle affichait un sourire désarmant de félicité. Blanche ne l'avait pas lâchée jusqu'au dimanche soir, allant jusqu'à dormir rue des Petits-Champs, dans son lit de jeune fille. Elle avait surpris sa petite sœur en prière, mains jointes, yeux fermés, avant de s'endormir. Et son inquiétude s'était muée en une inexprimable tristesse.

Elle régla les buscs de sa ceinture Des Vertus devant le miroir du salon, donnant à sa poitrine une ampleur inaccoutumée. Elle enfila ses gants de chèvre, jeta une pèlerine sur ses épaules, cala un chapeau de visite de guingois sur son crâne. Elle vérifia que son aumônière contenait assez de monnaie et ferma son appartement à clé. Elle descendit l'escalier d'une démarche élastique, sauta sur le trottoir. Le temps de tourner la tête à droite, elle vit l'omnibus jaune qui, ô miracle, n'affichait pas complet. Blanche fit signe au conducteur qui ralentit l'attelage à son niveau.

Elle lui demanda un bulletin de correspondance et lui donna trente centimes. Elle se dénicha une place sur la banquette intérieure et laissa ses pensées reprendre leur cours pas si paisible. Car Blanche avait tendance à imaginer le pire. Et Berthe touchée par la grâce, Berthe épousant le Christ, voilà une vision dont elle se serait passée. Elle se rassura en se disant que sa sœur était à l'âge des élans mystiques. Mais si l'élan venait à se confirmer, le fossé qu'elle devinait désormais entre elles deux se transformerait en gouffre. Gouffre qu'aucun ingénieur des Ponts et Chaussées ne parviendrait jamais à combler.

Blanche descendit du H au Palais-Royal et se dépêcha de se présenter au bureau de station pour réclamer au contrôleur un cachet de reconnaissance avec numéro d'ordre. Il y avait plus de monde cette fois. Deux omnibus filèrent vers Auteuil avant qu'elle puisse prendre place dans l'un d'eux. Et encore la place était-elle bien chiche.

Son horizon était constitué d'une lectrice du *Moniteur*

universel, d'un banquier dont la tête se mit à dodeliner dès la voiture lancée et d'un couple d'ouvriers aux mines harassées. Une commère de province lui coinçait le flanc gauche avec un énorme panier rempli de victuailles d'où s'échappaient des odeurs de venaison difficiles à supporter. Un curé lisait son missel dans un coin. Un gandin exhalait une âcre odeur d'alcool... Blanche sortit un mouchoir de son gant et se le colla sur la bouche tout en essayant de suivre le cheminement de l'omnibus aux façades qui se devinaient derrière les vitres voilées par la condensation.

Blanche pensa à Bernadette qu'elle avait visitée en compagnie de Berthe. Évidemment, on lui avait rapporté une médaille de Lourdes. Le médecin lui avait imposé de rester allongée pendant les trois derniers mois de sa grossesse. Tancrède était d'un dévouement exemplaire. Alphonse, imagina-t-elle, serait sans doute adorable dans des circonstances similaires.

L'omnibus se vida de station en station, place de la Concorde, cours la Reine, quai de Billy. Blanche finit seule avec la lectrice qui lui jetait des coups d'œil scrutateurs par-dessus son journal et ses lorgnons. Dans quelle catégorie pouvait-on ranger cette voyageuse ? se demandait-elle. Ce ne sont pas des mains d'ouvrière. L'anneau dit qu'elle est mariée. Mais elle s'éloigne des quartiers où les femmes habillées de la sorte ont à faire. Une domestique ? Une adepte de l'adultère ?

– Pardon, fit Blanche en se levant pour descendre à sa station.

Elle sauta de l'omnibus et le regarda s'éloigner en se grattant le bout du nez. Qu'elle brûle en Enfer, jettatura-t-elle en direction de la vieille tique encore à son bord. Puis elle s'intéressa au quartier dans lequel la voiture venait de la déposer.

Le village de Passy avait été avalé par Paris à peine dix ans plus tôt. Mais il avait conservé cet aspect campagnard perdu depuis longtemps par Belleville ou Ménilmontant. Maisons coquettes. Jardins ceints de murs élevés. Rues larges à la chaussée inégale. Un nuage découvrit le soleil déjà haut dans le ciel. Un coq acheva de parfaire l'illusion champêtre en poussant un cocorico enflammé.

Blanche avisa une marchande de quatre saisons qui poussait sa charrette à bras, l'échine courbée.

– Excusez-moi, madame. Je cherche la clinique du docteur Blanche.

– Les fous ? s'exclama la maraîchère. Première rue à gauche. Passez l'angle et vous y êtes.

Blanche suivit les indications et descendit la rue Guillot. Le soleil, la douceur de l'air, auraient presque pu lui faire croire qu'on était en mars, voire en avril. Un cri, bref, strident, l'arrêta en bas de la rue. Il venait de l'autre côté de ce mur. Bien qu'il n'ait pas duré plus d'une seconde, il laissa dans la poitrine de la promeneuse un indéniable sentiment d'oppression. Blanche aurait aimé desserrer sa ceinture Des Vertus pour respirer plus à son aise. Encore quelques pas et elle déboucha dans la rue Berton proprement dite.

D'un côté, une fontaine sous un auvent. Un limonadier y remplissait des bouteilles. Blanche pensa, à raison, qu'il s'agissait de la fameuse source d'eau ferrugineuse de Passy. En face, un porche et, dans un angle, un marchand de journaux. Le numéro 17 avait ses portes grandes ouvertes. Au-delà, on voyait une demeure familiale et un parc dont les arbres aux branches dénudées laissaient apparaître la Seine. Blanche demanda à la marchande de journaux s'il s'agissait de la maison du docteur Blanche.

– Vous y êtes. Montez le perron. On va vous recevoir.

Ce que fit notre héroïne, impressionnée par le calme qui régnait en ces lieux. On était loin d'imaginer que ce havre de tranquillité abritait un asile d'aliénés. Elle gravit le perron, poussa la porte. Un homme en bleu de travail, à qui manquait une oreille, et qui était occupé à briquer les tomettes, l'accueillit avec un large sourire.

– Je viens voir le docteur Blanche, lâcha-t-elle de but en blanc.

Blanche, comme chez le notaire, n'avait pas trop réfléchi à la façon dont elle présenterait les raisons de sa visite. Qu'est-ce qui l'avait amenée jusqu'ici ? Sa rencontre avec une blanchisseuse analphabète, un chèque mystérieux, une information confidentielle volée sur le buvard d'un clerc de notaire...

L'homme en bleu prit le chapeau que Blanche lui tendait et l'accompagna dans un salon. Avant d'en fermer les portes, il l'assura :

– J'informe monsieur de votre visite.

Blanche retira ses gants et, les tenant dans une main, déambula dans le salon que le soleil, tout hivernal qu'il soit, inondait de lumière. Un œil non averti n'aurait vu dans la décoration qu'un exemple de bon goût Louis-Philippe. Mais la jeune femme, que ce soit à cause de ses précédentes visites dans les méandres du crime ou parce que le rouge l'attirait plus que le rose, nota tout ce qu'il y avait de sanglant dans cette pièce ovale.

Accrochée à ce mur, une gravure reprenant une scène de

La Nonne sanglante de Delacroix et montrant une femme étouffée par le diable sous ses oreillers. Un fauteuil curule en bois d'amarante. Le portrait d'un notable, la poitrine barrée du ruban de l'Annonciade. Des candélabres de brèche pourpre sur le trumeau de la cheminée. Enfin une paire de magnifiques rideaux de taffetas cerise que Blanche aurait bien vus dans son atelier.

– Pardonnez-moi de vous avoir fait attendre. (Elle fit volte-face.) Je finissais le tour de mes patients les plus graves.

L'homme qui venait d'entrer avait une soixantaine d'années, des favoris blancs, une couronne de cheveux clairsemés. Son visage poupon détonait avec la dureté de son regard. Il étudiait la visiteuse sans s'en cacher, avec une précision clinique. D'un caractère moins trempé, Blanche se serait sentie tout simplement déshabillée.

– Émile Blanche, directeur de cette maison.

– Mme Petit, fit Blanche, gardant son prénom sous silence pour éviter les confusions.

L'homme en redingote consulta rapidement la pendule sur laquelle était accoudé un berger jouant de la flûte de Pan.

– Au risque de vous paraître malpoli, mon temps est précieux. Quel est l'objet de votre visite ?

– Camille Mespel, lâcha Mme Petit.

C'est avec un air d'étonnement sincère que l'aliéniste répondit :

– Mespel ? Veuillez me pardonner, mais je n'ai jamais entendu parler de cette personne. Elle travaillerait ici ?

Blanche, déstabilisée, rangea une mèche de cheveux derrière ses oreilles.

– En fait, je ne sais pas. J'ai trouvé vos coordonnées par Maître Moreno.

– Mon notaire. Ses conseils ne sont pas de trop pour régler les différends de succession. Ce n'est déjà pas simple avec des personnes saines d'esprit. Alors avec des fous...

Le tic-tac de la pendule fut seul à accueillir ce trait d'esprit. Blanche se sentait un peu ridicule, face à ce clinicien de renom. À moins de partir en bégayant quelque excuse incompréhensible – et de passer pour folle –, il lui fallait tout raconter pour que son interlocuteur, au moins, comprenne. *Mon obstination est stupide*, se disait-elle tout en expliquant. *Autant courir un lièvre de Mars.* Heureusement, le bon docteur Blanche en avait entendu d'autres. Et il commença par saluer l'esprit entreprenant de la jeune femme. Savoir pour guérir, n'était-ce pas la doctrine qu'il s'était juré de suivre ?

– Votre histoire ne laisse pas de m'intriguer, commenta-t-il en marchant vers les portes vitrées donnant sur le parc. Une blanchisseuse dont vous ne savez rien, sinon le nom, aurait reçu un chèque adressé par mon entremise ? (Il jeta un coup d'œil à l'ancêtre portraituré comme pour réclamer son approbation.) Le plus troublant, c'est que le montant du chèque est exact.

– Comment cela ?

– Deux mille quatre cents francs, soit le prix d'une année d'hébergement dans ma clinique. (L'aliéniste caressa l'accoudoir du siège curule du bout des doigts.) J'ai peut-être une explication à votre mystère.

– Je serais curieuse de la connaître.

On frappa discrètement à la porte. L'homme en bleu passa

la tête dans l'entrebâillement et glissa au capitaine de cette nef des fous :

– Le numéro 6 aimerait vous voir d'urgence.

– J'arrive tout de suite.

La porte refermée, après quelques secondes de silence, l'aliéniste expliqua :

– Mon établissement est unique à Paris. Les places y sont chères et convoitées. Quarante-sept hommes. Trente-huit femmes. Pas plus et rarement moins car, hélas, il y a une vraie liste d'attente pour bénéficier de nos soins. Nous vivons une époque dangereuse, madame Petit. Les gens ont peur, à tort ou à raison. Peur d'eux-mêmes. Peur des autres. Peur du passage de Vénus sur le disque solaire l'an prochain... (Il eut un mouvement d'épaules fataliste.) Nos patients vivent au grand air. Nous sommes autonomes. Nous avons notre poulailler, notre serre chaude. Nous organisons des spectacles et des soirées musicales...

– Quelle est votre théorie concernant ma blanchisseuse ? rappela Blanche, au mépris des convenances qui auraient voulu qu'elle se taise.

– Vous avez eu affaire à une folle. Fortunée, sans doute, pour monter cette histoire de chèque et l'approvisionner. Une folle qui se rêve comme une de mes patientes sans l'être d'aucune manière. Je gagerais ma Légion d'honneur qu'elle n'est pas plus blanchisseuse que je suis chaudronnier. Le choix de cette profession purificatrice, le blanc, la pureté, est à ce titre éloquent. Je serais curieux de la rencontrer. (Il prit Blanche par le coude et la raccompagna vers la sortie.) Si jamais elle croise à nouveau votre route, amenez-la-moi. (L'homme en bleu rendit son chapeau à Blanche.) Il se peut qu'à force d'obstination, j'accepte une trente-neuvième locataire. Il y aura bien dans nos vestiaires un gilet de force à sa taille.

Blanche récupéra son coude lorsqu'elle sentit la main du clinicien passer du velours au fer.

– Je ne manquerai pas de vous faire signe, assura Mme Petit qui se dépêcha de descendre le perron et de franchir le portail avant qu'il ne se referme devant elle.

La visiteuse était partie. Mais Blanche observait la portion de rue visible depuis le perron. Il fit jouer ses cervicales qui craquèrent.

– Notre numéro 42 est dans sa cellule ? demanda-t-il à l'homme en bleu.

– Elle est sortie tôt ce matin, comme d'habitude. Elle rentrera sûrement à la nuit tombée.

Blanche hocha gravement la tête.

– Tu savais que, dehors, elle se faisait passer pour une blanchisseuse ?

– Une blanchisseuse ? Et pour quoi faire ?

– Pour se raconter des histoires. Pour rêver sa vie au lieu de la vivre vraiment.

L'homme en bleu eut un geste d'impuissance.

– C'est une résidente libre. Elle fait ce que bon lui semble.

– Tant qu'elle n'est dangereuse pour personne... acquiesça l'aliéniste. Et que la pension est réglée.

Combien de déments, de l'autre côté, vivaient parmi ceux se déclarant sains de corps et d'esprit ? L'art est long et le temps est court, se rappela Blanche. Un mot de Baudelaire qui avait séjourné parmi eux. Baudelaire qui comparait les cerneaux de noix à des cerveaux d'enfants séchés...

149

Le docteur Blanche ne le montrait pas mais ces révélations sur Camille l'avaient contrarié. Il avait une réputation, l'image d'une maison à protéger. Il se promit de faire entendre raison à sa résidente, tout en rejoignant la cellule de l'hypocondriaque.

Le 6 avait des palpitations. Il perdait pied. Sa cellule avait rétréci durant la nuit. Il réclamait une toise pour le vérifier. L'aliéniste prit son pouls, étudia ses prunelles, lui lança, cinglant :

– La crise est pour bientôt. Je vous programme vingt-quatre heures de baignoire à bouclier. Vous irez mieux après.

Le 6 entra dans une fureur noire, confirmant le diagnostic du médecin. Il fallut trois infirmiers pour le maîtriser. Le docteur regarda le forcené être emporté vers les bains. Puis il prit la direction de ses appartements pour déjeuner, comme chaque jour à la même heure, avec sa femme et ses enfants.

Blanche n'attendit pas l'omnibus. Elle suivit les quais jusqu'à l'avenue Montaigne qu'elle remonta ensuite vers celle des Champs-Élysées. Le visage paternaliste de l'aliéniste, la façon de présenter la blanchisseuse comme une affabulatrice n'ayant pour seul but que d'intégrer la fameuse clinique occultaient ses pensées. La jeune femme ne pouvait s'empêcher de douter. Camille avait l'air si sincère. Mais ce médecin savait apparemment de quoi il parlait...

Les fantaisies architecturales qui émaillaient ce quartier de fortunes excentriques contribuèrent à changer les idées de Blanche. Villa pompéienne du prince Jérôme où des soirées à l'antique se jouaient de temps à autre. Maison de François Ier, l'ex-résidence de Mademoiselle Mars, reine des tragédiennes.

Pavillon mauresque de Jules de Lesseps. Château néogothique du prince Soltykoff. La rue ressemblait à un décor comme seules les Expositions universelles parvenaient à le créer. Et elle menait tout naturellement au Panorama des Champs-Élysées devant lequel Blanche s'arrêta.

Défense de Paris contre les armées allemandes, lut-elle sur le panneau à l'entrée. Diorama : un quartier de Paris sous le bombardement. Ouvert tous les jours à partir de dix heures. Prix d'entrée, la semaine, un franc.

Pourquoi pas ? se dit-elle.

Blanche pénétra dans l'édifice circulaire, paya son entrée et emprunta un escalier aménagé dans la vis centrale. Elle retint son souffle en débouchant dans le vaste espace circulaire. Une lumière dure et claire tombait de la verrière zénithale, donnant au paysage une réalité palpable. Le point de vue était celui de l'archange fixé sur le toit de la Sainte-Chapelle. Et il suffisait, comme lui, de parcourir la rose des vents pour savoir à quoi Paris avait ressemblé, le temps d'un hiver et d'un état de siège.

Une demi-heure plus tard, Blanche visita le Diorama installé dans une salle de dimensions plus modestes mais plongée dans le noir. Ici, les effets de lumière primaient et animaient les scènes représentées d'une véritable intensité dramatique. Immeuble en feu. Vendeurs de rats. Gardes nationaux en patrouille. Ce quartier de Paris aurait pu être celui de la Truanderie.

La Truanderie... En sortant du Diorama, Blanche pensait à son oncle. Il aurait dû être là pour le dernier déjeuner du dimanche. Et il avait bien manqué à sa nièce. Sa mère, qui avait quand même vu Gaston la veille au soir, avait parlé

151

d'une mission secrète sans vouloir en dire plus. Le commissaire s'était immergé dans un milieu interlope à la recherche de ce fameux Vampire. Nul ne savait quand il réapparaîtrait. Blanche ne pouvait s'empêcher de se demander quel milieu son oncle avait pu investir.

Elle longea la place de la Concorde et remonta la rue de Rivoli par les arcades jusqu'à la rue du Louvre. Un homme-réclame, coiffé d'un bonnet de fourrure blanche, poussait les passants vers l'entrée du Paradis-des-Enfants. Blanche voulait décidément retarder le moment de rentrer chez elle. Aussi se laissa-t-elle gagner par l'argument du bonimenteur qui lui tint la porte pour la laisser pénétrer dans « les galeries enfantines les plus vastes de Paris ». Effectivement, à l'instar du Panorama, les trois étages du Paradis-des-Enfants étaient de ces endroits qui vous font rater un rendez-vous.

Même si elle sortit sans avoir dépensé un sou, Blanche prit son temps pour étudier les articles exclusifs. Cosmopolite. Rubans prophétiques. Lance-ballon et vélocipède canon. Elle repéra les billards chinois et les toupies hollandaises qui amuseraient sûrement Alphonse. Elle s'arrêta dans la salle de la physique amusante avec ses valises pour animer fantasmagories et autres soirées en ville.

Elle s'arrêta devant les poupées riches et ordinaires. Fourrures, bijouterie, trousseaux, layette. La production personnelle d'Émilienne aurait pu prendre place sur ces étalages. Le commis lui expliqua que les plus beaux modèles, ceux qui se rapprochaient de ce que son amie fabriquait dans son minuscule appartement de la rue des Cascades, sortaient d'un établissement de la rue de Choiseul. Les propriétaires se plaignaient du manque d'ouvrières qualifiées. Blanche se promit de transmettre l'information à Émilienne dès que possible.

L'heure du déjeuner était passée depuis longtemps. De toute façon, Blanche n'avait pas faim. Elle était à côté de l'hôtel du Louvre. Rue aux Ours, elle avait vu Camille traiter avec un de ses employés. Peut-être y travaillait-elle encore ? Informer Camille de ses découvertes notariales l'aiderait à mettre au clair cet embrouillamini qui lui chauffait à nouveau le cerveau.

Elle se présenta à la réception de l'hôtel prestigieux, sans prendre garde aux ors des colonnes ni aux richesses exposées par les bégums indolentes. On adressa la jeune femme à l'entrée du personnel, sur l'arrière du bâtiment, où elle réitéra sa requête. Camille Mespel travaillait-elle toujours ici en tant que blanchisseuse ? Le contremaître lui répondit que non. Mais elle avait effectivement fait partie des murs toute la semaine dernière. Et ils la regretteraient. Camille n'avait pas renouvelé son contrat comme on le lui avait proposé et elle était repartie, avec son salaire, sans laisser d'adresse.

Blanche regagna la rive gauche à pas lents et mesurés. Dans sa rue, une voix claire qui l'interpellait l'arracha à sa somnolence :

– Madame Petit ! Madame Petit !

Un jeune homme lui faisait signe depuis le seuil du bureau des télégraphes de la rue des Saints-Pères.

– Vous êtes bien l'épouse d'Alphonse ?

Notre blondinette redescendit brutalement sur terre.

– Oui ?

Son cœur battait la chamade. Lui était-il arrivé quelque chose ?

– Vous avez reçu un message de Londres. Attendez une minute.

Il fallut moins de temps que cela pour que le sympathique employé sorte de son bureau, trois feuilles à la main, et les tende à l'intéressée.

– La réponse sera gratuite. Nous fermons à neuf heures, ce soir.

– Merci, fit Blanche dans un souffle.

Elle hâta le pas pour gagner son appartement. Elle s'y reprit à deux fois avant de réussir à ouvrir la porte. Dans sa précipitation, elle n'avait pas vu la forme assise sur la banquette du palier.

– Blanche.

La jeune femme sursauta en s'entendant appeler. Elle était déjà entrée et s'apprêtait à refermer derrière elle.

– Émilienne ? reconnut Blanche en revenant sur le palier. Qu'est-ce qui se passe ?

La rousse se leva et approcha, tête basse.

– J'ai besoin de ton aide, dit-elle d'une voix cassée.

La nuit était tombée depuis longtemps lorsque Blanche se soucia de se faire à manger. Elle se prépara un reste de viande froide avec un verre de vin mêlé d'eau et l'emporta dans son atelier. Elle s'installa sur un tabouret, son dîner sur les genoux, restant dans le noir pour observer la cour. Le rédacteur en chef du *Voleur*, « Journal pour tous » comme le proclamait la pancarte au-dessus de l'entrée, était penché sur sa table de travail. Sans doute préparait-il l'édition de vendredi prochain.

Blanche pourrait s'abonner à l'hebdomadaire, histoire de

lier des relations de voisinage. Et puis, les préoccupations de ce journal, faisant pousser ses articles comme des roses sur le fumier des faits divers, n'étaient pas si éloignées des siennes. Elle s'abonnerait demain. Demain elle reprendrait aussi ses recherches sur les substances vénéneuses.

Elle alla laver son assiette dans la cuisine, remit une bûche dans la cheminée de la chambre, enfila sa chemise de nuit, omit de retourner dans la salle de bains pour se laver les dents à la poudre de corail. Pelotonnée sous l'édredon, la tête sur trois étages d'oreillers dont le premier avait conservé l'odeur d'Alphonse et qu'elle utilisait comme fétiche, Blanche regardait le feu dans la cheminée. Et elle pensait à Émilienne.

Elle avait tout de suite imaginé le pire en la voyant sur son palier. Evgueni l'avait frappée et son amie à la beauté sauvage était défigurée. Il n'en était rien. Émilienne était aussi belle que d'habitude. Mais quelque chose dans son regard, une certaine dureté, avait mis Blanche sur ses gardes.

Elle avait fait entrer Émilienne dans l'appartement. Sans retirer son manteau, son amie lui avait annoncé :

– J'ai besoin d'argent.

Blanche s'était entendue répondre avec le plus grand naturel :

– Combien ?

Elle qui s'imaginait parfois un peu radine.

– L'usine d'Evgueni a brûlé, il y a deux nuits. Ils vont peut-être l'embaucher à l'usine de gaz en attendant mais...

– Tu as besoin de combien ?

– Deux cents francs.

– Ne bouge pas, lui avait ordonné Blanche en allant dans la chambre.

155

Elle était revenue avec une pièce d'or prise dans son trousseau.

– Elle vaut plus de deux cents francs, avait fait remarquer l'ex-communarde.

– Je n'ai rien d'autre sous la main. Tu me rapporteras la monnaie, si tu y tiens.

– Merci, avait lâché Émilienne.

Elles se tenaient toutes deux près de la porte d'entrée, encore dans leurs manteaux d'hiver. Blanche avait proposé à Émilienne de manger un morceau. Émilienne avait juste embrassé son amie, lui avait dit de ne pas s'inquiéter. Et elle avait filé. Blanche la connaissait assez pour savoir qu'il n'aurait servi à rien de lui courir après. Elle se promit d'aller prendre des nouvelles rue des Cascades rapidement, la semaine prochaine au plus tard.

Elle attrapa sa Sophie, sa poupée en crinoline de soie, et se frappa le front. Elle n'avait pas pensé à lui parler de l'établissement de la rue de Choiseul ! *Deuxième bonne raison de rendre visite à Émilienne*, songea-t-elle en serrant contre elle Sophie, qui sentait un peu le moisi.

– Et si on lisait les aventures d'Alphonse Petit à Londres ? proposa-t-elle à sa poupée.

Blanche attrapa les feuillets du télégraphe posés sur la table de nuit. Elle se les était mis de côté pour le coucher, histoire de se sentir un peu moins seule. Elle joua avec le robinet de la lampe bouillotte pour augmenter un tantinet la lumière et commença, à haute voix, afin que toutes les créatures de la chambre en profitent :

– « Traversée pénible – Arrivée à Londres le lendemain – Installation dans une pension, près du Parlement – Avons

156

visité Saint-Paul et la Tour – Crystal Palace pour demain – Très impatient de le voir – Ce jour Contamine indisposé – Sommes allés dans cave à cigares hier soir – Whisky excellent mais à consommer avec modération. » Vous entendez ça ? Notre Alphonse traîne dans les pubs londoniens. V'là autre chose !

Blanche passa au deuxième feuillet.

– « Pensé à toi aujourd'hui – Ai visité chambre des horreurs de Madame Tussaud – Endroit épatant – Te plairait sûrement. » La chambre des horreurs maintenant ! fit-elle avec une pointe de jalousie avant de reprendre sa lecture avec une avidité renouvelée. « Pandémonium de figures de cire – Tout l'intérêt dans la chambre des supplices – Reconstitutions d'exécutions capitales avec moulages des têtes après – Musée du Crime – On peut essayer la guillotine. »

Blanche se demanda si son homme n'avait pas perdu la tête, justement. Elle attaqua le troisième feuillet, inquiète.

– « Ai trouvé la douche – Reviendra en bateau avec nous – I love you – Alphonse. »

Blanche plia les feuillets et les glissa sous les oreillers. Elle éteignit la lampe bouillotte, installa Sophie à la place vide, se recroquevilla, lutta contre la tristesse qu'elle sentait monter dans sa poitrine.

Elle demeura longtemps parfaitement immobile, attendant que le sommeil daigne la prendre. Les craquements et sifflements de la bûche accompagnèrent ses pensées de plus en plus décousues alors que le corps reprenait le pas sur l'esprit. Mais elle eut le temps de penser à beaucoup de choses. À Émilienne d'abord. À Camille ensuite. Au directeur de la maison de Passy et à ses théories toutes faites.

Elle n'aurait pas dû invoquer l'aliéniste car la colère qu'elle ressentit au souvenir de l'entrevue monta un ultime rempart contre le sommeil. Avec le recul, elle avait le sentiment qu'il l'avait prise pour une idiote. Elle avait ressenti la même chose aux environs de dix ans, quand sa mère, à l'une de ses interrogations, lui avait répondu : « Les garçons naissent dans les choux et les filles dans les roses. »

Émilienne, mieux informée, s'était permis d'affranchir Blanche lorsque cette dernière avait émis un doute sur cette conception botanique de la reproduction animale.

Non. L'honorable médecin, médaillé de la Légion d'honneur, ne l'avait pas plus convaincue que sa mère. Comment pouvait-il affirmer que Camille était folle à lier ? Qu'est-ce que le docteur Blanche avait donc à cacher ?

Questions sans réponses qui ramenèrent fatalement la jeune femme sur la grève de l'endormissement. La bûche n'était plus que braise lorsqu'elle céda. Mais sa dernière pensée consciente fut pour son oncle. Se faire toute petite, se glisser dans la poche de sa redingote outremer, le suivre dans sa « mission secrète ». Ce fut le souhait qu'elle formula avant de s'endormir.

– Où es-tu, tonton Gaston ? Qui es-tu ? Que fais-tu ?

– La suite te le dira peut-être, répliqua le roi des rêves juste avant de l'emporter dans ses griffes douces et puissantes. Ou peut-être pas.

Acte III

Scène 2

Chacun de retenir son souffle car le final approchait.

Les spectateurs avaient suivi les péripéties de la coupe enchantée, lancée dans les flots par Paddock, le bouffon du roi de Thulé, remontée par Yorick, le beau pêcheur de perles, dont Claribel, fée des Eaux, s'était éprise. Mais Yorick aimait Myrrha, fille du roi, et il se serait damné pour lui rapporter la coupe. Claribel, en un geste de désintéressement, l'avait donnée à Yorick qui l'avait remise à Myrrha.

Alors la fille du roi avait montré sa vraie nature. Vile, perfide et manipulatrice. Yorick était retourné auprès de sa fée des Eaux pour lui demander justice. On en était au moment où la sentence divine s'accomplit. Et il était temps. Car le sapeur de garde entre le cadre de scène et le manteau d'Arlequin, avec une nuit de ronde dans les pattes, bâillait à s'en décrocher les mâchoires.

Palais sombrant, figures gémissantes, flots déchaînés, éclairs et compagnie montraient leur vraie nature depuis les coulisses. Soit un vaste bâti plongeant dans les dessous grâce à un monte-charge. Des acteurs éplorés suivant le mouvement. Des néréides jetant l'anathème dans leurs conques peintes. Un chemin de mer composé d'une toile bleue aux

159

reflets argent sous laquelle des enfants payés soixante-quinze centimes la représentation agitaient avec plus ou moins d'énergie leurs baleines pour simuler un effet de tempête. Et des éclairs en veux-tu en voilà créés par les comparses occupés à déverser de pleines louches de poudre de lycopode sur des charbons ardents. Au moins deux sapeurs étaient requis, avec seau et lance à portée de main, pour surveiller la pyrotechnie. Le sapeur du devant, quant à lui, surveillait la rampe et ses dizaines de quinquets d'où s'étaient propagés tant d'incendies dévastateurs.

Le chef d'orchestre écarta les bras comme foudroyé. Le dernier coup de tambour fut donné. La plus haute flèche du palais de Thulé disparut sous les flots. Le luminariste, dans sa cabine, tourna ses clés pour plonger la scène dans le noir. Les applaudissements de la salle, comble, explosèrent. Le rideau tomba. Les principaux interprètes se glissèrent devant pour saluer. Derrière, à l'abri des regards, s'accomplissait un étrange sauve-qui-peut à la lueur d'une herse aux pâles lueurs d'aube.

La mer, son tissu, ses pièces de bois ondulé et ses traverses furent démontés en un rien de temps. Conques et débris d'épaves furent rangés sur les côtés. Les cieux étoilés parsemés de nuages volèrent vers les cintres. Les sirènes défirent leurs épingles pour se précipiter vers les loges et de charmants rendez-vous alors que les machinistes se chargeaient de déblayer le plancher.

Quant au sapeur de l'avant-scène, en tant que factionnaire de représentation, il aurait dû rester à sa place, sa hache sur le côté, au garde-à-vous, attendant qu'on le relève. Au lieu de quoi il s'était approché du rideau pour coller un œil contre

160

un des trous et contempler la salle. Le parterre surtout l'intéressait, et son centre réservé à une certaine confrérie du spectacle connue sous le nom des chevaliers du Lustre.

Ils étaient une trentaine. Leur troupe se rassemblait chaque soir dans un café de la rue Favart, remontait le passage noir, au bout de la galerie du Baromètre, s'insinuait dans l'Opéra et prenait place à cet endroit stratégique pour lancer des Ouah ! Ouah ! quand il le fallait et galvaniser la salle parfois un brin paresseuse. Le sapeur se demanda si, ce soir, ils réclameraient un *bis*. Mais le roi de Thulé et la reine des fées se serrèrent la main, signe de connivence voulant dire aux chevaliers du Lustre :

– Pas de *bis*. Nous sommes fatigués.

Les chevaliers remirent donc leurs hauts-de-forme sur leurs crânes et la salle se vida comme par enchantement. Leur meneur intéressait particulièrement le sapeur qui suivit le colosse des yeux jusqu'à ce qu'il quitte le parterre.

Le rideau d'avant-scène fut relevé. Les ouvreuses jetèrent des toiles grises devant les loges. La scène était redevenue ce vaste plancher légèrement incliné qui, le lendemain soir, serait palais, abyme ou chambre de princesse vile, perfide et manipulatrice. La grande garde s'était réunie autour du sergent Brudes, chef des douze sapeurs de l'Opéra. Il distribuait le règlement que chacun touchait pour la soirée de représentation, soit trois francs cinquante par sapeur.

– Comme nous n'avons pas dépassé minuit, c'est paye simple, aboya le sergent, provoquant un râlement général et compréhensible.

Cinq minutes de plus et on les payait double.

– Dubois ! appela-t-il en voyant le sapeur tourné vers la salle. Vous m'accompagnez pour la ronde.

– C'est-à-dire que...

– Vous préférez peut-être la remettre à plus tard et vous charger de la garde de nuit ?

Les sapeurs se donnèrent du coude. Ce nouveau était d'un lourd ! Il venait du poste de Picpus. Vu comment il débarquait chaque fois que Brudes le lui ordonnait, il aurait pu arriver tout droit de Zanzibar. C'était à s'interroger sur la raison pour laquelle on l'avait nommé en remplacement de Vial, victime d'une mauvaise bronchite.

Le sergent releva les factionnaires sauf celui qui resterait sur la scène pour la nuit et à qui on apporta une chaise, un seau d'eau et une éponge. Le rideau de fer descendit dans un concert de grincements alors que Brudes et Dubois gagnaient les dessous par un escalier de service.

Les deux sapeurs vérifièrent qu'aucune lampe n'était restée allumée. Et leur inspection aurait pu s'arrêter là. Mais Brudes avait le nouveau dans le nez. Aussi imposa-t-il à sa recrue une visite en règle des cintres et des étages, s'assurant que chaque boyau était développé dans chaque colonne, que les armoires étaient ouvertes, qu'aucune odeur suspecte ne s'échappait du magasin des décors. Il rendit sa liberté au sapeur près d'une heure plus tard en l'enjoignant de ne pas rentrer trop tard au corps de garde pour être en forme le lendemain matin. Des exercices gymnastiques étaient prévus dans une salle du quartier.

Le sapeur Dubois remonta le couloir menant rue de la Grange-Batelière. Il la suivit jusqu'à la rue de l'Oratoire et à l'église Saint-Eugène, accessible toute la nuit les soirs d'hiver.

La triple nef de bois était plongée dans une pénombre d'Opéra. Mais les veilleuses allumées ici et là permettaient de discerner les indigents qui dormaient, épaule contre épaule, sur les bancs de bois noir.

Dubois se dirigea vers le confessionnal, entre les dixième et onzième stations du chemin de croix. Il s'enferma à l'intérieur, s'agenouilla sur la tablette, implora :

– Pour l'amour du Ciel. Mon panatella. Ou je deviens fou.

Le sapeur ne parlait pas au vide. Quelqu'un occupait l'autre partie du confessionnal. Et ce quelqu'un fit glisser un fin cigare par l'un des trous du claustra, chemin normalement réservé aux confessions. Le sapeur s'empara du cigare, se le planta dans le bec, réclama en se forçant à chuchoter :

– Du feu.

– Vous avez vu l'heure ? râla le pourvoyeur.

– Cette tête de bois de Brudes m'a retenu pour la ronde. (Explication à laquelle seul le silence répondit.) Allez, Léo. Soyez charitable, nom d'un chien !

– Ne jurez pas dans un lieu saint.

– Donnez-moi cette bon dieu d'allumette !

Qui suivit la même route que le cigare. Le sapeur gratta la tête phosphorée sur la sainte tablette, embrasa son panatella, poussa un gémissement de volupté.

– Que c'est bon, lâcha-t-il dans un souffle.

Il s'octroya une seconde et longue bouffée avant qu'on ne le rappelle à l'ordre.

– Je n'ai pas l'intention de passer la nuit dans ce confessionnal. Alors, si nous en venions aux choses sérieuses... Le chef de claque est-il Trompe-la-Mort ?

Barbe blonde. Yeux bruns mats. Claudication discrète du

côté gauche. Gaston Loiseau avait tout de suite repéré le chef des chevaliers du Lustre, dès son premier jour de prise de fonction dans le grand corps des sapeurs de l'Opéra Le Peletier quarante-huit heures plus tôt. Le signalement avait été affiné par les compagnons de la Casquette noire emprisonnés à la Roquette et interrogés sur Vanthilo, toujours dans la nature. En fait de nature il se terrait à Paris. En plein cœur de Paris. À l'Opéra. Et il agissait sous les yeux du policier affecté à l'établissement qui les gardait, n'importe comment, rivés sur la scène et non sur la salle.

– Le chef de claque est Vanthilo, confirma Gaston. À moins que ce ne soit un jumeau.

– Il faut l'arrêter.

– Et déployer un maximum de précautions pour son arrestation, ajouta Loiseau en époussetant la cendre tombée sur son uniforme de sapeur. L'opération doit être montée avec soin. L'Opéra est un vrai gruyère. Il n'y a pas moins de trois passages permettant d'y accéder. Sans compter l'entrée principale. La foule ne nous facilitera pas la tâche. Ni sa bande de claqueurs dont il se servira comme bouclier.

– Infiltrons des agents dans la claque, bouclons les issues, frappons vite et fort, proposa Léo avec fougue. M. Claude nous assurera de son appui. Et il sera trop heureux de présenter les Casquettes noires au grand complet pour les assises d'avril. C'est la médaille de Nicham qui va nous être décernée.

– Je me moque de la médaille de Nicham comme de ma première paire de chaussettes, Léo.

Gaston retira son casque de métal étincelant qui lui donnait des allures de dragon sans son cheval. Il desserra son ceinturon et se cala contre la paroi du confessionnal pour déguster la seconde moitié de son panatella, le seul qu'il pourrait fumer avant le lendemain soir, même endroit, même heure.

– Nous avons besoin d'au moins une semaine pour préparer un coup pareil, continua-t-il. En espérant que Vanthilo suivra toutes les représentations.

– Une semaine, ça nous mène au lundi 24 février.

– La veille de Mardi gras. Si on le loupe ce soir-là...

– On ne le loupera pas.

Gaston soupira.

– Il y a un problème ? s'inquiéta Léo en essayant de voir le commissaire au travers de la grille de bois.

– Je pense à cette semaine d'intenses activités musculaires, de rondes et de nuits de corps de garde qui m'attendent.

– Vous êtes obligé de conserver ce déguisement ?

– Je ne pourrais pas être mieux placé pour surveiller la bête. Et n'oubliez pas que nous n'avons aucun lien entre Vanthilo et le Vampire de Paris. Je n'ai pas avancé d'un pouce de ce côté-là.

– Les liens apparaîtront à un moment ou à un autre.

– Vite dit. C'est certes un client sérieux mais ce n'est peut-être pas le bon. En tout cas, jusqu'à ce qu'on l'arrête, je conserve ma hache au côté, je patiente et j'observe.

– Et si le fil d'une danseuse rompt ?

– Je la réceptionne dans mes bras puissants.

– Et si un baryton plonge dans la grosse caisse ?

– Je lui apporte les premiers soins.

– Et un ténor ?

– Je l'achève d'une balle à bout portant. Cent ténors ne valent pas dix barytons.

Gaston écrasa son cigare sous sa bottine. Ce qui en restait n'aurait pas intéressé un ramasseur de bouts de mégots.

– J'imagine que vous êtes venu avec un seul panatella ?

– Votre quantité de drogue nécessaire et suffisante. Je vous rappelle qu'il est interdit de fumer dans une église.

– Et que font-ils avec leurs cassolettes pleines d'encens ? (Gaston caressa le poli de sa hache, se fit une raison et interrogea Léo à son tour.) À vous. Où en est-on du côté des sociétaires ?

Gaston entendit Léo s'humecter le bout des doigts et tourner les pages de son carnet d'enquêteur pour arriver à la bonne. Lui préférait travailler à l'instinct, dans le feu de l'action, et il ne s'en sortait pas plus mal. Néanmoins, et ce fut la partie raisonnable de son esprit qui le lui rappela, la police avait besoin de méthodiques comme Léo qui notent, comparent et éventuellement réfléchissent avant d'agir.

– Nous avons relevé six sociétaires s'étant désabonnés fin 70, tous de la loge numéro 1, récapitula Léo. Philémon de Saint-Auban.

– Mort.

– Gabriel.

– Mort.

– Et les MM. Coquille, Troisétoiles, Vireloque et Minos.

– Tous porteurs de noms d'emprunt, inutile de le préciser.

– Inutile de le préciser, en effet. Et vos pérégrinations ne vous ont rien appris à leur sujet ?

– Elles ne m'ont rien appris à leur sujet, confirma Gaston, horripilé par le ton de maître d'école adopté par son adjoint.

Intrigué aussi. Car il sentait Léo ménager un effet de surprise.

166

– Ce Thomas Vireloque a commis une erreur, lâcha le jeune commissaire.

– Laquelle ?

– On le connaît.

– Comment ça on le connaît ?

– Nous avons tous entendu parler de lui.

Gaston se gratta la nuque.

– Vireloque, Vireloque, Vireloque. Vous avez raison. Ce nom me dit quelque chose.

– C'est un des spécimens de *La Mascarade humaine* de Gavarni.

Succès d'édition abondamment illustré de gravures et offrant un échantillon représentatif de ce que Noé aurait pu sauver, en matière d'humanité parisienne, si le Déluge s'était produit en 1873, avec Montmartre en guise de mont Ararat.

– Bien sûr ! Vireloque, le maître chiffonnier ! se rappela Gaston en faisant résonner sa paume d'un coup de poing.

– Chut.

– Pardon, reprit-il un ton plus bas. Mais cela ne nous aide pas vraiment. Autant vouloir arrêter Jean Valjean.

– Homme de peu de foi. Lorsqu'on a un nom et une profession, on cherche au bon endroit. J'ai vérifié dans le registre des chiffonniers. Vous savez qu'ils sont forcés de porter une médaille officielle ?

Évidemment que Gaston Loiseau le savait. Mais il ne gaspilla pas de salive pour le confirmer.

– Le registre recense un Thomas Vireloque, inscrit en juin 1871.

– Vous avez son identification ?

– Notre homme serait plutôt jeune, bien mis de sa personne, grand, mince, élégant, un vrai lion.

– Nous sommes loin de la description du vrai Vireloque.

– Il y a un détail qui ne vous laissera pas indifférent. Il a sur la joue gauche une marque. Une vieille cicatrice en forme de croix.

– Par Saint-André ! Bravo, Léo, vous êtes un as ! Vous avez mérité vos galons de commissaire.

Arthur s'éclaircit la gorge et se força à chuchoter pour rappeler à Gaston qu'ils partageaient un confessionnal et non une table de la halle aux faits divers.

– Je me mets en chasse dès demain. Je compte commencer par la cité Doré.

– Celle près du boulevard de la Gare ?

– Autour de la rivière morte, oui. Je n'en connais pas d'autre à Paris.

S'ensuivit un silence éloquent durant lequel Gaston hésitait à mettre Léo en garde. Il avait fait ses classes. Et il savait jouer du Lefaucheux. N'empêche. S'aventurer dans la cité Doré, c'était autre chose que d'opérer un contrôle d'identité sous les galeries du Palais-Royal.

– Entourez-vous des meilleurs hommes. Je vous donnerai des noms de policiers sûrs à la brigade des cercles. Les coups de feu ne les effraient pas.

– Oh, je vais faire mieux que cela. Je vais suivre votre exemple.

– Pardon ?

– Je vais me déguiser, pardi ! J'ai récupéré une hotte et un crochet de chiffonnier. Demain, j'attaque par le coin des fripes du carreau du Temple.

– Vous ne savez pas où vous mettez les pieds.

– Serait-ce de l'inquiétude que je perçois par-delà cette muraille ? (Un nouveau silence força Léo à reprendre son sérieux.) Ne vous en faites pas. Je cours comme un lapin. Les chiffonniers ne sont pas cannibales. Et puis, je n'ai pas d'autre choix pour dénicher celui qui nous expliquera qui est le Vampire et ce qu'il veut. S'il se cache et a peur, il n'en parlera que plus facilement.

Le craquement du confessionnal apprit à Gaston que Léo venait de se lever. Il était temps pour lui de rejoindre le corps de garde et son lit de sangles si peu confortable.

– Alors, vous serez le nouvel Achille.

– Et vous donc ! répliqua Léo avant de sortir du confessionnal.

Il observa l'intérieur de l'église, les vagabonds endormis, l'autre porte de la cage en bois qui avait abrité cette conversation secrète. Il y toqua discrètement.

– Gaston ? Vous êtes là ?

Pas de réponse. Il ouvrit la porte. Le sapeur s'était envolé.

Léo croisa le regard d'un enfant aux yeux noirs, blotti contre son père. Le gamin était pieds nus dans ses sabots et parfaitement réveillé. Léo se dépêcha de fuir ce regard et toute cette pauvreté.

Acte III

Scène 3

Depuis une semaine, Blanche s'était coupée du reste du monde. La tâche qui l'avait occupée n'aurait pu être entreprise dans le cabinet de la rue des Saints-Pères. En effet, l'étude des substances vénéneuses était incompatible avec les centres d'intérêt d'une jeune femme de vingt ans. Et pourtant, Mme Petit s'était promis de devenir une spécialiste en la matière.

Elle avait acheté un carnet de maroquin rouge sur lequel elle reportait à la plume d'acier – plus pratique qu'une plume d'oie, quoi qu'en disent les clercs nostalgiques – ses remarques, recettes et blancs à remplir plus tard selon ses découvertes. Le *Traité des poisons* d'Orfila – la bible – était ouvert sur l'établi, ainsi qu'une dizaine d'autres ouvrages tant historiques que médicaux, relevant de la médecine légale ou des miscellanées anecdotiques.

Ce carnet, saisi en sa possession et correctement déchiffré par un officier de paix scrupuleux, l'aurait envoyée direct dans un bureau de commissaire. Blanche aurait demandé à ce que ce soit celui de son oncle. Mais il n'y avait pas mis les pieds depuis huit jours. Elle avait vérifié. De Léo non plus on n'entendait pas parler. Que les gardiens de l'ordre cultivent leurs mystères, elle avait les siens propres à entretenir, sous la forme de cet herbier satanique qu'elle parcourut des yeux pour en faire la synthèse.

Au palmarès des bouquets fatals, apparaissaient l'aconit, le colchique, l'ellébore et la jusquiame qui provoque la berlue-danaë. Il était facile de reconnaître quelqu'un ayant avalé de l'herbe sardonique aussi appelée renoncule à rictus pour sa faculté à contracter les muscles des joues et de la bouche. Des poisons plus ou moins fantaisistes affectaient les vivants sans les envoyer tutoyer les morts. Ainsi de la thassagli qui provoque des visions stupéfiantes, de la pierre d'aimant broyée qui rend lunatique ou de l'achaemenis, herbe mythologique qui donne l'impression d'être poursuivi par des créatures justicières dont on ne se débarrasse qu'après avoir confessé crimes réels ou imaginaires.

Le côté cartésien de Blanche lui faisait préférer les plantes clairement homologuées dont l'usage, entre des mains expertes, ne laissait pas de trace. C'était le cas de la litharge et de l'arsenic qui ne pervertit pas le goût des aliments. C'était aussi celui de la digitaline qui, d'après Orfila, était championne dans l'indécelable. Une arme parfaite pour un crime parfait. Celle que Blanche aurait utilisée si elle avait eu quelqu'un à éliminer.

Elle se leva pour se dégourdir les jambes, observa la cour. Les portes du *Voleur* avaient été refermées. Le calme après la tempête du vendredi matin. Elle s'empara du second volume du *Dictionnaire de police* pour l'ouvrir à l'article des substances vénéneuses. Elle lut la liste des toxiques en remontant le couloir, énonçant à haute voix ceux qu'elle n'avait pas encore repérés.

171

– Acide cyanhydrique. Alcaloïdes végétaux. Coque du Levant (qu'elle souligna en rouge). Cyanures. Nicotiane. Opium. Phosphore. Sublimé corrosif. Qu'est-ce que c'est que ça ?

Un journal avait été glissé sous sa porte d'entrée, un exemplaire du *Voleur*. Une carte manuscrite y était épinglée.

Pour souhaiter la bienvenue à notre voisine et nouvelle abonnée
Le Voleur
Journal pour tous
L'invite au verre de l'amitié
Ce jour, treize heures, en ses murs

Le recto de la carte représentait le rédacteur en chef – la gravure était fidèle et Blanche reconnut tout de suite Balathier de Bragelonne qu'elle espionnait par la force des choses – assis sur son tabouret, une écritoire sur les genoux et compilant, compilant, compilant.

Pourquoi pas ? se dit-elle, amusée. Elle avait déposé son bulletin d'abonnement de six francs pour un an dans la boîte aux lettres du journal mardi dernier. Elle ne pensait pas recevoir son premier numéro avant le mois prochain. Mais si Bragelonne avait la gentillesse de l'inviter...

Elle se prépara une omelette au basilic et se mit à table, dans la cuisine, avec un verre d'eau et *Le Voleur* à portée de main. En première page, une gravure montrait un incendie. Elle illustrait un article sur la destruction du musée Barnum de New York. Chameaux, singes, tigres, éléphants, avaient été rôtis vivants. Blanche frissonna en lisant : « Les immenses rugissements des lions, les cris des tigres et de tous les animaux indiquant un désespoir suprême se mêlaient ensemble et formaient un chœur à l'instar de celui que les damnés de l'Enfer peuvent faire entendre. » Blanche ne croyait pas à l'existence de l'Enfer, mais plutôt à une multitude de ses succursales. Mais il fallait reconnaître au style de Bragelonne un côté saisissant.

Le journal continuait par deux feuilletons, *L'Assassinat de la rue du Temple* et *La Vie infernale*, que Blanche sauta. Elle n'était pas très rebondissements. Et puis, elle avait raté le début.

Je ne sais pas si tu as eu une très bonne idée en t'abonnant à ce canard, se dit-elle.

Elle changea d'avis en voyant le titre de l'article qui noircissait les deux pages suivantes.

LES ÉCUMEURS DU PAVÉ

Il traitait des mendiants, des virtuoses en plein air, du père La Flûte et d'un individu connu sous le nom du Dératé.

L'omelette de Blanche refroidit le temps qu'elle lise l'article qui s'achevait par le portrait du Coureur. Il s'était inventé comme profession de poursuivre l'omnibus américain reliant le pont de Sèvres à la Concorde. Les passagers lui jetaient quelques sous que la lectrice l'imagina attraper au vol dans sa casquette. Elle se promit de faire le trajet un de ces quatre, juste pour s'assurer que *Le Voleur* ne racontait pas d'histoires.

Blanche étala du chèvre frais sur une tranche de pain de seigle pour la manger au-dessus de son journal. La suite la happa aussi sûrement que l'aurait fait la recette, si on la lui avait dévoilée, de l'*acqua toffana*, poison secret des Borgia.

Les fastes du Crime, compte rendu des méfaits d'une bande

173

organisée des glacis de Lille. Au moins cinq cents femmes avaient subi les derniers outrages. Autant de vols avaient été commis. Et l'affaire avait pris un tour autrement plus tragique lorsqu'un ouvrier, s'interposant pour sauver l'honneur de sa bien-aimée, avait été emporté dans les bois pour y être étranglé. Neuf hommes avaient été arrêtés. Deux anciens militaires, deux forts en gueule accompagnés d'insignifiants, plus rémoras que grands requins blancs. On décrivait le déroulement de l'audience ainsi que débats, plaidoiries et verdicts. Ces derniers arrachèrent à Blanche une exclamation indignée.

Elle alla jeter un coup d'œil à la pendule dans l'entrée – treize heures passées –, s'empara de ses clés, sortit de l'appartement sans enfiler de manteau, gagna la cour pour frapper à la porte du journal. Balathier de Bragelonne, favoris blonds, nez camus et lunettes ovales, ouvrit à la jeune femme dont un rouge colère parait délicieusement les joues.

– Vingt ans de travaux forcés pour Cuvelier et Butin ! s'exclama-t-elle. Les autres n'ont pas eu plus de cinq ans ! Et le chef de meurtre a été écarté !

Bragelonne baissa la tête pour regarder la furie par-dessus ses lunettes d'astigmate.

– Vous devez être notre nouvelle abonnée du premier étage ? Oui. C'est vous. (Il fit un élégant pas de côté.) Entrez ou vous allez encore vous refroidir.

Blanche pénétra dans les locaux du journal en essayant de recouvrer son calme. Cette entrée fracassante était déjà de trop, pensa-t-elle. Elle ne s'était même pas coiffée ! Le rouge aux joues n'avait pas changé. Mais maintenant c'était celui de la gêne, non plus celui de la colère.

Néanmoins, la curieuse était de retour, à fixer l'endroit dans son esprit, repérant les pupitres des compositeurs, l'imprimerie, au fond, reniflant la délicieuse odeur d'encre. Point d'ouvriers. Ils étaient seuls. Et Bragelonne, Blanche s'en rendait maintenant compte, l'avait reçue en robe de chambre. Loin de la choquer, ce détail l'amusa.

– J'ai préparé du lait d'amandes au tapioca. J'espère que vous aimez cela, fit le rédacteur d'une voix fatiguée.

Sa nuit avait dû être courte, comme toutes les nuits de bouclage. Et les convenances auraient voulu que Blanche fasse immédiatement demi-tour pour remonter chez elle avant de dresser une liste de bonnes résolutions. Mais le Voleur qu'elle venait de découvrir, c'était Lui. Et ce Lui, comme Klosowski ou Monsieur Monde en leur temps, ne croiserait pas la route de Blanche impunément. En plus, il l'avait invitée.

– Le lait de tapioca. Notre boisson préférée à mon mari et à moi. J'en prendrai avec grand plaisir.

La mention à Alphonse mettait les choses au clair. Bragelonne pouvait accrocher son imagination à une patère. D'ailleurs, s'il était déçu, il n'en laissa rien paraître. Car c'est avec simplicité qu'il emmena son abonnée au plus profond de son antre, dans son bureau rempli de classeurs à fichiers et aux murs tapissés de gravures.

– Bienvenue dans le ventre du *Voleur*, annonça Bragelonne avec fierté.

Il servit deux verres de lait d'amandes avant de les saupoudrer de tapioca, en tendit un à Blanche.

– Ça me fait penser au Sommier.

Bragelonne ne s'étonna pas que sa voisine, à peine sortie

de l'âge tendre, ait un blanc-seing pour se promener dans la Préfecture. En tout cas, il ne l'exprima pas à haute voix. Il se contenta de trinquer, de loin, avec un sourire entendu. Sourire que Blanche lui rendit, les joues désormais un tout petit plus roses que précédemment. Mais il aurait fallu être un coloriste de la trempe de Delacroix pour s'en rendre compte avec si peu de lumière.

Ils en étaient à leur troisième lait d'amandes. Ils avaient parlé de parricides, de bandits italiens, de femmes sans scrupules et d'aventuriers sans lendemain. Ils étaient d'accord sur pas mal de points car leur terreau était commun. Des divergences étaient pourtant apparues entre les causeurs, la première, de taille, concernant la peine capitale.

Bragelonne, pour avoir assisté à plusieurs exécutions, était contre, résolument contre, farouchement contre. Les pontons, l'exil, la perpétuité, soit. Mais séparer la tête d'un homme ou d'une femme de son tronc n'était rien d'autre que de la boucherie. Blanche n'avait jamais vu la guillotine fonctionner. Cependant – et c'était presque un déni à son esprit de justice – il lui paraissait malheureusement nécessaire d'envoyer à l'échafaud des êtres irrécupérables comme les meneurs de la bande lilloise, par exemple. Au-delà d'une certaine limite qu'elle aurait bien été en peine de tracer, un être mauvais le demeurait à jamais. Il était un danger pour la société. Et la société, pour se défendre, avait pour devoir de se débarrasser de ce membre malade.

Voyant la bourgeoise avancer ses arguments aussi imprécis qu'enflammés, Bragelonne s'était tu, attendant que son

176

souffle tarisse. Et il avait répliqué à sa manière, exhibant le flanc de l'ironie hautaine propre aux gens de lettres :

– Comme je regrette que vous ne vous soyez pas abonnée début janvier ! Vous auriez profité d'un article savant sur les mystères de l'échafaud. Je vous épargne les détails sur la délicatesse française et j'en viens à une innovation dont le Nouveau Monde, seul, a le secret. La scène : le Massachusetts où l'on pend, à l'américaine. Le héros du jour : M. Briggs, inventeur. Le cobaye : White Joe dont l'histoire n'a pas retenu le crime. Ne m'en voulez pas si je fais court. Mais je ne veux pas vous choquer avec une narration trop réaliste.

Blanche pianota des doigts sur ses coudes, manière de signifier qu'elle en avait déjà entendu des pires.

– Briggs a proposé un brillant système de ressort et de contrepoids pour envoyer le nègre *ad patres*, d'un coup, en lui brisant l'échine. Pas de douleur pour l'un. Moins de spectacle navrant pour les autres. Vous saviez qu'un pendu peut gigoter sept minutes avant de rendre son dernier souffle ? Sept minutes à chercher de l'air. Ça, c'est de l'agonie !

Bragelonne ménagea un silence pour que l'information s'enfonce bien dans le crâne de son auditrice.

– Donc, le nègre est assis sur sa chaise, la corde mise autour de son cou, le bourreau lâche le ressort, le contrepoids tombe avec fracas et les reporters n'y voient que du feu. Ou que du rouge. Le mécanisme a arraché la tête de White Joe, l'a catapultée dans un champ voisin pendant que l'assistance était aspergée de sang. Briggs a pris ses cliques et ses claques. Destination la France. Il n'a fait que passer par Paris. Sans doute a-t-il proposé son invention aux personnes concernées. Sans doute lui ont-elles vanté notre savoir-faire en la matière.

Ici, on coupe les têtes depuis 1789. Voilà ce qu'il faudrait peindre en noir sur la Conciergerie.

– Vous inventez, lança Blanche, au terme de cette tirade.

Bragelonne se dressa et, du haut de son mètre soixante, répliqua, les poings sur les hanches :

– Comment, j'invente ! Dans *Le Voleur*, à part les feuilletons, rien n'est inventé, madame l'abonnée ! Ces classeurs – il montra les meubles autour d'eux tel un général son armée – contiennent des centaines de faits divers, des milliers de noms, un index du Crime bien plus complet que le Sommier de la Préfecture que vous citâtes tantôt !

Bragelonne venait de frapper sur une corde sensible. S'il se permettait de se déclarer supérieur à la police française, il venait, sans le savoir, de marcher sur les plates-bandes familiales. Aussi Blanche le mit-elle à la question :

– Vous avez entendu parler de l'Hydre ?

– Qui n'en a pas entendu parler ? La preuve : vous-même êtes au courant de son existence.

Décidément intrigué par cette voisine qui traitait d'une organisation criminelle comme d'un canevas de broderie, Bragelonne se força à se calmer pour éclaircir son propos. Manquerait plus qu'elle ait de la famille dans la rousse et qu'on lui colle un contrôle... Thiers et liberté de la presse ne faisaient pas particulièrement bon ménage.

– Lorsque je vous dis que mon fichier est plus complet que celui de la Préfecture, c'est parce qu'il ne prend pas seulement en compte les malfrats de profession mais tous les types parisiens, tous ces acteurs, bateleurs, saltimbanques, figures burlesques, magnifiques ou pathétiques. Le demi-monde, madame, fait le lien entre le nôtre et le leur. Et c'est dedans que j'y puise mes plus nobles figures.

Grandiloquence un peu vaine, songea Blanche en constatant à quel point Bragelonne avait l'air fatigué. Elle allait le laisser se reposer. Mais avant, elle voulait mettre en pratique une idée qui lui avait traversé l'esprit. Un coup de plume dans l'eau, sûrement. Mais le moment était idéal. Et Blanche s'en serait voulu de ne pas le tenter.

– Vous auriez quelque chose sur les blanchisseuses ?

– Des dizaines d'articles. Il faudrait être plus précise.

– Sur une blanchisseuse dont le nom est Camille. Camille Mespel.

Blanche n'attendait rien de cette requête. Et le regard atone de Bragelonne la confirma dans le sentiment qu'elle s'attaquait à un moulin à vent.

– Mespel, hein ? fit Bragelonne avant de se lever.

Il alla à un tiroir, en sortit un dossier, l'ouvrit sur ses genoux, déplia une coupure de presse. Blanche était dans l'état d'esprit de celui qui regarde faire le prestidigitateur manipulant sa muscade avec une agilité étourdissante. En clair, elle retenait son souffle.

– C'est une vieille, vieille histoire. Je n'étais alors que grouillot. Mais je compilais déjà.

Blanche fixait l'article jauni dont, de sa place, elle ne pouvait rien lire. Bragelonne lui lança :

– Je ne sais pas pourquoi cette Camille Mespel vous intéresse. Je suis d'avis de laisser leurs secrets aux femmes. Mais si je vous donne connaissance de ceci – il agita l'article sous son nez –, je vous demanderai, en échange, une faveur.

Blanche planta ses yeux dans ceux du rédacteur. Un cobra aurait filé en croisant son regard à ce moment-là.

– Je ne pense pas à mal, se dépêcha de préciser le rédacteur. Et vous aurez toujours le droit d'utiliser un veto tout-puissant.

– En ce cas...

Bragelonne coinça ses lunettes sur l'arête de son nez.

– Je l'ai piqué à *L'Illustration* d'alors. (Bragelonne s'éclaircit la gorge.) «Dimanche dernier, Paris presque tout entier s'éparpillait dans ses environs. On allait à Chantilly où c'était le jour du derby. Mais à Suresnes, on allait assister au couronnement de la rosière.»

La concentration de son auditrice lui faisait légèrement pencher la tête de côté. Cela lui donnait un air charmant, trouva le lecteur.

– «Un jour, je ne sais plus en quelle année, une jeune fille du monde fut tuée sur une des côtes du pays, à la suite d'un accident de voiture. Sa mère voulut fixer par un souvenir de bienfaisance cette date de deuil. Elle fonda donc un prix, une rente à vie, à l'effet de couronner celle des jeunes filles de la commune dont la conduite serait le plus digne d'éloges. Mais il y avait une condition à cette rente, celle de donner le nom de la victime, Camille, au premier enfant qu'elle aurait après son mariage. La rosière de cette année est Mlle Mespel. Espérons qu'elle rencontrera son prince charmant rapidement, qu'ils feront un enfant de l'amour, que ce sera une fille et qu'ils l'appelleront Camille. Ainsi, les problèmes de dot appartiendront au passé.»

Bragelonne coinça ses lunettes sur son front.

– Un style déplorable, jugea-t-il.

180

Blanche se fichait que l'article ait été écrit avec les pieds. Son cerveau fonctionnait à plein régime.

– De quand date votre article ?

– 1854. Mai. Le mois des rosières. (Il regarda la blondinette se torturer les méninges et compta pour elle.) Une fille née neuf mois après le couronnement, au minimum, pour respecter les usages, aurait aujourd'hui dix-huit, dix-neuf ans. Cela correspondrait-il avec votre blanchisseuse ?

Blanche répondit à cette question par une autre ·

– Cette rente, son montant était connu ?

– Ce n'est pas imprimé noir sur blanc mais je me souviens de discussions, à l'époque. (Bragelonne se gratta l'arcade sourcilière.) « Faramineuse » serait un mot approprié. Et il y avait autre chose. La rente ne devait revenir à l'enfant qu'à quinze ans révolus.

– Pourquoi à cet âge ?

– C'était celui auquel la véritable Camille était morte. Macabre, insensé et stupéfiant de vérité. Une brève comme je les aime. On la croirait inventée. Mais tout est vrai. N'en déplaise aux sceptiques dans votre genre.

Bragelonne contempla la penseuse, ses yeux descendant de ses épaules à ses mains en glissant sur la poitrine. Il déclara, observant les doigts de Blanche, tachés :

– J'aurais besoin de quelqu'un comme vous.

– Pardon ?

– D'une femme qui écrit. C'est bien de l'encre sur vos doigts ? Et ne me faites pas croire qu'elle a servi à établir une liste de courses.

Il aurait été facile pour Blanche de mentir. Elle préféra se taire.

– Je compte rendre une petite visite à Edmond Magnier. Vous ne le connaissez pas, j'imagine ? C'est un plumitif qui sort un nouveau journal. *L'Événement*. Un plumitif... que dis-je ! Un écrivaillon tout juste bon pour les hémistiches de mirlitons ! Je vais lui lancer un défi journalistique. Il est installé passage du Baromètre. Vous pourriez venir avec moi ?

– Il faut que j'y aille...

– Nous irions ensuite faire un reportage sur les pompiers de l'Opéra, continua Bragelonne. Voilà un beau sujet. Imaginez que l'édifice parte en fumée dans les semaines qui viennent ! Nous aurions un scoop sensationnel.

– Non. Vraiment. Une autre fois peut-être.

– Alors vous utilisez votre veto ? fit mine de comprendre Bragelonne en la raccompagnant à la porte de ses bureaux. C'est vous qui voyez. Mais comptez sur moi pour vous solliciter encore et encore jusqu'à ce que vous acceptiez.

Blanche remonta chez elle avec une démarche d'automate. Elle se laissa tomber dans le sofa dans l'entrée. Camille, fille de rosière, pensait-elle. Camille qui, en échange de son prénom, aurait hérité d'un trésor alors qu'elle jouait les blanchisseuses payées vingt sous de l'heure. Non, vraiment. Ça ne collait pas.

Et si...

Et s'il n'y avait pas une mais *deux* Camille ?

La première, analphabète, arrivant de province, découvrant la grande ville.

La seconde, résidente d'une clinique d'aliénés sur la colline de Passy.

Imaginons, échafauda Blanche. *Imaginons que cette dame Mespel, la rosière de 1854, a eu deux filles. Des jumelles. Elle est obligée*

182

de le cacher à la donatrice en envoyant l'une de ses filles, au hasard, loin de Paris. La provinciale grandit sans se douter de rien. Les liens sont rompus. Mais, à dix-huit ans, elle part travailler à Paris. Et là, pour une raison encore mystérieuse, un chèque destiné à payer l'hôtellerie de sa sœur lui parvient. À elle.

Si les choses s'étaient déroulées ainsi, il y avait usurpation d'héritage, complot familial, justice à rétablir, une activité qui faisait battre le cœur de Blanche plus vite qu'à l'ordinaire.

Elle se sentait lourde. Trop de lait d'amandes. Trop de tapioca.

Des flonflons montèrent de la rue, des bruits de fifres et de tambourins. Blanche alla à la cuisine, lutta contre la crémaillère, réussit à ouvrir la fenêtre, passa la tête dehors.

Un cortège carnavalesque descendait la rue des Saints-Pères en direction du fleuve. D'ici, on ne voyait qu'une palette de peintre en mouvement. Les cotillons jetés par les masques étaient attrapés par le vent. Ils annonçaient le mariage à venir de la Raison et de la Folie. Certains s'accrochèrent aux cheveux de Blanche avant qu'elle referme la fenêtre.

Acte III

Scène 4

En cette veille de Mardi gras, le sapeur de seconde classe Dubois, numéro six trois deux un de la seconde compagnie du second bataillon des sapeurs-pompiers de Paris, faisait son tour d'inspection. Le chaudron de la fête costumée glouglouttait crescendo depuis des semaines. Demain, seulement demain, il exploserait pour laisser libre cours à des personnages impossibles, rêvés ou fantasmés. Comme chaque année, le fantôme du grand Chicard ferait une démonstration de son fameux pas du coup de talon et celui de Brididi de sa glissade déhanchée.

Pour l'heure, on était le 24 février, un lundi, petit jour des épouses à l'Opéra Le Peletier. La contrebasse était absente mais la salle pleine, à nouveau. Et le bâtiment de bois et de stuc tremblait sous les assauts harmoniques de l'acte II du *Roi de Thulé*.

Dubois avait été relevé de son manteau d'Arlequin par le sergent Brudes pour effectuer une ronde pendant le spectacle. Un falot à la main, il avait inspecté le magasin des décors, le grenier, les coursives menant au lointain, afin de s'assurer qu'aucune personne étrangère au service ne se promenait entre les machines et les cassolettes remplies de feux de

184

Bengale prêtes à s'embraser à la moindre étincelle. Les visites clandestines ou inavouables effectuées auprès des petits rats de l'Opéra ne se limitaient pas au foyer, peu accueillant avec ses banquettes de bois dur et ses plafonds gris de poussière. Alors que le bâtiment dédié à la féerie cachait tant de portes sur d'autres mondes...

N'empêche, un an plus tôt, un promeneur en redingote venu d'on ne sait où, arrivé là on ne sait comment, s'était aventuré sur le gril au beau milieu de la représentation. Ça s'était produit aux Folies-Dramatiques mais ç'aurait pu être dans n'importe quel théâtre parisien. L'homme s'était engagé sur une des passerelles branlantes utilisées par les machinistes funambules et maîtres des lointains. Comme on s'en doute, bien mal lui en avait pris. Il s'était révélé affecté par le vertige, avait perdu l'équilibre et s'était écrasé douze mètres plus bas, au milieu d'une ronde paysanne. Celle de *Faust*, probablement.

Le sapeur emprunta le couloir côté jardin et traversa successivement le magasin des tailleurs, l'atelier de couture, le foyer des choristes et celui des répétiteurs du chant. À petit jour d'opéra, petite affluence dans les communs de la salle de spectacle. À part M. Charon, chef gazier, il ne rencontra personne. Il continua son inspection par le magasin des étoffes, le foyer des artistes de la danse, la loge des comparses réservée aux militaires, vide elle aussi. Il revint vers la scène par le passage couvert de la rue Rossini et en profita pour vérifier que les conduits d'eau bouillante ne fuyaient pas. Il s'assura de même que la chaufferette placée dans le dépôt du châssis était étanche. Il salua de loin le chef de scène caché dans sa loge, jeta un rapide coup d'œil aux acteurs – Myrrha promettait récompense à sa cour de prétendants pour qu'on lui rapporte la coupe enchantée jetée dans les flots par le bouffon de son père –, s'attarda sur le parterre, attentif et silencieux.

La face blonde, arrogante et un tantinet blasée d'Émile-Joseph Vanthilo était visible au milieu de sa claque constituée d'une vingtaine de traîne-savates et de dix agents en civil infiltrés au compte-gouttes depuis près d'une semaine. Le beau Yorick venait de se déclarer à Myrrha. Vanthilo lança un « Hourra ! » repris par la claque et la salle, s'attirant la haine des chanteurs obligés de mettre les bouchées doubles pour se faire entendre.

Le sapeur avait encore vingt minutes avant l'entracte, le temps de faire le tour du premier étage. Ce à quoi, avec conscience, il s'appliqua. Il savait que Vanthilo ne bougerait pas.

Il grimpa par un escalier de service pour arpenter à grands pas et dans l'ordre : magasin de décoration du répertoire courant, magasin du tapissier, cabinet de travail du machiniste en chef, loges des acteurs, des chanteurs et des administrateurs. Le sapeur ne força pas les portes fermées. Ses tambourinements provoquaient explications à une ou deux voix. Quant aux silences, il les respectait.

Il revint sur ses pas au tonnerre d'applaudissements marquant l'entracte. Il gagna une des deux terrasses ouvertes sur le foyer qui se remplissait petit à petit. La rue Le Peletier était calme. Deux fiacres se croisaient sur le pavé. Le sapeur suivit de loin avec envie une cheminée faite homme qui lâchait de grandes bouffées bleues dans son sillage.

Il est temps, songea Gaston en se redressant. Il tira sur ses manches, frotta ses boutons d'uniforme, sentit une chaleur inhabituelle irradier de sa poitrine vers ses membres. L'excitation avant l'action. Cela faisait longtemps qu'il ne l'avait ressentie avec une telle force. On aurait presque dit de l'appréhension.

– Tu as peur, mon vieux Loiseau ? se demanda le policier à haute voix. Ça ne te ressemble pas.

Vanthilo était certes un gros morceau. Mais Gaston n'était pas seul sur l'affaire... Il adressa un dernier coup d'œil aux statues des huit muses. Huit et non neuf, comme l'exigeait la tradition, ce qui avait fait dire aux détracteurs de l'Opéra, lors de sa construction, que la muse de l'Architecture n'avait pas été invitée. Il poussa la porte du foyer et repéra tout de suite la haute silhouette de son gibier de guillotine, noyée dans la foule, comme pour se protéger.

Loiseau aurait aimé que Léo soit présent. Mais Léo avait son propre rôle à tenir dans la cité Doré des chiffonniers afin de repérer Vireloque qui, d'après sa dernière confession, s'obstinait à lui glisser entre les pattes. Il faut de la patience au limier pour débusquer la bête. Sa bête à lui, Gaston l'avait sous le nez. Et il n'aurait pas longtemps à attendre. Car le signal convenu avec les infiltrés pour sauter sur Vanthilo, le coucher, lui passer ligot et poucettes, était la troisième sonnerie rappelant définitivement les spectateurs à leurs places. Les chevaliers du Lustre réintégreraient le parterre les derniers. Mais le foyer se serait alors vidé, costumes et robes du soir se seraient clairsemés.

Gaston aurait préféré coincer Vanthilo au milieu d'un acte,

dans la salle. Claude lui avait fait répondre que l'obscurité jouerait contre eux ainsi que l'inévitable mouvement de panique qui suivrait l'arrestation mouvementée. Non. Le foyer. À la fin de l'entracte. La configuration idéale. Et il n'y aurait pas d'autre occasion pour s'emparer de celui que les assises, qu'il soit impliqué dans cette histoire de Vampire ou non, attendaient avec impatience.

La première sonnerie retentit. Le public était sourd ou désobéissant. Personne ne fit mine de quitter le foyer. Gaston, un tic nerveux faisant papillonner sa paupière gauche, la hache au côté, s'approcha de la bande massée autour de son chef. Il regretta de n'avoir pas glissé son Lemat sous sa tenue de pompier. Vanthilo ne se doutait apparemment de rien.

Deuxième sonnerie. Trente personnes, au plus, obéirent. Les hommes, agglutinés autour des cendriers, finissaient leurs cigares. Le foyer tolérait cette pratique. Quant aux femmes, elles patientaient en s'éventant.

– Deuxième sonnerie ! lança Loiseau de sa voix de baryton. On écrase son cigare et on retourne dans la salle !

L'intervention du sapeur provoqua quelques ricanements. Gaston compta les hommes de la Préfecture au mouvement d'encerclement qu'ils opérèrent. *Trop visible*, se dit-il. Vanthilo commençait à regarder autour de lui. Le casque brillant du pompier qui marchait dans sa direction retint, un instant, son attention.

La troisième sonnerie allait retentir. Le foyer aurait dû être vide. Les infiltrés échangeaient des regards nerveux. Certains portaient la main à leur ceinture. Pourquoi pas broder un gros « Police » sur le dos de leurs vestes ? Gaston banda les muscles, prêt à bondir...

– Ce cher Gaston Loiseau qui fait la distinction entre un crime et une crise cardiaque ! s'exclama une voix sarcastique dans son dos. Et attifé en sapeur-pompier. On aura tout vu.

Tenaille, du Palais-Royal, qui aurait indiqué comme cause de la mort de Philémon de Saint-Auban « arrêt des fonctions vitales » avant de rentrer chez lui la conscience tranquille ; Tenaille qui aimait apparemment l'opéra puisqu'il était là, ce soir, planté derrière Gaston, et qu'il continuait avec sa voix haut perchée faisant l'effet d'une vrille dans le tympan de ceux qui en profitaient ; Tenaille qui, raison de plus pour irriter Gaston Loiseau, fumait un énorme barreau de chaise dont il lui soufflait la fumée au visage.

– J'ai compris ! Ils ont créé une brigade spéciale pour Mardi gras ! Épatant. Je veux en être. Il vous reste des costumes ?

Gaston sentait les yeux de Vanthilo braqués sur lui. Ainsi que ceux de la bonne centaine de personnes présentes dans le foyer. Il lui fallait faire quelque chose. Vite. Avant que la situation ne lui échappe totalement.

Il attrapa Tenaille par le revers de l'habit, le porta à bout de bras jusqu'à l'une des fenêtres donnant sur la rue Le Peletier, l'ouvrit d'un coup de pied, et précipita le pauvre commissaire, son cigare au bec, dans le vide, en prenant soin de viser une capote de fiacre qui passait en contrebas. Tenaille vola et rebondit sur la capote avant d'épouser le pavé dans un beuglement. Gaston, de son côté, avait refermé la fenêtre. Le foyer entier l'observait – foule de statues de sel – dans un silence abyssal.

– Vous êtes priés d'écraser vos cigares et de rejoindre la salle, répéta le sapeur sans forcer la voix. Maintenant.

La débandade prussienne n'avait pas été plus générale dans les meilleurs moments de Reichshoffen. Et les portes se révélèrent trop étroites pour certains coudes, genoux ou épaules qui en pâtirent. Mais en moins d'une minute le foyer fut vidé. Ne restaient que Vanthilo, la dizaine de policiers déguisés et Gaston car la claque aussi avait suivi l'ordre.

Le malfrat précéda la troisième sonnerie d'une seconde.

Il échappa aux mains qui le saisissaient et voulut dégringoler les escaliers du foyer vers le vestibule. Deux costauds de la brigade des garnis lui barrèrent le passage. Vanthilo observa l'étau humain. Le chef devait être ce sapeur dont il aurait dû se méfier, lequel détacha la jugulaire de son casque et le retira lentement, comme pour l'amadouer.

Gaston aurait aimé éviter ce lieu commun. Mais il fallait bien dire quelque chose. Et puis, il n'allait pas composer des alexandrins pour la circonstance.

– Vous êtes cerné, Vanthilo. Toute résistance sera vaine. Rendez-vous.

Cerné, le malfrat était loin de l'être, calcula rapidement Loiseau. Ce palier était une vraie cour des miracles. Il lui suffisait de se jeter dans l'escalier de service à droite ou dans celui des loges supérieures pour les perdre dans l'Opéra qu'il connaissait sûrement comme sa poche. Mais Vanthilo ne réfléchissait plus qu'à moitié. Et c'est à un réflexe stupide qu'il obéit lorsqu'une ouvreuse, le nez plongé sur son trousseau de clés, approcha du chef de claque, inconsciente du danger.

Vanthilo la saisit par le cou, sortit un pistolet de sa jaquette – fabrication maison, jugea Gaston – et le colla contre la tempe de la pauvre femme qui roula des billes effarées, la bouche ouverte, reculant malgré elle. Les policiers connaissaient leur métier. Ils en profitèrent pour se glisser devant les escaliers qui auraient permis sa fuite. Ne restait à Vanthilo que cette porte camouflée derrière un lambris. Gaston savait où elle menait. Et c'est vers elle, comprenant son erreur, son otage serré contre la poitrine, que Vanthilo se dirigeait à reculons.

– Ne tentez rien ou je lui brûle la cervelle !!!

D'un geste de la main, Gaston calma ceux des policiers qui faisaient mine d'avancer. Il était temps de négocier ou de faire croire que l'on voulait négocier. En essayant de faire abstraction de la terreur visible dans les yeux de l'ouvreuse.

– Écoutez, mon vieux. Un crime de plus n'arrangera pas vos affaires. Alors que, si vous vous rendez gentiment – Gaston réprima une grimace car jamais qualificatif ne s'appliqua si mal à celui auquel il était destiné –, la cour sera clémente. Commettez l'irréparable et c'est la veuve qui vous attend.

La mention à la guillotine fit mouche en partie car le chef de claque jeta l'ouvreuse vers Gaston qui la réceptionna dans ses bras. Vanthilo en profita pour ouvrir la porte camouflée et se glisser derrière avant de la refermer.

Gaston confia l'ouvreuse à l'un des hommes et fonça sur la porte qui résista. Elle donnait sur un couloir réservé aux personnalités, du temps de l'Empire. La loge desservie par ce couloir était vide depuis la chute des Bonaparte et elle le demeurerait tant que le Pouvoir le jugerait nécessaire.

191

L'escalier menant au rez-de-chaussée avait été condamné. Vanthilo pouvait prendre le risque de sauter sur scène. Mais, aux éclats symphoniques qui leur parvenaient assourdis, la représentation avait déjà commencé. Et les pompiers ne manqueraient pas de le neutraliser. En montant l'escalier au lieu de le descendre, restait au fuyard le gril.

– Formez deux groupes. Le premier surveille la scène sans interrompre le spectacle et s'assure qu'il ne s'enfuit pas par la loge impériale, ordonna Gaston au faux chevalier du Lustre dont le regard paraissait le plus éveillé. (Il espéra que les policiers avaient étudié la topographie des lieux avec soin.) Le second groupe se place derrière le lointain, au pied des escaliers de service. Vous deux, s'adressa-t-il aux balèzes des garnis, avec moi.

Le sapeur brandit sa hache pour faire son affaire à la porte camouflée.

Une minute plus tard, ils s'engageaient dans le couloir à peine éclairé par la lumière tombant de l'escalier. La porte sur la loge était fermée à clé. Vanthilo n'était donc pas parti par là. Gaston gravit les marches avec prudence. Au bout de six volées, ils débouchèrent sur le gril jeté au-dessus de la scène.

Les claires-voies entre les solives laissaient passer la lumière mais elles montraient peu de ce grenier d'où partaient des volées de câbles mus par d'énormes tambours.

– Suivez les parois, vous à droite, vous à gauche, chuchota Gaston. Je prends le milieu.

Il s'engagea au-dessus du vide. Douze mètres plus bas, il voyait la fée Claribel chanter à ses sœurs la découverte de la coupe. Un rideau de tulle et de savants effets de lumière, ainsi que des coquillages géants, coraux et autres éponges phénoménales, recréaient un fond sous-marin de fantaisie. Un cachalot peint ouvrait la gueule dans le lointain.

Gaston n'avait pas la tête à l'enchantement. Il avançait, solive après solive, vers le praticable qui descendrait Yorick dans le royaume sous-marin. Émile-Joseph Vanthilo avait pris place sur la passerelle branlante. Et il luttait contre les poulies pour essayer de la faire descendre. Il cessa de s'échiner en voyant la figure du sapeur qui, éclairée par-dessous, dans cette lumière bleuâtre, la hache à la main, tenait de l'apparition fantasmagorique.

– Seconde sommation, lança Gaston, beaucoup moins conciliant qu'auparavant.

Vanthilo avait toujours son pistolet à la ceinture. Il le saisit et, contre toute attente, en appliqua la gueule sur sa tempe.

– Vous n'aurez jamais le dernier compagnon de la Casquette noire vivant !

Gaston avait été prêt à tout pour se débarrasser de Tenaille. Il était tout aussi obstiné à garder Vanthilo vivant. Au moins capable de répondre aux questions qu'on lui poserait, membres brisés ou non. Il abattit sa hache sur le câble adéquat. Le praticable bascula à la verticale. Vanthilo poussa un cri et disparut à la vue du policier. Gaston s'approcha et se pencha au-dessus du vide.

Le malfrat avait lâché son arme. De l'autre, il s'accrochait désespérément au praticable. On devait voir ses jambes tricoter depuis la salle car des exclamations en parvenaient. Claribel, en bonne professionnelle, continuait à chanter. Mais elle regardait la même chose que Loiseau. Et ce Yorick-là ne se ressemblait pas. Surtout, il arrivait une moitié d'acte trop tôt.

Les mouvements de Vanthilo le faisaient se balancer comme un pendule. Gaston essaya de viser juste pour trancher le second câble alors que le praticable passait au-dessus de l'éponge, grosse boule de laine et de tissus. Le chef de claque tomba dedans suivi de près, hélas, par la passerelle.

– Aïe, fit Gaston en rentrant la tête dans les épaules.

Les pompiers se précipitaient déjà vers la scène. Le rideau s'abaissait. Claribel s'était évanouie. Dans la salle, on se bousculait, on appelait à l'aide. Gaston rejoignit l'escalier de service avec des semelles de plomb. Il voyait d'ici la tête de Claude qui lui avait recommandé implacabilité et discrétion qui sont les deux mamelles de l'efficacité policière.

Au terme d'une semaine de traque, Arthur Léo commençait à désespérer. De sa piste tout d'abord, car il avait échoué à repérer Vireloque. De lui-même ensuite. Car, sous cet oripeau qu'il s'était inventé – libraire en faillite étant, par la force des choses, passé du papier au chiffon –, il se sentait aussi à l'aise qu'un unijambiste sur une toupie prolifère. Gaston Loiseau était un acteur-né. Sa sœur ne l'aurait pas reconnu sous son casque de pompier. Alors que Léo, fouillant les tas d'ordures à la faveur des ténèbres, avec son crochet flambant neuf et son arlequin quasi vide, prêtait à sourire.

N'empêche. Arthur compensait cette relative incompétence par une sacrée opiniâtreté. En six nuits d'errances, de rencontres, de questions, de tournées, il estimait avoir parcouru l'ensemble du spectre des chiffonniers de Paris, demandant

194

après ce Vireloque que tout le monde connaissait par Gavarni mais qui ne disait plus rien à personne dès que Léo décrivait la fameuse cicatrice.

La confrérie des racleurs du pavé était fermée, repliée sur ses secrets. Léo en était venu à penser que Vireloque se cachait comme un contrebandier dans sa caverne et qu'on le protégeait. Raison de plus pour continuer à chercher. Ne pas lâcher l'affaire. Un des préceptes du père Martin qu'Arthur avait repris à son compte.

Néanmoins, il lui fallait reconnaître que, sous peu, il serait forcé de reposer les mêmes questions aux mêmes personnes, donc d'abandonner.

Heureusement, il y avait eu cette rencontre avec les Anges de minuit.

Pour l'heure, on était le mardi 25 février, au point du jour. Gaston Loiseau avait sans doute déjà serré Vanthilo. Arthur se promenait en bourgeois. En sifflet d'ébène, aurait dit un chiffonnier pour se moquer de son costume noir. Il remontait la rue de Puebla tout en se faisant son propre rapport d'une semaine d'investigations.

La première nuit, muni de ses instruments et d'une médaille appartenant à la Préfecture, il s'était mêlé à cette faune nocturne, fouillant les tas d'ordures du quartier Saint-Merri et avoisinants. À l'aube, son mannequin à moitié rempli, il s'était rendu dans la cité Doré. Il avait vendu son butin à un grossiste pour un franc et, cette fortune en poche, avait véritablement commencé son travail d'infiltration.

La cité Doré était située dans le XIIIe arrondissement, entre le boulevard de la Gare, la rue Jenner et la place Pinel. Aucune voiture n'y pénétrait, sinon celles à bras. Une centaine de bicoques de planches y dessinaient sept rues. Une faune d'allumeurs de réverbères, de bouchonniers, de brossiers, de casquettiers, de découpeurs en papier, de polisseurs, de tondeurs, d'émailleurs, de ravageurs et surtout de chiffonniers, peuplait cette ville dans la ville, comme il en existait tant à Paris. On pouvait y dormir pour vingt sous, ce que Léo avait fait, et y gagner une odeur corporelle proche de l'abominable dont le policier désespérait de jamais se débarrasser.

La deuxième nuit, il avait été présenté à une vieille folle édentée qui avait inexplicablement éclaté de rire en entendant la question de Léo sur Vireloque. Sorcière, devineresse, surtout pourvoyeuse officielle d'une pommade à base de graisse de chat camphrée dont les chiffonniers se tartinaient la moustache. Léo était devenu un pratiquant assidu de cet antiméphitique. Il puait encore pour les autres mais ne puait plus pour lui-même, ce qui, à ses narines, était une amélioration.

L'homme étant plus loquace au comptoir qu'au travail, Léo avait écumé les débits de boissons de la cité Doré. Héroïsme. Stupidité. Abnégation. Il aurait été bien en peine de définir les épreuves qu'il avait été forcé de subir et qui ne lui avaient apporté que maux de ventre, céphalées et poignées de queues de cerise.

Dans l'estaminet du Petit-Louvre, il avait trinqué avec une piquette dont on se servait à l'écuelle, dans une vasque plus grosse que la coupe d'Héraclès. En tout cas, son contenu aurait laissé un Macédonien sur les genoux. Il y avait eu pire avec le café de la Morgue – *penser à en parler à Lefebvre*, nota mentalement Léo – qui avait instauré une coutume en guise de réclame.

Tout client consommant pour six sous dans ce prestigieux établissement se voyait offrir une chique morte, soit une chique prémâchée. Il était mal vu de refuser le présent. Encore plus de ne pas le chiquer aussi sec avec allégresse. Le client se délestant de cinquante centimes avait droit à une belle chique toute neuve. Léo avait donc sacrifié la moitié de son salaire de la veille en substances liquides avant qu'on lui donne sa sangsue – *Tiens*, se dit-il, *je n'avais jamais fait ce lien entre chique et vampire* – de caporal tout neuf. Ce soir-là, il s'était fait plein d'amis. Car il avait mastiqué au moins trois chiques neuves et cinq mortes avant d'aller arpenter le pavé dans un état plus qu'incertain et pas plus avancé qu'auparavant.

Les meilleures choses ont une fin. Et, au bout de six nuits de cette gymnastique ruineuse pour sa santé, Léo avait changé de tactique. Il était revenu à un semblant de vie civile grâce à un sous-groupe de chiffonniers rencontrés dans le coin de la rue Sainte-Catherine. Il avait entendu parler des Anges de minuit, à la Morgue ou au Petit-Louvre, il n'aurait su dire. Ces arpenteurs des ténèbres qui ramenaient les ivres-morts chez eux.

Les Anges de minuit étaient connus de la police. Et ils ne délestaient pas, comme à une certaine époque, le protégé de l'intégralité de sa bourse. Seulement d'une partie pour la course. Ils constituaient de véritables remparts contre les voleurs au poivrier qui attendaient l'inconscient au coin de la rue avec leurs chaussettes garnies de mâchefer.

197

Plus tôt dans la nuit, Léo les avait accompagnés dans l'une de leurs expéditions qui consistait à ramener un agioteur dans son appartement du boulevard Malesherbes. Le bonhomme avait perdu beaucoup dans le sauvetage des galions de Vigo. On lui avait dit que l'absinthe aidait à oublier, conseil qu'il avait appliqué à la lettre. L'Ange qui portait l'agioteur sous les bras avait répondu à Léo, qui tenait les jambes :

– Un Vireloque, j'en connais un de légende.

– Celui de Gavarni. On est d'accord. Mais un Vireloque avec une croix sur la joue gauche ? avait essayé Léo en désespoir de cause.

– Une croix sur la joue gauche ? Ça s'pourrait que ce soit le tonton des soirées musicales de l'an dernier. Qu'est-ce t'en penses, Dédé ?

Ledit Dédé, qui se contentait de marcher à côté en entretenant la conversation, les mains dans les poches, avait confirmé d'un hochement de tête. Léo avait brutalement laissé tomber les jambes de l'agioteur pour demander :

– Les soirées musicales ? Qu'est-ce que c'est, les soirées musicales ?

L'Ange de minuit avait laissé tomber son fardeau sur le pavé pour répondre plus à son aise.

– Place d'Austerlitz, l'été, l'oncle – celui qui a la plus belle voix – monte sur une caisse et chante les airs à la mode. Et nous, on danse autour, avec nos femmes, avant d'aller chiffonner. Hein, Dédé ?

Dédé de confirmer, Léo de s'exciter.

– Et vous savez où je pourrais le trouver, votre maître chanteur ?

L'Ange de minuit s'était assis sur la bedaine de l'agioteur. Cette question méritait réflexion. Il avait proposé une chique à Léo qui avait refusé en retenant un renvoi dyspeptique.

– Je dirais entre la Chine et la Crimée.

– Vous ne pourriez pas être un peu plus précis ?

L'Ange n'avait pas pour mission d'être drôle mais de sauver contre compensation financière. Il s'était levé pour sermonner ce bleu qui ne comprenait rien à rien.

– Tu ne connais pas la rue de Puebla, dans le coin des Amériques ? Entre la rue de la Chine et celle de la Crimée. C'est là que tu le logeras, l'oncle des chiffonniers. (Les Buttes-Chaumont. Léo connaissait peu ce quartier de fort mauvaise réputation.) J'te conseille d'aller jeter un œil au café des Amis, en haut de la Butte-Verte. Il y était la dernière fois qu'il a chanté.

Léo avait marmonné ses remerciements avant de laisser les chiffonniers de la providence à leurs bonnes œuvres. Le temps de rentrer chez lui, de se débarrasser de sa défroque, de se nettoyer sans parvenir à effacer l'odeur de saleté qui le suivrait jusqu'à la fin des temps et dans l'autre monde, imagina-t-il, résigné ; le temps, donc, de sauter dans une voiture de remise car les omnibus ne circulaient pas encore, ce fut un Léo fatigué mais résolu qui se mit à remonter, à pied pour être plus discret, la fameuse rue de Puebla.

Et nous y revoilà, dans cette aube méchante, grise et sale qui se lève. Les murs galeux, les maisons tordues, les jardins à l'abandon ne donnent guère envie d'aller plus loin. Mais Léo avance avec assurance jusqu'à ce qu'il surprenne la silhouette cinquante mètres plus haut. Grande. En costume de tweed.

Des favoris en côtelettes... L'autre, sentant la présence du policier, se retourne, l'attend. Il porte un énorme colt à la ceinture. Léo a son Lefaucheux, plus discret et non moins efficace.

– Zacharie Cavendish, fit le policier en stoppant devant le reporter.

– Celui qui m'a si gentiment aiguillé au café de la Régence.

Les deux se jaugèrent. Léo mesurait une tête de moins que Cavendish.

– J'aimerais que vous m'expliquiez votre présence ici et à cette heure.

Le reporter huma l'air fétide sans broncher.

– Je fais mon jogging matinal. Ou bien je cherche un sujet. (Cavendish se frotta le pavillon du nez.) Mais on ne vous la fait pas. Aussi jouerai-je franco avec vous, commissaire...

Léo, bras croisés, attendait.

– J'allais rendre visite à Thomas Vireloque qui, comme vous devez le savoir, puisque nos routes viennent de se rejoindre, a une chambre au café des Amis, quelques blocs plus haut. (Le reporter se délecta de la déconfiture qu'il put lire sur les traits du policier français.) Allons-y ensemble. Nous lui poserons nos questions, bras dessus bras dessous, tels de vieux compères revenant d'une partie de campagne.

Léo ne glissa pas son bras sous celui de Cavendish. Il força néanmoins l'allure pour rester à son niveau. Le reporter avait une bonne foulée. Une sorte de force bestiale, voilà ce que dégageait Zacharie Cavendish. Mais cette rencontre fortuite soulevait certaine question qu'il ne se priva pas de poser :

– Que voulez-vous à ce Vireloque ?

La même chose que vous ? *Damned !* Ces Français et leurs circonvolutions linguistiques...

Alors dites-moi comment vous êtes arrivé jusqu'à lui.

Et pourquoi pas l'emplacement des sources du Nil, tant que vous y êtes ? Secret de reporter. Vous avez vos méthodes, moi les miennes. Nous savons qu'ils étaient six à se partager cette loge et que Vireloque était l'un d'eux. Point à la ligne. Nouveau paragraphe avec titre en gros caractères : Le chiffonnier de la loge infernale nous en apprendra-t-il plus sur le Vampire ?

Léo cherchait dans la bouillie théorique qu'il avait dû ingurgiter pour devenir policier une loi, un arrêté, une recommandation quelconque disant qu'un journaliste interférant dans une affaire en cours pouvait être embarqué *manu militari* au commissariat le plus proche. Il ne se rappela rien de tel. D'ailleurs, il n'aurait su comment maîtriser l'Américain dans cette zone perdue. Aussi enterra-t-il provisoirement la hache de guerre, précisant :

– Vous me laisserez poser les questions. Et vous n'utiliserez les déclarations de Vireloque qu'avec mon consentement.

– S'il est en état de répondre, ajouta Cavendish, narquois.

– Comment cela ?

Le reporter s'arrêta et fixa le policier avec la tête de celui qui essaie d'expliquer la règle de trois à un crétin congénital.

– Si le Vampire nous a précédés, Vireloque ne sera pas très loquace.

– Ceux que le Vampire cherche se cachent bien.

– Certes. Mais jamais deux sans trois et...

Un galop l'interrompit, le bruit de dizaines de pattes

griffues, de ventres gras raclant le sol et de couinements que tout Parisien identifiait immédiatement. Le poil de Léo se hérissa. Cavendish dégaina son colt et avisa une palissade, cinq mètres devant eux, au pied de laquelle grouillait une masse en mouvement.

Il tira. Un rat s'éparpilla sur la horde qui s'enfuit en couinant derrière la palissade. Le chasseur s'approcha du chien, un mâtin affamé, qui n'avait pas rendu son dernier souffle.

Il lui offrit sa seconde balle avant de reprendre sa route, le colt à la main, attendant qu'il refroidisse pour le remettre à la ceinture.

– Nous ne sommes pas très loin des anciens abattoirs de Montfaucon, murmura Cavendish. Il y avait une sorte d'enceinte fermée où on jetait des cadavres de chevaux. On ouvrait les grilles donnant sur les égouts et les rats remplissaient la fosse. On lâchait alors des molosses sur eux.

– Je sais, reprit Léo. Des Parisiens payaient pour assister à la curée. Nous y sommes.

Le café des Amis, bicoque branlante de deux étages avec un escalier extérieur, avait sa façade mangée par le lierre. Les fenêtres étaient noires. Léo et Cavendish se collèrent à un carreau pour essayer de voir à l'intérieur.

– C'est vous qui faites tout ce boucan ? C'est pas une heure pour réveiller les braves gens !

Une vieille chouette en bonnet de nuit avait passé la tête par une fenêtre. Elle les observait en clignant des yeux, l'air de douter de leur existence.

– Commissaire Léo de la Préfecture. Nous venons voir Thomas Vireloque.

– Sa chambre est derrière. Dites-lui qu'il me paye son loyer. Il n'a pas mis le nez dehors depuis deux jours.

Il avait pu en arriver, des choses, en deux jours, pensèrent immédiatement les limiers. Léo dégaina son Lefaucheux et contourna la maison dont l'arrière donnait sur un bout de terrain sans clôture ni vis-à-vis. Parfait pour aller et venir sans être vu. Léo frappa à l'unique porte sans obtenir de réponse. Il fit jouer la poignée, s'attendant à ce que la porte soit verrouillée. Elle s'ouvrit sans résister.

– Vireloque ? lança-t-il vers l'intérieur, noir comme un four. Retirez les volets, ordonna-t-il en aparté au reporter.

Qui se hâta d'obéir, retirant les volets extérieurs, et laissant le jour blafard leur montrer l'intérieur misérable du chiffonnier chanteur, ex-locataire de la loge numéro 1 de l'Opéra Le Peletier.

La pièce avait un coin occupé par un lit comme seuls les Bretons savent les faire. Léo prit sur lui pour, d'une main, en faire coulisser la porte et voir ce qu'il cachait.

Vireloque était assis contre ses oreillers. Une main posée sur le drap qui lui recouvrait le corps, il donnait l'impression de dormir. Léo lui effleura l'épaule et réprima un frisson. Pas besoin de thermomètre pour savoir que la mort était déjà passée par là. Il lui tourna le visage. Apparut la fameuse croix sur la joue gauche. Ainsi que la trace de morsure.

– Foncez au commissariat rue Ribeval, lança Léo à Cavendish. Dites-leur de prévenir Gaston Loiseau de la neuvième brigade. Vite.

Le reporter fonça comme la maréchaussée le lui enjoignait.

Léo fit l'inventaire du gourbi, inspecta la cheminée, manipula les objets les plus communs avec soin. Cette chambre ne lui apprit rien de plus que le cabinet du café de la Régence et le moulin de la Galette réunis.

Il tira doucement le drap du bout des doigts. Il eut un rictus en voyant la sangsue gorgée de sang qui palpitait dans le nombril du troisième sociétaire.

Acte III

Scène 5

M. Claude était assis à la place du commissaire Loiseau lorsque ce dernier ouvrit la porte de son bureau sur le coup de dix heures du matin.

– Asseyez-vous, lui ordonna son supérieur.

Gaston se laissa tomber dans le fauteuil de Léo, resté à la morgue pour observer à la dérobée les inévitables curieux qui viendraient scruter le corps exsangue de Thomas Vireloque dans la salle d'exposition. Des fois que le Vampire fasse partie des voyeurs.

– Vanthilo n'a pas repris connaissance, je suppose ? voulut savoir le chef de la Sûreté.

– Il est toujours dans le coaltar.

– S'il ne s'était pas pris cette passerelle sur le crâne... Enfin, vous l'avez coincé. Le dernier compagnon de la Casquette noire. Ils pâliront comme un seul homme à l'énoncé de leurs crimes. Et ils s'agiteront comme le roi de Ninive lorsqu'il vit sa condamnation paraître en lettres de feu sur les murs de son palais. Hum.

Claude fixa Gaston de ses yeux impénétrables. Le commissaire soutint le regard.

– La nuit fut riche en événements. Oui. Riche elle le fut. On ne peut pas dire le contraire.

Gaston perçut l'irritation derrière cette satisfaction de façade. Ils avaient Vanthilo. Mais le Vampire avait encore frappé.

– Les trois locataires manquants, comment s'appellent-ils déjà ?

– Minos, Troisétoiles et Coquille.

– Et nous n'avons rien sur eux.

– Non. Mais la mort de Vireloque nous confirme que la piste de l'Opéra est la bonne. (À la mine sceptique de Claude, Gaston se sentit obligé d'ajouter :) Et les croix...

– Ah, vos croix ! Vos fameuses croix ! Elles ne nous mènent pas loin, pour l'instant... (Le commissaire l'admit d'un hochement de tête.) Nous n'avons pas le pourquoi et encore moins le comment. Un handicap certain.

– Le diagnostic de Lefebvre est toujours le même : mort par anémie sanguine progressive. D'après les marques, le même appareillage a été utilisé pour les trois. Personne n'a rien vu pour Vireloque. Pareil pour Saint-Auban. Gabriel *idem*.

– Vous oubliez l'astronome homéopathe, rappela Claude sans grande conviction.

– Et son marchand de coco ?

Arthur continuait à y tenir *mordicus*. Aussi Gaston se retint-il de dénigrer cette piste, si ténue fût-elle.

– Des affaires non résolues, nous en avons en pagaille, reprit Claude d'une voix posée. Nous pourrions mettre dessus deux policiers de votre trempe à plein temps si nous n'avions plus de cas à traiter en urgence. Ce qui me gêne le plus, tout compte fait, c'est la publicité qui accompagne les faits et gestes du Vampire. Encore heureux que Léo ait découvert le cadavre avec Cavendish. Vous imaginez qu'on l'ait appris par *Le Figaro* ? Ce reporter nous aurait ridiculisés !

– Et nous l'aurions arrêté pour non-déclaration de crime.

– Pas sûr. *Le Figaro* a des amis puissants. Et Cavendish est américain. Nos cousins d'outre-Atlantique ne sont pas réputés pour leur coopération. Plutôt du genre à se prendre pour les maîtres du monde et à tirer dans le tas pour prouver qu'ils le sont vraiment.

Loiseau resta coi, laissant Claude à ce combat d'arrière-garde.

– Cette publicité tombe définitivement mal. Un jour de Mardi gras, qui plus est. Je m'attends à recevoir un pneumatique de l'Élysée avant midi, me demandant instamment de « contrôler la situation ». Comme si on pouvait contrôler une situation pareille !

– J'ai entendu dire qu'il n'y aurait pas de descente de la Courtille ?

– Nous avons réussi à empêcher le bœuf gras de faire sa procession annuelle. Ça ne calmera pas tous ceux qui ont une araignée dans la tourte. Et ils sont nombreux dans cette ville, vous êtes bien placé pour le savoir. Imaginez qu'ils se déguisent en vampires... Qu'allons-nous en faire ? Les arrêter tous ? Les accrocher, les pieds en l'air, façon chauve-souris, au plafond du Dépôt ? Que ferons-nous si une quatrième victime nous tombe dessus à l'occasion de la mascarade ? Et la femme ! Avez-vous cherché la femme ?

– Oui. J'ai cherché la femme. Et je vais la chercher dans la vie de Vireloque. Et interroger Vanthilo dès qu'il sera... interrogeable.

– Vanthilo, vous l'oubliez, lâcha tout à coup Claude, redevenant cassant. Vous nous l'avez assez abîmé comme ça. D'ailleurs, rien ne nous dit qu'il est lié au Vampire.

– Mais...

– Il n'y a pas de mais. Vous êtes en congé. Jusqu'à demain. Ce n'est pas le jour des fous que nous coffrerons qui que ce soit.

Claude se leva, marquant la fin brutale de cet entretien. Gaston l'imita.

– Au fait, Tenaille ne portera pas plainte contre vous.

– Il va bien ?

– Il s'en sort avec une clavicule cassée. Il clame à qui veut l'entendre que vous êtes un homme mort.

Gaston prit sur lui de ne pas rire. Claude contourna le bureau de Gaston, s'arrêta pour contempler le mur.

– C'est vous qui l'avez tuée ?

Les cornes d'antilope fixées au mur donnaient une touche exotique au bureau type de commissaire, meubles noirs, murs à la chaux, pendulette Louis XV devant le miroir.

– Je l'ai achetée à la vente Dumas il y a deux ans.

– Sont-ce des cornes de bubale ?

– D'antilope plutôt.

– Mâle ou femelle, comment savoir quand il n'en reste plus que les cornes ?

Loiseau était trop en rogne pour voir quelqu'un de ses connaissances. Aussi se dispensa-t-il de passer à la morgue et marcha-t-il à une allure d'enragé jusqu'au boulevard des Italiens. Là, il fonça sur la terrasse du café Minerve, déployée malgré le mois de février, et s'y assit comme s'il avait rendez-vous avec le diable en personne. En route, il était entré chez un marchand de tabac pour acheter une poignée de colorados. Il s'en alluma un, l'aspira à pleins poumons, recracha la fumée avec l'énergie d'un steamer... Le serveur se planta sur le côté pour éviter le nuage nauséabond et s'enquit :

– Monsieur désire ?

Le commissaire contempla le boulevard et son activité habituelle à l'approche des onze heures. Employés s'engouffrant dans les restaurants et les brasseries pour déjeuner. Fiacres, omnibus, voitures de toutes tailles et couleurs, allant et venant sans relâche. Métiers ambulants, agents et piétons zigzaguant sur les trottoirs et la chaussée.

– Mettez-moi un China Brun-Perod.

Cela faisait une éternité qu'il n'avait bu de la liqueur de Voiron.

– Façon dauphinoise jaune ? s'informa le serveur aguerri.

– Façon chinoisette, répliqua Gaston, à cran.

Le serveur parti, il se remit à contempler le boulevard. Il se rappelait avoir vu la procession du bœuf gras, enfant. À quel âge ? Douze, treize ans ? Des gardes de Paris à pied et à cheval ouvraient et fermaient le cortège. Les bœufs étaient placés sur des chars et escortés par des coureurs et hérauts d'armes blasonnés aux armoiries de Paris. Musiciens à cheval, tambours tendus de dalmatiques, Charles V en manteau de velours bleu azur, les grandes puissances, Vénus, Mars et l'Amour entre la Paix et l'Abondance. Les images revenaient d'un coup. *C'est bizarre les souvenirs*, se dit Gaston soudain calmé. *Il suffit de tirer un fil et tout remonte à la surface avec une précision étonnante.*

Il chaussa ses lunettes à verres bleus. Le garçon lui apporta sa chinoisette. Le goût raviva un peu plus le sentiment de nostalgie qui s'était emparé de lui.

– Les gens ne sortent plus pour carnaval, lâcha un client assis à une table sur sa gauche. Navrant comme les traditions se perdent.

Beau vieillard en manteau de ragondin, les mains sur une canne au pommeau d'onyx, il contemplait lui aussi le boulevard.

– Bientôt, ils ne se réuniront plus au coin des rues pour chanter les airs à la mode. Ils resteront chez eux, dans leurs intérieurs, hagards, devant leurs lucarnes magiques...

Gaston, par automatisme, s'alluma un second cigare tout en touillant sa chinoisette. Il remarqua, un peu intrigué, que le serveur passait devant le client sans le servir. Ce qui ne ressemblait pas aux habitudes du café Minerve où l'on poussait à la consommation.

– Badinguet n'a eu que ce qu'il méritait, soliloqua le vieillard. Mais il faut reconnaître une chose à l'Empire, c'est qu'en matière de carnaval, on s'y connaissait. Ce bal costumé chez le ministre d'État, chez Fould. C'était une merveille.

Gaston n'avait rien de mieux à faire qu'écouter le patriarche. Il s'abstint donc de l'interrompre.

– Il y avait de tout. Du circassien. Du Moyen Âge. Du Charles IX. Mme de Bourgoing était en poudre, la comtesse Czatoryska en Nuit, Mme d'Errazu en Dame de pique et sa fille en Firmament. Nous y dansâmes le quadrille jusqu'à cinq heures du matin.

– Comme on dansera à l'Opéra la nuit entière, intervint Gaston en expulsant une bouffée de cigare. Vous-même, osat-il demander, en quoi étiez-vous déguisé ?

Le vieux le toisa, le menton redressé. Et Gaston retrouva dans cette attitude un peu de son père, à peine connu, si vite disparu dans un méandre du Mékong.

– En habitant de Buenos Aires. Pittoresque et très ressemblant. (Il ausculta Gaston de pied en cap.) Quelle est votre profession ?

– Police française.

– Oh, oh. Un pourfendeur patenté.

Le serveur choisit ce moment pour débarrasser Gaston de son verre vide et lui proposer une invention maison, une vampirette, cocktail à base de jus de tomate et de gin qui avait un certain succès auprès des touristes étrangers. Gaston fit savoir au serveur qu'il n'avait rien d'un touriste étranger et qu'il se contenterait de finir son cigare avant de laisser place nette. Le serveur disparut dans l'intérieur du café Minerve sans s'inquiéter plus qu'auparavant de ce que le vieillard voulait boire.

– Quand cesseront-ils de nous casser les oreilles avec ce Vampire ? maugréa le vieux. Et ça ne risque pas de se calmer.

– Pourquoi ?

– L'âge de la Lune. Elle entre dans son avant-dernier jour.

Le vieux fit tourner sa canne sur son axe avant de déclarer d'un air matois :

– Il vous donne du fil à retordre, hein ?

– Ce n'est pas le criminel le plus compréhensif qu'on ait jamais traqué.

Le vieux se moucha bruyamment avant de reprendre.

– J'avais une technique, lorsque j'avais le vague à l'âme, pour me remettre le pied à l'étrier. (Ses accents claudiens, inexplicablement, touchaient Gaston qui suivit son regard sur le boulevard tout en se demandant quelle avait été sa profession.) J'attachais mes pas à ceux d'un animal. De préférence qui me ressemble, qui ait quelque affinité avec moi. Une chouette ou un chat. Dans votre cas... (Il ausculta de nouveau le commissaire avant de darder ses prunelles ardentes sur le tronçon des Italiens qui leur servait de paysage.) Ce pourrait être... celui-ci. (Qu'il désigna en tendant sa canne dans sa direction.) Vous le voyez ? À côté du cabinet d'aisances.

La bestiole, qui levait la patte contre le cabinet, aurait fait hurler un tenant de la pureté du sang canin. D'ailleurs, s'agissait-il seulement d'un chien ? Son pelage fauve, son ventre pâle, sa queue touffue, traînante et noire au bout... Gaston n'avait jamais rien vu de tel. Et son amour pour les curiosités le jugea d'emblée attachant.

Le toutou – il fallait bien le faire rentrer dans une case – se raidit et partit dans une direction, approximativement celle de la terrasse du Minerve, pour s'approcher d'un chanteur de plein vent, la queue molle et la patte oblique.

Le troubadour avait la voix éraillée et l'arpège plus qu'approximatif. Ce qui n'empêchait pas les pièces de pleuvoir dans son chapeau. De l'art de chanter faux ou payez-moi pour que je me taise. Le chien contourna le chanteur et le mordit à belles dents. L'autre bondit en poussant un cri de douleur, fort juste celui-ci, et tourna en tous sens pour voir quelle créature de l'Enfer lui avait entamé le mollet. L'agresseur s'était mis à l'abri d'un passage couvert et l'observait de loin, une oreille cassée, l'autre dressée. Des fois qu'il se remette à chanter.

– Je serais vous, je le suivrais. Il me paraît plus intelligent que certains spécimens de l'espèce humaine.

Gaston régla sa chinoisette, salua le vieux et gagna le passage couvert dans lequel le chien s'était engagé. L'animal et l'homme longèrent les vitrines d'un éventailliste, du journal *L'Événement*, du glacier Peuvret...

Nous sommes dans la galerie du Baromètre ? reconnut Gaston avec un temps de retard.

Le cabot prit à gauche pour s'engager dans le passage de l'Opéra. Gaston l'imita à dix mètres de distance et vit sa queue en forme de plumeau balayer l'espace entre deux crinolines, vers le passage de la rue Le Peletier. Il le perdit de vue au niveau du vestibule de l'Opéra. Peut-être était-il entré dans l'édifice ? Gaston marcha droit sur le guichet dont la vitre était barrée d'un panneau « Fermé pour cause de Mardi gras ».

– Ce cher sapeur Dubois ! reconnut le vendeur de billets et contremarques. Enfin, je devrais dire, môsieur de la Préfecture. (Gaston avait été forcé de rendre son identité publique après l'arrestation mouvementée de la veille au soir.) Je tenais à vous dire que le public a adoré votre *deus ex machina* sans ses ailes. L'administrateur compte l'intégrer aux prochaines représentations du *Roi de Thulé*. Il est prêt à vous signer un contrat à la soirée, renouvelé *ad nauseam* tant que le succès sera au rendez-vous.

L'administration de l'Opéra n'avait guère apprécié d'être tenue à l'écart de l'opération policière. Ça, plus une soirée sabotée, rendait leur grogne compréhensible. Quant au guichetier avec qui Gaston s'entretenait, il enrageait de ne pas avoir reconnu le cogne à qui il avait remis ses bulletins

213

d'abonnés sous les traits du sapeur Dubois. Gaston prit un air penaud pour lui demander :

– Je suis désolé pour ce ramdam. Mais, euh, vous n'auriez pas vu entrer un chien ? De cette taille-là. (Qu'il montra en écartant les mains.) Fauve. Avec une longue queue.

– Non. Mais vous pouvez aller vérifier dans la salle. Vous connaissez le chemin, hein ?

Gaston pénétra dans la salle par le parterre. Il resta interdit en voyant la transformation dont elle avait fait l'objet. Un immense plancher l'avait ramenée au niveau de la scène. On briquait les lustres descendus du plafond. Les ouvreuses préparaient les loges pour la grande représentation annuelle de ce soir, une folie jouée par près de deux mille personnes qui ne s'achèverait pas avant cinq heures du matin. On préparait l'Opéra pour le carnaval, mais on y répétait aussi.

Un groupe d'une dizaine de jeunes hommes costumés en bourgeois attendait côté cour. Autant de jeunes filles côté jardin... chacune avec une cigarette allumée à la main ou aux lèvres. Des pompiers de la brigade à laquelle appartenait Gaston douze heures auparavant les observaient, de loin, chacun son seau entre les jambes. Quant à l'orchestre, en petite formation et remisé au fond de la scène pour cause de préparatifs carnavalesques, il finissait de s'accorder sous l'œil du chef, debout sur une caisse renversée.

Des actrices qui fument sur scène ? se dit Gaston en s'accoudant à une colonne. *Voilà qui n'est pas banal.*

Le chef donna deux coups de baguette sur son pupitre avant d'en déchirer les cieux. Une cloche tinta. Les violons s'emparèrent de l'espace. Gaston, les bras croisés, sentit son dos frissonner. La phrase simple, puissante, venait de le jeter dans un autre monde, un des buts avoués des œuvres d'art. Les jeunes gens se mirent à chanter, transportant Loiseau, commissaire à la neuvième brigade, dans un ailleurs encore indéfini.

« La cloche a sonné, nous, des ouvrières, nous venons guetter ici le retour. Et nous vous suivrons, brunes cigarières en vous murmurant des propos d'amour. »

Les propos en question s'envolaient vers le gril avec la fumée des cigarettes. Les filles étaient en tenue de ville. Mais Gaston les imagina facilement en gitanes.

« Dans l'air nous suivons des yeux, la fumée qui vers les cieux, monte monte parfumée. Cela monte gentiment à la tête. Cela vous met doucement l'âme en fête. »

Il n'en fallait pas beaucoup plus pour que Gaston, qui chercha instinctivement un cigare, geste réfréné par un réflexe de pompier, ne s'envole à son tour. Mais le chef, d'un geste, rompit le charme. Les anges mâles et femelles redevinrent de simples chanteurs répétant une œuvre dont Gaston aurait payé cher pour connaître le titre et l'auteur. Le chef livrait ses instructions. On lui disait quelque chose des coulisses. Il indiqua le passage à travailler. Gaston en profita pour se rapprocher un peu plus.

Le chef donna à nouveau deux petits coups de sa baguette. Son violon solo se mit à taper sur ses cordes d'une manière syncopée. Une jeune beauté brune sortit du manteau d'Arlequin et marcha en direction du commissaire, jetant ses mignons petits pieds cambrés au rythme de la mélodie ensorcelante. Elle roucoula :

« L'amour est un oiseau rebelle que nul ne peut apprivoiser

215

et c'est bien en vain qu'on l'appelle s'il lui convient de refuser. »

Gaston, harponné, s'était détaché de la colonne pour avancer de quelques pas. L'actrice lui souriait. Les groupes de jeunes gens et de cigarières les regardaient faire en marquant le rythme. Certains sapeurs, qui l'avaient reconnu sous sa redingote et derrière ses lunettes à verres bleus, le montraient du doigt.

« Prends garde à toi ! » s'exclamèrent les chœurs.

Gaston, qui glissait précédemment vers la gauche, se mit à glisser vers la droite. La chanteuse fit le mouvement inverse. Ils s'éloignaient en se rapprochant, comme deux aimants rebondissant contre des murs invisibles.

« Rien n'y fait, menace ou prière, l'un parle bien, l'autre se tait. Et c'est l'autre que je préfère. Il n'a rien dit mais il me plaît. »

Les chœurs psalmodièrent pour accompagner leur chorégraphie improvisée – « l'Amour, l'Amour » – alors que d'autres reprenaient la phrase précédente en canon jusqu'à ce que la chanteuse, dardant ses yeux noirs sur Gaston, l'implore, paumes en avant :

« L'amour est enfant de Bohème. Il n'a jamais connu de loi. Si tu ne m'aimes pas je t'aime. Si je t'aime prends garde à toi. »

Le « Prends garde à toi ! » poussé par les chœurs leur fit à nouveau changer de direction à tous deux. Gaston, dans un élan sublime, changea ses verres bleus pour les rouges. Il se dirigea vers la brunette qui lui parlait d'oiseau, de passion et de fatalité. Il allait lui saisir la main lorsque la cloche sonna. Ce fut une débandade généralisée. La chanteuse arracha une fleur de son corsage, une rose, et la jeta aux pieds de Gaston avant de courir en coulisses. L'orchestre se tut. Des applaudissements clairsemés fusèrent des côtés.

Fin de la répétition.

Retour au monde réel.

Gaston se plia pour ramasser la rose, se redressa doucement pour ne pas se coincer le dos – il n'était plus aussi souple qu'à vingt ans – et adressa ses remerciements aux ouvreuses, sapeurs, chœurs et machinistes qui saluaient sa performance. La chanteuse réapparut, démoniaque.

Gaston voulut lui rendre sa rose. Elle la lui accrocha au revers du manteau. Il retira ses lunettes et la fixa avec un fin sourire. Elle n'était pas née de la dernière pluie, et elle comprit tout de suite que la romance s'arrêterait là. Elle prit son partenaire d'un moment par le bras, direction le café de l'Opéra.

– Allez, je vous offre un godet.

Gaston n'était pas contre une bière pour effacer l'âcreté de la chinoisette. Et puis, aujourd'hui, il était en congé. Aussi accompagna-t-il celle qui lui dit s'appeler Célestine.

– Cet opéra, demanda Gaston. Je ne l'ai jamais entendu.

– C'est une création. *Carmen*, ça s'appelle. C'est pour l'Opéra-Comique mais on a un mal fou à le monter. On nous prête une salle, les jours creux, pour répéter de temps en temps.

– Carmen, c'est vous ?

– Ouais. Et vous êtes don José. (Elle eut un sourire désolé.) Je vais vous briser le cœur.

– Mince ! fut la seule chose que le grand costaud parvint à répondre.

217

– La Païva, à côté, c'est la reine Amélie. Carmen est une Andalouse, mon vieux. Une fille au sang chaud. Elle travaille à la manufacture de tabac. Ses amis sont des contrebandiers. Et ses ennemis… (Célestine crispa les doigts.) Elle les marque au visage en leur faisant des griffures. Des griffures en forme de croix.

Le serveur leur avait apporté deux bières. Gaston avait commencé à boire la sienne, les yeux perdus entre le comptoir et le plafond. Il les ramena lentement vers celle qui venait de lui parler de croix, une frise de mousse accrochée aux moustaches.

– Vous pouvez répéter ce que vous venez de dire ?

Don José était redevenu Gaston Loiseau. Célestine s'exécuta. Elle, comme Carmen, n'aimait rien tant que la force. Au désespoir des faibles et des adeptes de fins heureuses.

Gaston jaugea rapidement le petit format. Elle pesait dans les cinquante kilos toute mouillée. Et il ne parvint pas à se l'imaginer en vampire. En revanche, le Vampire aurait pu avoir vent de cette histoire.

– Qui est l'auteur de cet opéra ?

– Georges Bizet. Un génie méconnu.

– Où est-il ?

Il aurait dû être là pour la répétition, se dit le policier en regardant autour de lui. Mais le restaurant, à part eux deux et le serveur, était vide.

– Il se terre à la Grenouillère.

– À Bougival ?

– Georges adore se baigner dans le fleuve en hiver. C'est un homme au sang chaud.

Gaston se leva, remercia Célestine et sortit de l'Opéra par la rue Le Peletier.

Pour aller à Bougival, il fallait prendre le train jusqu'à Rueil et, de là, l'omnibus américain qui ne fonctionnait sûrement pas en cette saison. Le bouillant Gaston n'avait pas la patience d'attendre. Il avisa le premier véhicule venant dans sa direction, un corbillard aux rideaux tirés, conduit par un cocher en livrée noire qui présentait un air de famille avec Lamomie.

– Vous êtes libre ? demanda-t-il en attrapant un des deux chevaux noirs par le licol.

– Jusqu'à nouvel ordre, répliqua le conducteur d'une voix sépulcrale.

Gaston grimpa sur le banc à côté de lui, exhiba un bout de son écharpe tricolore.

– Je vous réquisitionne. Direction la Grenouillère. Et je vous saurai gré de mener votre attelage à grand trot.

– Impossible, répondit le cocher.

– Quoi ? fit Gaston. (Il se rappela l'épisode avec les religieuses.) Ah oui. L'article 475...

– Non monsieur. Je veux parler de la nature de cette voiture. Les morts vont lentement. Ils ont l'éternité devant eux.

L'argument était encore plus imparable qu'un paragraphe du Code pénal. Gaston se prépara à redescendre. Il avait une jambe dans le vide lorsque le cocher l'interpella :

– Si nous allions vite, nous serions l'exception qui confirme la règle.

Et il fit claquer son fouet au-dessus de la croupe de ses canassons. Gaston eut à peine le temps de se cramponner à la banquette. Cinq minutes plus tard, la gare Saint-Lazare était derrière eux.

219

La vitesse et les cahots empêchaient Gaston de raisonner. Aussi s'accrocha-t-il à l'air des cigarières.

L'air l'accompagna lorsqu'ils franchirent les fortifications. L'air l'accompagna lorsque la campagne remplaça la ville. Cet air entêtant composé pour une Andalouse aux doigts vifs et précis, aux ongles affûtés, qui marquait ses ennemis comme des bêtes promises à l'abattoir.

C'était le temps des mortes eaux. Le ponton salle de bal pris d'assaut par les Parisiens dès l'arrivée des beaux jours s'était mis en hivernage face à l'île de Croissy à laquelle il était ordinairement amarré. L'endroit était vide, désolé, autant qu'un bord de Seine fin février peut l'être.

Gaston demanda au cocher de patienter et emprunta une passerelle glissante pour grimper sur le ponton. Tables et chaises étaient repliées, cadenassées, reliées par de vieilles toiles d'araignées lourdes d'humidité. À la poupe, toutefois, un tabouret avec une gamelle posée dessus et une bouteille de vin faisait office de table. Des vêtements avaient été jetés sur un banc. Une serviette attendait le baigneur.

Gaston s'approcha du bastingage et vit un homme robuste à la barbe brune sortir de derrière l'île du Camembert et rejoindre la Grenouillère au rythme d'un crawl assuré. L'eau ne devait pas dépasser les dix degrés. Le policier aussi était adepte des sports aquatiques. Il avait ses habitudes aux bains Czatorinsky. Mais entre avril et septembre seulement.

Le nageur s'accrocha au plat-bord, grimpa à l'échelle – il était en tenue d'Adam et plutôt bien bâti –, se sécha vigoureusement et s'habilla en deux temps trois mouvements.

220

À nouveau civilisé, il s'adressa au visiteur d'une voix qui avait omis de muer :

— Vous cherchez quelqu'un ?

Il avait mis en musique certaines divinités et situations iné-luctables et il croyait peu aux coïncidences. C'est donc sans surprise qu'il entendit l'autre répondre :

— Je cherche Georges Bizet.

Gaston avait mis du respect dans cette annonce. Le peu qu'il avait entendu à l'Opéra resterait gravé dans sa mémoire.

— Vous l'avez en face de vous, répliqua joyeusement le compositeur. Cette baignade m'a ragaillardi ! Et m'a ouvert l'appétit. Partagerez-vous avec moi un peu de ce riz à la valen-ciana ? (Il dévoila le contenu de la timbale.) Je prends toujours soin de me munir de deux fourchettes, en cas de rencontre impromptue comme celle-ci, ainsi que d'un petit ginglet qui devrait faire l'affaire. Dépliez-vous une chaise.

Lorsqu'il venait à la Grenouillère — rarement car Gaston n'était pas un adepte du chemin de fer —, il prenait un bitter curaçao. Mais un vin de pays ferait l'affaire. Les deux pots d'étain remplis, les convives trinquèrent et piquèrent dans la timbale. Le ginglet avait un avant-goût de framboise, de printemps et de jeunes femmes poussant des cris aigus pour se faire remarquer des maîtres nageurs.

Il était temps pour Gaston d'expliquer sa présence.

— J'étais à l'Opéra Le Peletier, ce matin. Et j'ai pu assister à la répétition de votre *Carmen*.

Les joues de l'auteur rosirent. Cet inconnu n'aurait pas fait tout ce chemin pour lui dire, comme ses ignares de contemp-teurs, qu'il écrivait de la musique cochinchinoise ! C'est pourtant avec une modestie feinte, dont Gaston ne fut pas dupe, que Bizet raconta :

– Je savais qu'ils répétaient ce matin. Mais je me suis enfermé dans un chalet, à côté, pour finir *Carmen*. J'y consacre toute mon énergie, entre deux baignades. (Bizet racla le fond de la timbale, demandant, l'air de rien :) J'imagine que vous avez entendu l'air des cigarières ? C'est le seul vraiment achevé.

– L'amour est un oiseau rebelle, chantonna Gaston.

Entendre cette phrase dont il n'était pas peu fier dans la bouche d'un spectateur anonyme emballa le cœur de Bizet.

– Célestine, la soprano, comment était-elle ?

– Incendiaire, répliqua d'emblée l'ancien pompier, qui eut une pensée fugitive pour les risques encourus par l'Opéra en l'abritant, ainsi, entre ses murs de bois sec.

– J'aurais dû l'avoir pour mes *Pêcheurs de perles*. À la place, le Théâtre-Lyrique m'avait collé Aline Prelly qui ne sait pas battre la mesure. Ce fut un four. Mais *Carmen*... Ah oui. *Carmen* va me remettre sur pied !

Bizet se tut, à la manière des timides qui, compulsivement, se dévoilent et prennent peur d'en avoir trop dit. Gaston commençait à se faire une bonne idée du personnage. Mais il voulait à tout prix élucider cette histoire de croix. Et ce Bizet, comme tous les artistes, était à prendre avec des pincettes. Le policier ne gagnerait rien à l'aborder de front, il lui fallait choisir le flanc, à la manière d'un amateur venu s'abreuver à la source vive du talent.

– D'où avez-vous tiré le sujet de votre opéra ? s'enquit Gaston en sortant deux colorados et en en présentant un à Bizet qui refusa.

222

Il ne fumait pas.

– Dans Mérimée. Mais *Carmen*, j'aurais pu la trouver ici, ou à Paris. Partout où la féminité triomphe.

Bizet se leva et marcha jusqu'au bastingage auquel il s'accouda. Gaston l'imita.

– C'est une histoire de Bohémiens ?

– Fierté, couteau, magie, duels amoureux, énuméra le compositeur. Mérimée a décrit les beautés sauvages qui se baignent à Cordoue, dans le Guadalquivir, au coucher du soleil. Nous aurons les mêmes, dans l'anse de l'Homme-Nu, d'ici à quelques mois. Je ne suis jamais allé en Andalousie. Mais je pourrais écrire le chant d'amour de la reine de Saba depuis mon chalet de Bougival ou mon appartement de Paris. Car, finalement, toutes les femmes de toutes les époques se ressemblent.

Il y avait de la fascination dans ce discours. Mais aussi du mépris. Bizet avait très certainement une vie de famille, des enfants peut-être. Son maintien le disait assis, socialement parlant. Néanmoins, il cultivait comme tout un chacun son arpent de fantasmes. Au moins avait-il le bon goût de le transformer en musique.

Bizet fredonnait un air qui appartiendrait peut-être à son opéra, peut-être à un autre. Gaston jugea qu'il était temps de lui poser la question qui lui avait fait parcourir tous ces kilomètres.

– Votre Carmen est une sauvage. Elle griffe le visage d'une des cigarières. Cette idée de balafre en forme de croix, où l'avez-vous prise ?

Bizet observa son interlocuteur avec une étrange insistance.

– Vous voulez parler des croix de Saint-André ?

Le cœur de Gaston fit un bond dans sa poitrine. Des formes de croix, il y en avait beaucoup. Célestine était restée vague sur ce point. Et Bizet venait de lui citer la bonne.

– J'ai pris l'idée dans la nouvelle de Mérimée d'où le livret a été tiré.

Mince, se dit le commissaire. Si une telle mention existait dans un texte disponible partout, la discussion n'avait plus lieu d'être.

– C'est amusant que vous me parliez de ce détail, reprit le compositeur contre toute attente.

– Vraiment ?

– Meilhac et Halévy, les librettistes de *Carmen*, ont tenté de me faire enlever la mention aux croix. Trop violent, à leur goût. Pourtant, j'ai eu l'occasion de me rendre compte de sa pertinence. Et le fait qu'elle vous ait marqué me confirme dans ma résolution.

– Je ne voudrais pas paraître indiscret mais... quelle fut cette occasion ?

Le bourgeois, interrogé dans un bureau de la Sûreté, se serait tu avant de faire jouer ses influences. L'artiste en mal de confidences, sur ce ponton, avait envie de se raconter. Et tant mieux s'il ne connaissait pas le nom de l'homme à qui il était en train de parler. Le secret, pensait-il d'une manière absurde et c'était faux, n'en serait que mieux gardé.

– Vous avez aimé, affirma Bizet. Vous aimez et vous aimerez encore. (Gaston se lissa les moustaches, attentif.) Nous rencontrons, une fois dans notre vie, l'idéale. La femme de nos rêves. Celle dont on sait qu'elle n'apparaîtra qu'une fois et une seule dans une existence mais que l'on hésite à approcher tant elle tient du mirage. La mienne... (Bizet soupira, et dans ce soupir, il y avait toutes les frustrations du monde.) La mienne avait la démarche chaloupée, comme Célestine, des lèvres aussi douces que des cerises et des yeux bleus d'une pureté sans pareille.

Gaston tapota son cigare contre le bastingage et regarda la cendre tomber dans la Seine en se demandant où la confession de Bizet allait le mener.

– Le personnage de Carmen lui doit tout. Et pourtant je ne l'ai vue que deux petites heures. Le temps qu'occupent quatre actes d'opéra entre un lever et un baisser de rideau.

Nouveau soupir moins appuyé. Heureusement. Car Gaston commençait à s'impatienter.

– C'était à une soirée chez Offenbach. Il y a trois ans. Jour pour jour. Un bal masqué chez le roi des masques. Vous imaginez ce que ça pouvait donner. (Bizet sourit à ce souvenir.) Lui, Halévy, Doré, Nadar et d'autres gais lurons avaient créé une compagnie d'assurance mutuelle contre l'ennui.

– Je n'ai jamais entendu parler de ça, émit Gaston.

– Il y avait des statuts, un trésorier, une police générale. Par exemple, les dames ne pouvaient sourire qu'aux célibataires. On devait rire à toutes les blagues de l'amphitryon, danser la polka du mirliton, et cætera. La partie féminine s'y livrait à une chorégraphie qui n'a de nom dans aucune langue. Et il fallait voir Nadar déguisé en bébé !

Bizet partit d'un éclat de rire qui fit s'envoler un couple de corneilles de l'île de Croissy.

– Elle n'était pas masquée lorsqu'elle est arrivée. Juste maquillée. Mais les prescriptions étaient assez lâches à ce sujet. Et aucun homme sain d'esprit ne lui aurait fermé la porte au nez.

Qu'elle avait sans doute très charmant, se dit Gaston en constatant l'errance du regard de Bizet, happé par le passé.

— En quoi était-elle maquillée ?

— En Blanche-Neige. (Il indiqua la rose que Célestine avait épinglée au revers de la redingote de Gaston et rectifia.) En Rouge-Rose plutôt. Les cheveux noirs comme l'ébène, la peau blanche comme la neige, les lèvres rouges comme le sang et des yeux...

Gaston s'était arrêté au mot sang. Son cœur, en accord avec son esprit, en pompait plus que de raison.

— J'étais alors le moins éméché et le plus à même de lui faire ma cour. Était-elle actrice ? Chanteuse ? Je n'en savais rien. Mais je venais de lire la nouvelle de Mérimée. Il était plus ou moins question qu'un livret en soit tiré et que j'en sois le compositeur. Je n'avais rien signé, encore moins le rôle-titre. Mais je lui décrivis Carmen, la lançant déjà sur scène, lui offrant sur un plateau d'argent les armes de la Bohémienne, lui décrivant la façon que l'Andalouse avait de marquer ses victimes amoureuses d'un signe, d'une croix, façon de vouer ses amants au diable dont elle était le plus fidèle lieutenant. Oui. Le diable ne se montra jamais sous un jour plus flatteur.

Suivit un long silence que Bizet rompit en frottant ses mains de pianiste, moites de transpiration, l'une contre l'autre.

— Et on m'a sollicité pour le rôle de l'enfant trouvère sur le coup de une heure du matin.

— Pardon ? fit Gaston.

— C'était la tradition chez Offenbach. À telle heure, on

226

dépliait le théâtre de poche. Je jouais. Et le cabinet des rats en a profité pour m'enlever Rouge-Rose.

Le policier ne laisserait rien passer. Aucune zone ne resterait dans l'ombre. Et s'il comprenait ou entendait mal, comme dans un interrogatoire, il ferait répéter.

– Le cabinet des rats ?

Bizet fronça les sourcils. Cet amateur traînait pourtant à l'Opéra ? Mais la formation occulte n'était connue que du gotha du divertissement, se rappela-t-il avec une pointe de fierté, gotha auquel il appartenait. Aussi affranchit-il son béotien de la Grenouillère sans se rendre compte de l'ouragan qui se déchaînait sous le crâne du policier.

– Le cabinet des rats désignait les six sociétaires qui se partageaient la loge numéro 1 de l'Opéra Le Peletier. La mieux placée. Près de la scène. Côté cour. Entre nous, artistes, on l'appelle la loge infernale. C'est une sorte de claque en habits noirs, une confrérie maîtresse du sifflet et de l'applaudissement. Parlez-en à Wagner. Ils ont fait tomber son *Tannhäuser* en 61. La loge est pour le moment en vacances. Je serai le dernier à m'en plaindre, même si, d'après les critiques, je suis plus comique que lyrique, grinça Bizet pour finir.

Gaston, lui, n'en avait pas fini. L'artiste incompris avait encore une ou deux petites choses à lui apprendre.

– Vous dites que ces rats vous l'ont enlevée ?

– Elle est partie avec eux pour continuer la nuit ailleurs, je suppose. Le diable a disparu comme il était apparu, par une trappe anglaise mais en compagnie.

Les éléments se mettaient en place. Bizet avait fait à Rouge-Rose un cours de vie en société bohémienne. Elle avait filé avec la loge infernale. Il s'était ensuite passé... quelque chose.

227

Et depuis, la loge dissoute payait, locataire après locataire, membre après membre, croix après croix.

– Rouge-Rose... Qui était-elle ?

– Aucune idée. Et je remercie le ciel de l'avoir jetée entre les pattes de ces parvenus. Rien ne vaut la douceur paisible du foyer, l'amour d'une épouse qui partage vos joies et vos tristesses et vous soutient face à l'adversité...

Belle profession de foi que le regard rêveur de Bizet contredisait.

– J'aurais pu savoir comment elle s'appelait. Elle n'était pas arrivée seule à ce bal masqué. Quelqu'un faisait office de Virgile.

– Qui ? demanda Gaston avec force.

Bizet commença à douter des intentions véritables de son visiteur. Il jaugea leurs forces respectives. S'il était animé de mauvaises intentions, le drôle serait confronté à forte partie. Toutefois, le compositeur avait hâte d'achever l'entretien. S'abrutir de travail pour remettre le mauvais souvenir dans la boîte dont il n'aurait jamais dû sortir, voilà ce à quoi il appliquerait ses forces dans les heures à venir. Il donna donc le nom de la beauté qui accompagnait Rouge-Rose. Tout le monde à Paris la connaissait. Gaston aussi. Il l'avait même déjà rencontrée pendant le siège.

L'homme à la mine fermée prit brutalement congé du compositeur après lui avoir souhaité bonne chance pour son opéra. Sans doute, il serait à la première pour l'entendre en entier. Bizet le vit grimper dans un fiacre noir garé derrière les arbres. La voiture ressemblait fort à un corbillard. Il fit le geste de se signer pour se protéger du mauvais sort. Ou pour marquer son front d'une croix invisible.

– Si vous la voyez, embrassez-la pour moi, murmura-t-il doucement.

Avant de rassembler ses affaires et de retourner à son chalet afin de reprendre son grand œuvre. Carmen était le diable incarné. Mais fallait-il la tuer ? Les directeurs de l'Opéra-Comique craignaient une mort sur leur scène mièvre de féerie. Le public s'effaroucherait. La critique les descendrait en flèche. Meilhac et Halévy étaient de cet avis.

Mérimée l'avait tuée. Don Diego l'avait tuée. Bizet la tuerait.

– Oui, proclama le compositeur avec une conviction sauvage. Carmen doit mourir.

La célébrité habitait rue de Rome, au 2. Elle n'avait ni jour ni heure de visite. On se présentait chez elle. Ensuite, tout dépendait de votre identité – et de vos moyens, précisaient certaines mauvaises langues. Soit vous butiez contre le majordome. Ne vous restait alors qu'à lui laisser votre carte, écornée, afin de prouver que vous étiez venu en personne. Soit vous arriviez à une heure d'embouteillage et vous preniez votre mal en patience dans l'antichambre. Soit vous étiez reçu de suite par la déesse libre, par extraordinaire.

En ce jour de Mardi gras, l'extraordinaire était roi. Car Gaston Loiseau n'eut pas à montrer son écharpe pour que le majordome lui dise :

– Madame est visible. Si vous voulez prendre la peine d'entrer.

Gaston suivit une enfilade de salons avant d'être invité à s'asseoir dans un fauteuil à côté d'une double porte. Le majordome disparut derrière, la carte de visite du commissaire coincée entre deux doigts gantés de blanc. Gaston resta debout. Il achevait sa première série de cent pas lorsque la divine en robe de soie mauve ouvrit les deux battants. Avec ses yeux en amandes elle était vénéneuse au possible.

– Commissaire ! (Elle le prit par le bras pour l'emmener dans une manière de salon turc meublé de bric et de broc.) Quelle bonne surprise ! (Elle le poussa sur un pouf, lui présenta une boîte d'amarante, mais il dédaigna les cigarettes pour prendre un de ses cigares.) Cela fait combien... Trois ans, n'est-ce pas ?

Gaston étudia son vis-à-vis. Elle avait toujours cette allure de canaille sophistiquée qui avait fait sa réputation dans les hautes sphères de la vie élégante parisienne. Il se demanda où étaient cachés les accessoires dont Lefebvre leur avait parlé, chez Dumas, quelques jours plus tôt. Un cercueil en palissandre. Une tête de mort sur un plateau d'argent. Pas dans cette pièce, en tout cas. Il remarqua la broche macabre que Sarah arborait comme un emblème. Ainsi que le fin trait noir qui soulignait ses yeux et lui donnait un air vaguement égyptien.

– Votre nièce ! Comment se porte-t-elle ?

– Elle s'est mariée, lui apprit Gaston.

– Oh ! fit Sarah, se retenant de s'exclamer : la pauvre ! Vous lui transmettrez mes vœux de bonheur. Et cet inspecteur charmant... Léo ?

– Il ne s'est pas marié mais maintenant il est commissaire.

L'actrice eut un hochement de tête amusé. Elle frappa dans ses mains. Le majordome passa la tête par la porte à une vitesse disant qu'il était collé derrière.

– Toutes ces bonnes nouvelles. Henri, on décoiffe le champagne.

– Bien, madame.

Henri s'esquiva et réapparut une bouteille et deux flûtes à la main. Une minute plus tard, l'actrice et le commissaire trinquaient au liquide pétillant et doré. Gaston aperçut *Le Figaro* sur une table basse, coincé sous une théière marocaine.

– C'est la dernière édition ?

Sarah s'en empara, déplia la une. « Le Vampire frappe une troisième fois ! » annonçait le journal. Tous les détails étaient donnés par le grand reporter Zacharie Cavendish, qui avait failli surprendre la bête dans sa tanière.

– Ce Vampire, quelle classe... soupira Sarah. Quand vous l'aurez arrêté, car vous allez l'arrêter, on ne berne pas indéfiniment la police française, vous me permettrez de le rencontrer, de lui parler en tête à tête avant qu'on ne la lui coupe ? Je pourrais m'en inspirer pour l'un de mes rôles.

– Qui vous dit que c'est un homme ?

– Exact. Ce pourrait être une femme. Nous avons tant de choses à rattraper sur vous. Et nous sommes, nous aussi, féroces.

Les yeux de Sarah, de mélancoliques, se plantèrent tout à coup dans ceux de Gaston qui put apprécier le talent de la donzelle. Ce n'était pas pour rien que chaque spectateur l'ayant vu sur scène jurait ses grands dieux qu'elle l'avait regardé, lui et pas un autre, pendant qu'elle déclamait son rôle.

– Que puis-je pour vous ?

– Je cherche à identifier une personne avec qui vous avez été vue avant le siège. À une soirée. Chez Offenbach.

– Des soirées, j'en ai fait beaucoup. Surtout chez cet égoïste.

Sarah s'assit en tailleur sur son pouf au mépris des convenances.

– C'était en 70. La jeune femme que vous accompagniez était maquillée en Rouge-Rose. Ou en Blanche-Neige.

Sarah renifla bruyamment.

– Vous voulez parler de Camille.

– Camille ? répéta Gaston dans un souffle.

– Camille Mespel. Une fille bizarre. Très très bizarre.

Gaston avala sa flûte presque sans s'en rendre compte, la posa et demanda à Sarah qui l'observait avec une nouvelle insistance :

– Vous la voyez toujours ?

– Je l'ai revue une fois ou deux après les événements. Mais je ne suis plus en relation avec elle.

– Pourquoi ?

– Disons que nos routes ont pris des directions différentes.

Gaston ne se contenterait pas de réponses vagues. Cet entretien se serait peut-être déroulé différemment dans son bureau. Ici, dans ce salon intime, il prenait des allures de cache-cache qui incita la machiavélique Bernhardt, joueuse à ses heures, à proposer :

– Dites-moi qui sont les victimes du Vampire et je vous dirai ce que je sais sur elle.

L'usage des initiales avait suffi à préserver les noms des saignés. Qu'il livre les identités réelles à cette Pandore et l'information aurait fait trois fois le tour de Paris avant qu'il aille se coucher. Mais Gaston était pressé. Et il savait que l'actrice se laisserait emmener au Dépôt plutôt que ne pas obtenir ce qu'elle requérait.

– Philémon de Saint-Auban. Gabriel. Et Vireloque pour le dernier, fit-il en indiquant *Le Figaro*.

– Je le savais ! s'exclama-t-elle. Ces ordures de la loge infernale ont eu ce qu'ils méritaient. (Les yeux de Sarah se voilèrent avant de se poser à nouveau sur le commissaire.) Je commence à comprendre pourquoi Camille vous intéresse.

Gaston vida la bouteille et la retourna dans le seau. Il était temps de parler, comprit Sarah qui prit sa flûte de ses doigts fins, fixant les chapelets de perles qui crevaient la surface en riant.

– J'ai rencontré Camille au foyer de l'Opéra-Comique. Elle était entrée là par une connaissance et voulait à tout prix brûler les planches. Elle chantait faux et ne savait pas bouger sur scène. Mais je l'ai prise en amitié. Elle était d'une fraîcheur... inédite pour Paris.

Il y avait du regret dans la voix de Sarah. Gaston pensa fugitivement aux concessions morales faites par cette femme-chat pour mener un tel train de vie. Il ne la plaignait pas. Sarah menait sa route avec les armes qui étaient siennes. En conscience. La fatalité n'avait rien à voir là-dedans.

– Camille était d'un enthousiasme désarmant. Surtout, elle était très jolie. Une beauté de conte de fées. C'est d'ailleurs grâce à son teint de vierge candide qu'elle s'était fait remarquer.

– Comment ça ?

– Elle avait gagné le concours des rosières de Suresnes. En 69, si j'ai bonne mémoire. Sa mère aussi, avant. Il y avait une histoire de prime. Elle ne m'en a jamais trop parlé. Mais elle était à l'abri du besoin. (Sarah ricana.) Pourtant, elle se comportait comme une petite fille. Je lui ai servi de chaperon.

– Jusqu'à ce bal masqué chez Offenbach.

Les épaules de Sarah s'affaissèrent légèrement. Il y avait eu orgie, ce soir-là. Remords et maux de tête le lendemain. Sarah s'était calmée sur la débauche. Le siège l'y avait aidée. Se lancer à corps perdu dans l'intendance de l'ambulance du théâtre de l'Odéon avait eu, pour elle, le goût de la repentance.

– Que s'est-il passé ce soir-là ?

Gaston avait la version de Bizet. Il voulait celle de Bernhardt.

– Les six étaient présents.

– Le cabinet des rats ?

Sarah pencha la tête pour fixer ce commissaire qui en savait décidément beaucoup.

– Le cabinet. Oui. J'ai appris deux jours plus tard que Camille les avait suivis.

– Et après ?

– Après ? Après... J'aurais dû m'inquiéter. La rechercher activement.

Gaston se mit à craindre que la fameuse Camille n'eût disparu de la circulation, qu'elle ait fini dans les filets de Saint-Cloud, sur une table de Lefebvre, enterrée sous X dans le carré des indigents de quelque enclos municipal.

– En fait, je l'ai revue après la Semaine sanglante. Elle était devenue folle.

– Folle ?

– Folle de peur. Terrorisée, en fait.

– Elle parlait des rats ?

234

– Non. Elle ne parlait plus. Elle n'avait pas besoin de parler pour qu'on sache.

Gaston, colère, lança :

– Vous auriez pu nous prévenir !

– De quoi ? se braqua Sarah. Les six avaient décampé. Ils avaient soldé leur loge. Ils n'apparaissaient plus dans aucun théâtre. Étaient-ils à Paris ? En province ? À l'étranger ? Et puis, aurais-je repéré l'un d'eux, que faire ? J'avais Camille sur les bras, muette. Ne me dites pas que vous auriez traité son cas en priorité ?

Gaston sortit la conversation de l'impasse. Si cette fille vivait encore, elle était son suspect numéro un. Sarah le savait aussi qui continua sans que le commissaire la sollicite :

– Camille avait tout cet argent de côté. Et apparemment pas de famille. Je l'ai emmenée dans un endroit où l'on saurait s'occuper d'elle.

Elle grimaça car elle s'était contentée de l'escorter pour ne jamais la visiter. Promesse toujours remise. *Lâcheté*, pensa l'actrice.

– Où ? lâcha Gaston.

– Dans la clinique du docteur Blanche, à Passy.

Gaston se déplia lentement, Sarah l'imitant à une seconde d'intervalle. Ils retournèrent à l'entrée sans un mot. Sur le paillasson, Gaston glissa à Sarah :

– Je vous demanderai de rester à Paris tant que cette affaire ne sera pas résolue. Et de garder le silence sur les informations dont je vous ai fait part.

– Vous parlez à une tombe, l'assura-t-elle, le regard fuyant.

La porte fermée, Sarah se rendit à une allure funèbre dans sa pièce secrète dont elle avait fourni la description aux journaux, aux tentures de larmes et de crânes et au cercueil de palissandre. Elle avait essayé d'y dormir la veille avant de retourner dans son lit en se traitant d'imbécile.

Elle écarta un rideau qui donnait sur la rue de Rome et vit le commissaire Loiseau grimper dans sa voiture qui fila aussitôt. Non, elle n'avait pas la berlue. Il s'agissait d'un corbillard !

Cette vision ne la fit même pas sourire, constata-t-elle en laissant le rideau retomber. Elle pensait à Camille, à ce gâchis d'innocence. Elle s'essuya la bouche du dos de la main. Et si Camille était le Vampire ? Toute cette souffrance... Aurait-on pu l'éviter ?

Sarah se concentra pour pleurer, comme elle le faisait si bien sur scène. De l'eau salée pour se laver l'âme. Elle demeura, immobile, la main sur son cercueil, les yeux obstinément secs. Elle n'y arrivait pas.

Henri frappa à la porte. Son cavalier était là. Mardi gras, se rappela-t-elle. Le bal de l'Opéra.

L'actrice se recomposa un visage. Le député l'attendait déguisé en Arlequin. Quelle imagination ! Quelle audace ! Sarah lui envoya un baiser de loin avant de sauter dans son costume, forcément léger, celui de Salomé, en espérant que l'Opéra serait convenablement chauffé.

Bah, se dit-elle, Camille déjà oubliée. *Cette nuit, ce n'est pas la chaleur qui manquera.*

Le corbillard s'arrêta devant le porche de la clinique de la rue Berton, s'attirant les regards effrayés des rares passants qui traînaient encore dans les rues. La nuit était tombée et personne ne croisait ce genre d'équipage de nuit sans ressen-

236

tir une crainte fondée. Gaston sauta du banc, sonna la cloche. On lui ouvrit. Un homme en bleu de travail détailla le commissaire avant de détailler sa voiture.

– Ne vous fiez pas aux apparences. J'appartiens à la Préfecture. Je dois parler au directeur de cette maison.

– M. Blanche n'est pas disponible pour l'instant.

Gaston avança une jambe.

– Il aura cinq minutes à m'accorder. Ou je reviens dans une heure avec un fourgon cellulaire et un mandat d'amener à son nom.

– Dans ce cas...

L'homme ouvrit la porte en grand. Gaston le suivit dans une maison coquette construite au bord d'un parc dont l'obscurité ne permettait pas de voir grand-chose. Il conserva son manteau lorsqu'on lui proposa de l'en débarrasser. La visite s'arrêta au seuil d'un salon dans lequel se tenait une fort étrange assemblée.

En voyant tous ces dominos danser mollement sur une valse de Chopin que quelqu'un jouait au piano, le premier mot qui vint à l'esprit de Gaston fut : lugubre. La lenteur des gestes, l'absence totale de joie, les dizaines de bougies qui éclairaient la scène accentuaient encore son côté sinistre. Néanmoins, le docteur Blanche avait le droit de faire son propre carnaval. La Salpêtrière n'avait-elle pas son bal des folles chaque année ?

Une femme échappa à son cavalier pour se lancer dans une sorte de tarentelle. Deux hommes en blouse blanche l'escortèrent ailleurs. La valse se transforma en mazurka alors qu'un homme qui respirait l'autorité – le maître des lieux, comprit le policier – venait à la rencontre de son visiteur.

237

– Émile Blanche, se présenta-t-il.

– Gaston Loiseau, commissaire à la neuvième brigade. Je m'excuse de débarquer dans votre... fête – le mot était si peu approprié – mais il faut absolument que je vous parle.

Blanche considéra son interlocuteur.

– Nous serons mieux dans la salle de billard.

L'aliéniste emmena le commissaire dans une pièce à l'écart, occupée par un billard américain. Le son de la mazurka ne leur parvenait plus qu'assourdi.

– J'aimerais interroger une de vos patientes.

– Pour quelle raison ?

– Nous la soupçonnons – Gaston se sentit obligé d'utiliser la première personne du pluriel pour en imposer au bonhomme – d'être le Vampire.

Révélation fracassante qui n'eut aucune incidence sur le visage du docteur Blanche. L'aliéniste en avait vu d'autres dans sa carrière. Comme cette baronne qui se prenait pour la reine Victoria depuis près de quinze ans.

– Puis-je savoir à laquelle de mes patientes vous pensez ?

– À Camille Mespel.

Le bon docteur mit deux doigts sur ses lèvres, comme pour s'obliger à se taire. Gaston jugea ce geste, malgré son économie, révélateur. Aussi insista-t-il avec une certaine jouissance :

– Et j'aimerais la voir maintenant.

– Impossible.

Le commissaire tiqua. Impossible n'était ni français ni Loiseau. L'aliéniste tapota sa tempe des deux doigts pour forcer son esprit à fonctionner plus vite.

– Camille Mespel est sous ma responsabilité, argua le médecin.

– Raison de plus pour écarter tout soupçon à son sujet. Si vous la protégez, vous serez accusé de complicité.

– Pour qui vous prenez-vous ? s'enflamma l'aliéniste qui en avait maté plus d'un. L'article 378 du Code pénal me donne le droit de garder le silence sur mes patients.

– Et je me réserve celui de vous faire une publicité formidable. Le Vampire était sous la protection de la clinique de Passy ! Voilà un bon titre pour *Le Figaro* de demain matin, non ?

Les narines de Blanche frémirent de colère.

– Camille est une résidente libre. Elle va et vient comme elle l'entend. En tout cas, elle n'est pas là ce soir.

– Elle n'est pas à votre bal, mais elle est peut-être dans sa chambre ?

– Peut-être.

– Montrez-moi le chemin que nous nous en assurions.

L'échine courbée, l'aliéniste conduisit Gaston à l'étage, au bout d'un couloir, jusqu'à une porte qui se distinguait des autres par son numéro, le 42. Il frappa, appela, sans obtenir de réponse.

– Ouvrez-la.

Blanche tira une clé de son habit et ouvrit la porte. Gaston passa devant lui pour foncer dans la chambre qui était vide. Le lit n'avait pas été défait. Le policier souleva le matelas, inspecta l'armoire, fouilla le cabinet de toilette dans un renfoncement du mur. Rien de notable à part une fleur flétrie posée dans un écrin de velours noir qu'il montra à Blanche.

– Une rose de Jéricho, lui apprit le médecin. Il suffit de la remettre dans l'eau pour qu'elle reprenne vie.

Sa seconde découverte arracha un grognement de satisfaction à Loiseau : un bocal rempli d'eau et de sangsues vivantes, caché derrière une pile de jupes et de chemises blanches.

– Camille pratique la saignée. Elle n'est pas la seule dans la maison.

Gaston sonda le fond de l'armoire. Il aurait tellement aimé mettre une cache au jour, en sortir un attirail de marchand de coco avec sa bonbonne encore remplie du sang de Vireloque... Ces sangsues suffisaient-elles à accuser la folle ? Certes non. Mais il y avait son histoire avec le cabinet des rats, les croix, qui auraient transformé les doutes de n'importe quel juré en certitudes...

– Camille, commença l'aliéniste d'une voix gênée, est un peu étrange depuis quelque temps.

– Comment ça, étrange ?

– Elle a pris l'habitude de quitter la clinique le matin et de n'y revenir que le soir. Parfois, elle sort la nuit aussi.

– Et à quoi occupe-t-elle ses journées ?

À part faire payer à une loge de monstres les actes infâmes qui l'avaient jetée dans la démence ?

– Elle se fait passer pour une blanchisseuse.

– Hein ?

– Charcot, dans ses cours de la Sorbonne, parle de ce genre de pathologie. On appelle cela schizophrénie ou dédoublement de la personnalité. Ici elle est résidente, dehors blanchisseuse.

– Celui qui développe deux personnalités... essaya Gaston, pourrait-il en développer trois ?

240

– Vampire en sus ? Pourquoi pas, fit l'aliéniste, fataliste. Tout est possible. Il n'y a pas de limite à la folie humaine.

Avancer cette théorie, c'était mettre Camille Mespel à l'abri de la justice. L'aliéné, déclaré irresponsable, ne peut être jugé. Seulement enfermé. De toute façon, ce qui arriverait au Vampire une fois qu'on l'aurait arrêté n'était pas du ressort de Gaston.

– Vous n'avez aucune idée de l'endroit où elle est ?

– Aucune. Je vous le dirais.

– Il me faudrait son signalement.

Blanche réfléchit et se mit à fouiller dans la table de nuit de Camille.

– Il se peut qu'elle l'ait gardée... La voilà.

Il exhiba une photo de groupe le montrant, lui, Blanche, son épouse et ses enfants, en compagnie d'une dizaine de résidents. La photographie avait été prise pendant les beaux jours. On avait posé sur les marches du perron. Et bien malin celui qui aurait pu distinguer les fous des sains d'esprit.

– C'est celle avec l'ombrelle, au deuxième rang.

Gaston regarda et ne vit rien de la poupée décrite par Bizet et Bernhardt. Sinon une jeune femme au teint pâle et aux cheveux sombres dont les yeux ne fixaient pas exactement l'objectif et qui ne souriait pas.

– Je vous l'emprunte pour diffuser son signalement. Nous allons mettre votre maison sous surveillance. Si elle revient entre-temps, vous faites comme si de rien n'était et vous nous prévenez aussitôt.

– Certainement.

– Vous ne tentez rien. Elle a déjà saigné trois hommes. Et pas que des vieillards.

– Je suis bien placé pour savoir que les déments développent parfois une force peu commune.

L'aliéniste hésita à parler de cette Mme Petit venue la voir quelques jours plus tôt pour l'interroger au sujet de Camille. Avait-elle un lien avec cette affaire ? Blanche ne savait pas son adresse. On risquait de taxer le médecin de laxisme.

Il garda cette information pour lui et laissa Gaston sortir de la clinique devant laquelle le corbillard l'attendait. Gaston prit le temps de se rafraîchir la tête sous la fontaine d'où sortait l'eau de source de Passy pour se dégriser. Il sauta sur le banc du corbillard et indiqua l'île de la Cité au cocher. Il le libérerait une fois arrivé à la Préfecture et le dédommagerait pour cette folle course de Paris à Croissy et de Croissy à Passy en passant par la rue de Rome.

– Vous n'aurez pas à me dédommager, lui répondit le cocher. Roule, roule, m'a demandé mon maître. Arrête-toi le moins possible. Fais-la courir avant qu'elle vienne me prendre. Ça lui apprendra.

Gaston écarta les rideaux mauves qui cachaient le contenu du corbillard. Il vit un cercueil flambant neuf à l'arrière. Le cocher affichait un sourire triste.

– Alors faisons-la courir encore, proposa le commissaire en s'accrochant à la banquette.

– Avec joie, répliqua le cocher qui lança son fouet dans le ciel nocturne comme s'il avait voulu fouetter la lune.

– Bon sang ! Mais qu'est-ce qu'il fiche ? (Claude se tourna vers Léo.) Vous avez prévenu la morgue ?

– S'il y passe, Lefebvre nous l'enverra. Ainsi que chaque service de la Préfecture.

Bureau de vérification des boissons compris, ajouta-t-il pour lui-même.

– Il n'est pas chez lui ?

– La Truanderie est vide.

– Ni dans aucun des lieux **de perd**ition où il a l'habitude de perdre son temps et sa santé ?

Léo avait consacré les trois dernières heures à courir de cabaret en bistrot. Chez Glaser. Aux Mille-Colonnes. À la halle aux faits divers. Au café des Femmes et à celui des Aveugles. Personne n'avait vu le grand commissaire Gaston Loiseau à qui le patron de la Sûreté avait donné sa journée ce matin mais qui réclamait ardemment sa présence ce soir.

– Et les indicateurs ?

– Ne l'ont pas vu.

Ni As de Pique, vendeuse de charmes à la Bourse de commerce. Ni Baylac de l'agence Prudentia. Ni Jeanne aux Canards. Ni les mendiants qui logeaient sur le quai au pied de la Préfecture, le long du petit bras de la Seine, et que Gaston avait l'habitude d'appeler par leur nom.

– Et sa famille ?

– Sa sœur n'a pas su me renseigner, appuya Léo. Pareil pour sa nièce.

Léo était passé voir Blanche en coup de vent dans son appartement de la rue des Saints-Pères. Le temps de poser la question récurrente : Gaston est-il là ? Non, avait répondu la blondinette qui, elle aussi, aurait voulu voir son oncle rapidement.

– Nous allons être obligés de procéder sans lui.

Les deux policiers s'apprêtaient à pénétrer dans l'immeuble du *Figaro* lorsqu'une voiture de la Préfecture s'arrêta juste devant eux. En sauta un Gaston remonté à bloc, hilare, dans sa forme des grands jours.

– Le planton du quai de la caserne m'envoie ici. Qu'y a-t-il ? fit-il en regardant alternativement Claude et Léo. Vous comptez coffrer Cavendish ? Si c'est l'idée, je vous préviens, vous faites fausse route.

Claude mit la main sur l'épaule du commissaire pour le faire reculer. Il le plaça sur le trottoir face au tout nouvel immeuble du journal, au milieu de la rue Drouot.

– Observez Le Figaro.

Gaston étudia la façade de l'hôtel inspiré de la Renaissance espagnole, tout en pilastres, volutes, clochetons et sujets sculptés. Il fallait lui reconnaître un certain chic avec sa loggia abritant la statue de Figaro taillant sa plume avec son rasoir. Sa voûte bleue constellée d'or. Son génie de l'actualité assis en équilibre sur l'horloge, au pignon.

– La statue, précisa Claude en voyant que les yeux de Gaston couvraient l'ensemble de l'hôtel.

La statue. Elle avait quelque chose de bizarre, en effet. Gaston se décala de deux mètres sur sa gauche pour l'observer à nouveau. La nuit était tombée mais la façade était éclairée par deux énormes lanternes accrochées aux corniches. Un second profil apparut derrière le premier.

– Je n'avais pas remarqué qu'ils lui avaient sculpté deux visages. C'est une allégorie à Janus ? Manière de dire que Le Figaro voit devant et derrière à la fois ?

– Les cordes, lui souffla Léo.

Gaston reprit son examen et étouffa un juron. Maintenant, il comprenait pourquoi on l'avait fait venir.

244

– C'est l'œuvre du Vampire ? chuchota-t-il après qu'une lorette pressée leur fut passée sous le nez.

– Nous vous attendions pour nous en assurer, lui glissa Claude.

– Comment a-t-il été découvert ?

– Un Roméo qui a profité du carnaval pour grimper sur la loggia et lancer une déclaration d'amour. Il ne l'a pas achevée. Il a prévenu aussitôt le poste de Bonne-Nouvelle où il est encore, sous bonne garde.

– Et Juliette ?

– C'était un Roméo sans Juliette. De son propre aveu. Il espérait pêcher une belle.

– En faisant le tribun depuis son balcon. Alors que la sérénade se pratique d'en bas. Franchement, où allons-nous ?

Claude et Léo observèrent le commissaire qui ne paraissait pas dans son état normal. Il avait ce sourire en coin que son adjoint lui connaissait et qui voulait dire : je vais vous en apprendre une bonne. Un clin d'œil de Loiseau lui confirma qu'il ne se trompait pas.

– Et si nous allions voir cela de plus près ? proposa Gaston avec un enthousiasme modéré, pour rester discret.

Le rédacteur en chef, M. de Villemessant, les attendait dans la cour des abonnements. Il était presque minuit. Le journal bénéficiait d'une de ses rares plages de silence. Les presses mécaniques ne se remettraient en marche que dans deux heures pour l'édition du matin.

Villemessant les escorta jusqu'à la loggia accessible de l'intérieur par une porte-fenêtre sans serrure, nota Léo. Ils débouchèrent face au cadavre qui, d'après un bref examen de la *rigor mortis*, était là depuis au moins vingt-quatre heures. La

245

macabre mise en scène avait sûrement été montée à la faveur de la nuit dernière.

Gaston tourna autour du malheureux, nu et pâle, lié à la statue de bronze par un réseau de cordes étroitement serrées. Le tueur, le Vampire, pensa-t-il en voyant les deux marques visibles au niveau du cou, lui avait glissé une plume et un rasoir dans les mains pour parfaire l'illusion. Il sortit un mouchoir et s'accroupit pour attraper la sangsue gisant sur le carrelage.

– Et de quatre. Minos, Coquille ou Troisétoiles. Nous le saurons plus tard, résuma Claude en contemplant l'assemblage de chair et de bronze avec une grimace dégoûtée.

– Et Cavendish n'est pas là pour couvrir l'événement ! lança Gaston. C'est un comble. Alors qu'il n'aurait pas eu besoin de sortir de son bureau pour écrire son prochain article.

Villemessant se permit, d'une voix étranglée :

– Il est bien entendu que nous ne ferons aucune publicité autour de cette nouvelle tragédie. Motus et bouche cousue. (Il adopta une posture gênée.) Il faudrait nous en débarrasser rapidement.

– La morgue fera son travail avant l'aube, le rassura Claude. Mais il va falloir que nous interrogions tous les employés qui travaillaient ici la nuit dernière.

– Ça fait au moins une centaine de personnes, gémit le rédacteur en chef.

– Eh oui, monsieur de Villemessant, se moqua le commissaire Loiseau. Si vous n'aviez pas tant parlé du Vampire, il ne vous aurait pas fait ce cadeau de remerciement.

– Les chats apportent souvent des petits animaux morts à leurs maîtres, compléta Claude.

– Des taupes, des lérots ou des bébés lapins, continua Gaston, implacable.

Un fiacre passa en contrebas, rempli de noceurs, d'après les cris qui s'en échappaient. Gaston le laissa s'éloigner avant de déclarer :

– Nous n'aurons pas besoin de soumettre vos employés à la question. (Claude et Léo froncèrent les sourcils.) Si vous permettez, la suite de cette conversation doit demeurer entre les serviteurs de la Nation.

Le rédacteur en chef se vit relégué à l'intérieur de son immeuble. Le chef de la Sûreté et Léo entourèrent immédiatement Gaston pour écouter ce qu'il avait à leur confier. D'en bas, du trottoir, ils ressemblaient à trois *carbonari* préparant quelque mauvais coup contre le pouvoir en place.

Loiseau leur narra dans les grandes lignes quel avait été son périple, de l'Opéra – il éluda le café Minerve – à la clinique du docteur Blanche. On ne l'interrompit pas une fois durant les dix minutes que prit son récit. Mais Claude lança, avec agitation, une fois qu'il eut la photographie entre les mains :

– Je vous l'avais dit !

– Quoi donc ?

– De chercher la femme !

Léo, en retrait, était coi.

– La clinique est surveillée ?

– Les hommes que j'ai envoyés y sont, à l'heure qu'il est.

– Parfait. Nous avons jusqu'à l'aube pour diffuser le signalement de la rosière.

Gaston se gratta une joue qu'il commençait à avoir rêche.

– Où en sommes-nous avec Vanthilo ?

– Il a repris connaissance, répondit Claude. Son coup sur le crâne lui a laissé toutes ses capacités. Mais, bien que j'aie essayé de le faire parler deux heures durant, il est resté muet comme une tombe étrusque. Ce bonhomme ne dira rien jusqu'à ce qu'on l'emmène à la guillotine.

Le chef de la Sûreté claqua des doigts. Il venait d'avoir une idée.

– À moins que...

– Vous pensez à la veuve enchantée ? comprit Gaston.

– Elle est en place. Et elle en a déjà fait parler plus d'un.

Léo, à qui cette veuve enchantée ne disait rien, se permit de le faire savoir. Claude et Loiseau ne l'informèrent pas pour autant. Ils sortirent de l'hôtel, Léo plus renfrogné que jamais, à la traîne.

– Allez prendre un peu de repos, ordonna le grand patron. Donnons-nous rendez-vous dans mon bureau à huit heures. Léo, vous en serez aussi.

Claude se glissa dans la voiture de la Préfecture qui attendait au bord du trottoir. Il ferma la porte, descendit la vitre, passa la tête à l'extérieur.

– Eh, Loiseau ! Joli boulot !

La voiture s'éloigna. Gaston s'étira. Il était rompu. Il lui fallait dormir.

– Vous pensez vraiment qu'une rosière serait capable d'accrocher un cadavre à une statue ? lâcha Léo. Un autre aux pales d'un moulin ? De se glisser dans une cité de chiffonniers et dans un club de joueurs d'échecs, ni vu ni connu ?

– L'amour est enfant de Bohème, répliqua Gaston.

– Pardon ?

– ... Ou de Bohême, pays des vampires. Quant à l'amour, maintenant, nous lui courons tous après.

– Je ne comprends pas un traître mot de ce que vous me dites.

– C'est normal. Je suis sur les genoux. Je raconte n'importe quoi.

Gaston s'apprêtait à descendre à gauche vers les Halles. Léo irait à droite vers Vivienne, qui lui lança :

– Elle est à vous cette... chose ?

Un toutou au pelage fauve et à la queue improbable lui barrait la route. Les traits de Gaston s'illuminèrent.

– Tiens. Te revoilà, toi.

La bestiole battit la queue et donna l'impression de sourire.

– C'est quoi ? demanda Léo. Une sorte de renard ? Une martre ?

– Rien de tel, béotien. C'est un chien de chasse. Ça se voit à sa façon de mordre les mollets impolis. En tout cas... (Gaston souleva le bestiau par l'arrière-train), c'est un garçon.

– Et il s'appelle comment ?

– Stop ! trouva Gaston. Comme le chien de Dumas. Le meilleur chien d'arrêt breton. Ça me paraît un bon nom. Hein ? Stop ?

L'animal agita la queue avec frénésie pour montrer qu'il validait son nouvel état civil.

– Et vous comptez l'adopter ?

– Bien sûr. Nous allons lui faire les honneurs de la Truanderie !

Il fallait que Léo dorme lui aussi s'il voulait être à peu près frais, à huit heures, dans le bureau du chef, pour découvrir en quoi consistait la veuve enchantée.

Il prit donc congé de Gaston et de Stop, puisqu'il faisait désormais partie de la famille.

Acte IV

Scène 1

Blanche se réveilla avec un compotier à la place du crâne. *Nous sommes le 26 février*, se souvint-elle péniblement. Mercredi 26 février, le mercredi des Cendres. Un jour blafard filtrait sous le rideau épais.

Elle repoussa son édredon pour laisser le froid réveiller son corps. La torture ayant fait son effet, elle se redressa, s'assit au bord du lit, contempla ses pieds qu'Alphonse lui massait, parfois. Alphonse qui rentrait demain et dont Blanche se languissait. Il était temps que les choses rentrent dans l'ordre, de se remettre à l'aménagement de l'appartement – pourvu qu'il rapporte la douche !

Blanche gagna la salle d'eau en chemise de nuit. Elle s'arrêta dans le couloir pour écouter les bruits pouvant provenir de l'atelier. Apparemment, sa protégée dormait encore. Elle en profita pour se débarbouiller et s'habilla en commençant par la ceinture Des Vertus qui ne la faisait pas se tenir plus droite qu'avant tout en pensant à la journée éprouvante de la veille passée en partie aux Petits-Champs.

Elle s'y était rendue en espérant ramener Berthe. Le soir du Mardi gras, une promenade sur les Boulevards s'imposait. Et

Blanche avait promis à sa mère qu'à dix heures elles seraient couchées dans le même lit après s'être souhaité de jolis rêves.

Berthe avait répondu non à l'invitation :

– Tu comprends, sœurette, demain, ce sera le premier jour du carême, le début de l'expiation de nos péchés. Dans quelques semaines, pourquoi pas ? Mais là, ce n'est vraiment pas possible.

Blanche força sur la poudre dentifrice et se frotta les dents avec rage. Elle avait l'impression d'être la seule à s'inquiéter du virage mystique pris par sa petite sœur. Si seulement son oncle avait été là ! Il aurait pu tenter de la remettre dans le droit chemin avec sa poigne habituelle. Mais cela faisait une éternité que Blanche ne l'avait vu. Elle ne se souvenait même plus quand.

Elle accrocha autour de son cou le doigt de corail qu'elle avait hérité d'Émilienne. Elle le portait quand elle ressentait le besoin de se rassurer. Elle remonta le couloir sans bruit, poussa la porte de l'atelier de dix centimètres – au-delà, elle grinçait –, risqua un œil dans la pièce sans volets ni rideaux baignée de lumière matinale. Camille dormait, les mains croisées sur son giron. Sa pâleur et son calme absolu évoquaient un gisant.

Blanche revint sur ses pas, prit son aumônière et sortit de l'appartement direction la boulangerie à côté du café Raimbault. Serrant le col de son manteau contre son cou car ce matin ça gelait, elle se remémora les circonstances dans lesquelles la blanchisseuse avait frappé à sa porte sur le coup de neuf heures hier au soir alors que Blanche Petit née Paichain maudissait les porteurs de cilices qui se rendaient autrefois pieds nus à l'église pour qu'on leur verse de pleins seaux de cendres sur la tête.

Camille traversait la Seine lorsqu'elle avait senti un homme la suivre, portant cape et haut-de-forme. Elle avait immédiatement pensé au Vampire et tenté de le semer en gagnant un quartier de Paris animé dans lequel elle aurait pu se fondre. L'homme gagnait du terrain et Camille ne s'était souvenue de Blanche qu'arrivée en bas de chez elle. Elle s'était précipitée sous la porte cochère, avait grimpé l'escalier, tambouriné à la porte en croyant sa dernière heure venue. Blanche avait mis plus d'un quart d'heure à la calmer et à la faire parler.

Après vérification, et rouleau à pâtisserie à la main, il n'y avait personne dans l'escalier. Blanche avait quand même fermé à double tour et quasi imposé à Camille de dormir chez elle. À Léo passé en coup de vent, elle avait juste eu le temps de laisser un message pour son oncle, introuvable, d'après son adjoint. C'était fort tard et autour d'un verre de liqueur de Mexico que Blanche avait affranchi Camille au sujet de la clinique de Passy et de tout ce que pouvait sous-entendre ce qu'elle y avait appris.

Elle remonta dans l'appartement avec un sachet de rôties. Elle comptait préparer un chocolat fort et chaud. Elle faillit lâcher son sac de surprise lorsque Camille surgit dans l'encadrement de la porte alors qu'elle s'apprêtait à entrer dans la cuisine.

– Déjà réveillée ? fit Blanche d'une voix mal assurée. Bien dormi ?

Elle jeta les rôties dans une assiette et posa la chocolatière

253

sur le fourneau qu'elle parvint à allumer après trois tentatives.

– Pas mal. Et toi ? demanda Camille.

Blanche ne se souvenait pas d'avoir usé du tutoiement hier soir. Mais elles avaient veillé tard... Camille s'assit et regarda Blanche confectionner le chocolat, les bras croisés, l'air vaguement ailleurs. Son ballot enrobé de papier et retenu par une ficelle était sur la table devant elle. Blanche ne savait pas ce qu'il contenait. Un vêtement, sans doute. Peut-être une commande qu'elle allait livrer lorsque le Vampire, ou une ombre inquiétante, avait mis ses pas dans les siens.

Blanche remplit deux tasses. Camille ne la remercia pas.

– C'est chaud, fit-elle en y trempant ses lèvres si rouges.

Blanche aurait préféré la voir ailleurs que dans sa cuisine, ailleurs que dans son appartement. Elle avait été un peu inconsciente d'offrir ainsi l'hospitalité à cette inconnue. Maintenant, le côté glacé de la blanchisseuse l'irritait. Elle avait hâte de la voir partir.

– J'ai réfléchi à ton idée d'usurpation de personnalité, lâcha Camille en croquant dans une rôtie pour en laisser la moitié sur la table. Franchement, j'y crois pas trop.

– Dans ce cas, comment expliquer la présence d'une Camille Mespel dans cette clinique ?

– On porterait le même nom. Et puis c'est tout.

– Il y a le chèque.

– La Poste s'est trompée.

– La Poste ne se trompe jamais. De toute façon, le chèque était bien destiné à la Camille de Passy. Alors ?

Alors, se dit tout à coup Blanche, une boule de glace se formant dans son ventre, cette blanchisseuse et la résidente libre pourraient être une seule et même personne ? Elle n'y avait pas pensé un seul instant. Mais pourquoi la résidente d'une clinique huppée de l'Ouest parisien se serait-elle amusée à se faire passer pour une blanchisseuse ? Par folie, fut la réponse.

Camille buvait son chocolat. Blanche l'observait. Créature de porcelaine dont on aurait, avec un peu d'imagination, pu entendre les rouages cliqueter. Aliénée en goguette ? Blanchisseuse victime d'une homonymie ? Victime ou bénéficiaire ? Car ce chèque, elle l'avait encaissé. Et s'il ne lui était pas destiné, elle devrait le rendre.

– J'aimerais que vous m'accompagniez à la Préfecture afin que je vous présente mon oncle, dit Blanche, insistant sur le *vous* pour remettre les choses à leur place.

– Le commissaire ?

Camille fit la moue. Elle reposa sa tasse, prit son paquet, le serra contre elle.

– Je ne vois pas ce qu'il pourra faire.

– L'Administration le paye pour tirer les affaires louches au clair.

Blanche frémit en voyant la mine boudeuse affichée par la blanchisseuse. C'était celle d'un enfant que l'on rabroue après qu'il a arraché les ailes d'une libellule, qui ne connaît pas la distance séparant le Bien du Mal ou qui fait semblant de ne pas la connaître.

– Il faut que j'y aille. (Camille se leva, son paquet entre les bras.) Je vous remercie pour votre hospitalité. (Blanche escorta Camille jusqu'à la porte d'entrée.) Loiseau, hein ? J'irai voir votre tonton. Promis, juré. Dès que j'aurai le temps.

Elle attrapa son châle, le noua sur sa tête à la façon d'une mantille et prit congé de Blanche qui referma la porte derrière elle. Le dos collé contre l'huis, celle-ci tentait de prendre une décision. Et vite.

La veille au soir, Camille était en danger. Ce matin, elle était *un* danger. De quelle nature, Blanche n'en savait rien. Mais elle ne pouvait la laisser se promener, ainsi, dans Paris. Elle devait au moins la suivre. Voir où elle se rendait. Puis faire son rapport à son oncle. Encore faudrait-il le trouver. Mais l'urgence n'était pas là.

Blanche enfila son manteau, dévala l'escalier et dérapa sur le trottoir. Le concierge, les mains sur son balai, observait le va-et-vient des voitures dans la rue des Saints-Pères.

– La blanchisseuse, par où est-elle partie ?

Du menton, le concierge indiqua la Seine vers laquelle Blanche se précipita. Elle ralentit le pas en voyant la silhouette de Camille qui atteignait le quai Malaquais. Blanche avait les cheveux noués sous son chapeau, les mains dans son manchon, le visage à moitié caché par le col de son manteau. Les rues étaient déjà actives mais pas encore embouteillées... Les conditions idéales pour une belle filature.

– Mon cher Émile-Joseph, permets-moi de te dire que tu es fumé.

Le commissaire déguisé en pompier qui l'avait précipité dans les abysses de l'Opéra Le Peletier observait l'ancien cordonnier, chef de claque et assassin à ses heures que l'on avait assis sur une chaise, au milieu de cette pièce nue à l'unique ouverture. Sans doute réservée aux récalcitrants dans son genre. Mais la bête humaine ne parlerait pas. *Ferme-la*, se répétait-elle. *Le « qui ne dit mot consent » ne fonctionne pas dans les affaires de justice. Ce qu'ils veulent, ce sont des aveux. Et tes aveux, ils se brosseront pour les avoir.*

Gaston, de son côté, étudiait le visage fermé de Vanthilo. Il connaissait ce type de canaille. Aussi résistante que de la carne. Lui donner des baffes ne ferait que rajouter une couche d'obstination sur sa couenne. Voilà pourquoi ils s'étaient installés dans la pièce ouvrant sur la cour minuscule, trois mètres en contrebas, ceinte de murs aveugles. La veuve enchantée était dressée. Il était près de neuf heures du matin. Tout était prêt pour rouler le compagnon de la Casquette noire dans la farine.

Léo, adossé contre un mur, attendait. On ne lui avait rien expliqué. Il ne savait pas ce qu'il y avait dans la cour. Sa réaction, sincère, appuierait celle du prévenu. Pour l'heure, il se tenait deux mètres derrière Vanthilo, pieds et poings liés à sa chaise. Avec son morceau de charpie autour du crâne et l'éclat de ses yeux fauves, même attaché il faisait réellement peur.

– L'Horloger, le môme Marin, Vareuse, Noiraud, Petit-Louis. Tous tes potes sont au frais. À la Roquette. Ils seront peut-être contents de te revoir ? Ce serait dommage de laisser une place libre, aux assises, dans deux mois... Remarque, ils seraient plus à leur aise. Et ils auraient l'occasion de te maudire.

Vanthilo fronça un sourcil avant de reprendre son expression de brute décervelée. Qu'est-ce que ce zigoto à écharpe tricolore comptait faire de lui s'il ne l'envoyait pas rejoindre le gang en compagnie duquel il avait semé la terreur pendant des semaines ? Il fixa le bout de ses souliers, ce qui n'empêcha pas Gaston de continuer.

– Finalement, ce serait gâcher le matériel que compléter la bande. Et pour le coup, je comprends que tu te taises. La salive est un bien précieux. Monsieur est économe. J'apprécie. C'est signe de civilité.

Vanthilo rota. Gaston accueillit cet exemple d'éducation déplorable par un soupir appuyé.

– En revanche, tu pourrais nous apprendre des choses sur une *autre* affaire.

Gaston fit le geste de mettre le terme entre guillemets. Seul Léo le vit. Vanthilo gardait les yeux sur ses chaussures.

– Une affaire concernant un certain cabinet. Celui des rats qui transformèrent Blanche-Neige en Rouge-Rose.

Gaston savait qu'il n'avait pas affaire à un idiot. Et il en eut la preuve : les yeux de Vanthilo se décalèrent brusquement sur la droite, puis la gauche, avant de revenir se fixer sur un point, juste au-dessus de ses chaussures. Il respirait plus silencieusement que jamais. S'il avait pu se glisser dans ce trou de souris, au milieu de la plinthe à tribord, le colosse n'aurait pas hésité une seule seconde.

– Bien. Je vois que je ne parle pas dans le vide. (Gaston se tourna vers la fenêtre, croisa les mains dans le dos.) Je compte jusqu'à dix et tu parles. Un, deux, trois...

Vanthilo, la surprise passée, avait repris du poil de la bête. Cette affaire ou une autre, quelle importance ? *Tais-toi*, se répétait-il. *Tais-toi et l'Enfer t'aidera.*

– ... dix. (Gaston pivota sur un pied, croisa les bras, ausculta son homme comme un médecin son patient.) Plus rétif qu'un Corse... (Vanthilo ne put s'empêcher de sourire au compliment.) Ou vraiment crétin. (Le sourire s'effaça.) Laisse-moi essayer un truc avant qu'on passe aux choses sérieuses.

Le policier perdait patience et il allait lui tanner le cuir. Vanthilo se prépara mentalement à la douleur tout en envisageant, à l'occasion, de mordre la main qui allait frapper. Mais Loiseau ne frappa pas. Il lui raconta une histoire drôle.

– C'est une histoire de Toto. Tiens, Toto, dit maman. Voici un gâteau. Partage-le chrétiennement avec ta sœur. Comment fait-on, maman, pour partager chrétiennement ? On offre la plus grande part à l'autre personne. Alors Toto tend le gâteau à sa petite sœur et lui dit : Partage, toi.

Léo, qui adorait ce genre d'histoire, éclata de rire. Il se calma vite en voyant Loiseau et Vanthilo s'affronter du regard. Vanthilo n'avait pas décrispé les mâchoires.

– Laisse-moi te montrer quelque chose qui te donnera le goût de parler à nouveau, lâcha Gaston en s'approchant de l'homme ligoté.

Léo, craignant qu'il n'en vienne aux mains, ce qui aurait été contraire au règlement, se prépara à intervenir. Mais Loiseau se contenta d'attraper la chaise par le dossier et de la tirer jusqu'à la fenêtre pour permettre à Vanthilo de voir ce qu'il y avait dans la cour. Léo suivit, bien sûr. Et ce qu'il vit le glaça d'horreur.

Un édifice de trois mètres de haut avait été dressé. Le bois était peint en rouge minium. Le tranchant était brillant. Une guillotine dans toute son écarlate splendeur. Léo se demanda comment on avait réussi à la monter dans un espace aussi exigu.

– Comme tu le sais ou l'ignores, nous avons changé de bourreau. Roques a repris la charge d'Heindreicht. Malheureusement, Roques n'est pas encore tout à fait au point dans l'art du ligot. Heindreicht te saucissonnait ça avec des lanières façon lacets. Une pour attacher les poignets derrière le dos. Une autre pour ramener les coudes du patient à l'aplomb des poignets et l'obliger à bomber le torse en avant. Il ficelait son homme en moins de deux. Enfin, l'homme... Ce pouvait être une femme. C'en est une, d'ailleurs, qui doit nous faire une démonstration dans quelques instants.

On allait guillotiner une femme dans cette cour sordide ? comprit Léo. Aucune exécution n'était prévue avant un mois. Et elles exigeaient un cérémonial précis... Vanthilo, mal à l'aise, sentait le jeune policier s'agiter derrière lui. Sa transpiration aigre chatouillait les narines de Loiseau : l'odeur de la peur. La veuve enchantée allait, une fois de plus, accomplir un miracle.

– Roques préfère la corde au lacet. Son argument est simple. À Paris, les choses se déroulent assez rapidement. Vingt-cinq minutes, c'est le temps qu'il faut pour la toilette d'un condamné. En province, c'est une autre affaire. Le condamné est avisé la veille au soir, il a le temps de ruminer son sort, il devient souvent fou furieux quand on vient le chercher. Il n'y a qu'une technique pour en être maître : le lazzo, qui contraint bras et jambes. Alors le bourreau peut dire à son client – Gaston posa les mains sur les épaules de Vanthilo : tu m'appartiens.

Le chronométrage était impeccable car la porte noire qui donnait sur la cour et touchait presque à la plate-forme s'ouvrit à ce moment précis, laissant apparaître un homme en redingote noire, le visage caché par un haut-de-forme, tenant une jeune femme par le coude. Il était obligé de la traîner presque. Car les membres de la femme avaient été entravés par une corde qui lui rentrait dans les chairs.

– Que signifie ? lâcha Léo.

Vanthilo grogna du grognement d'un homme empêtré dans les tentacules du cauchemar et qui n'arrive pas à se réveiller.

– Il est de tradition que tout nouveau Monsieur de Paris puisse se faire la main. Pour cela, la Préfecture lui offre des condamnés à mort qui n'intéressent plus personne. Celle-là, par exemple. Elle a été jugée pour le meurtre de son mari il y a près de huit mois. Elle était enceinte au moment des faits. Et l'article 27 du Code pénal ne prévoit d'exécuter une femme grosse qu'après sa délivrance.

Le bourreau avait, d'un geste, allongé la malheureuse sur la planche de bois. Les spectateurs retenaient leurs souffles. Gaston attrapa Vanthilo par la nuque, pour le forcer à regarder. Il lui glissa à l'oreille :

– Si tu ne parles pas, tu seras le prochain à tester la machine.

Il y eut trois claquements secs. Lorsque la planche se rabattit. Lorsque le collier de bois emprisonna le cou de la femme. Lorsque la lame, après deux secondes de chute, lui coupa la tête qui roula dans le panier. Une gerbe de sang inonda la plate-forme. Le bourreau recula pour ne pas être aspergé. Léo se retint de vomir. Vanthilo tremblait comme une feuille. *Il est mûr*, se dit Gaston, en jetant un coup d'œil inquiet à son adjoint.

Pour l'heure, Léo le haïssait. Il haïssait la police française. Il haïssait ce corps auquel il avait donné sa vie. Il sortit du bureau en faisant claquer la porte derrière lui. Claude le réceptionnerait dans le couloir et lui expliquerait le stratagème. Son départ précipité enfonça le clou dans la croix de Vanthilo qui voyait disparaître son seul soutien. Gaston l'attrapa par le menton et lui répéta, nez contre nez :

261

– Tu parles ou tu embrasses la veuve.

– Je peux tout vous dire sur les Casquettes noires !!! hurla Vanthilo.

– Je me fiche de celles-là. Je veux que tu me parles de ton autre casquette, dans la loge infernale.

Vanthilo vida son sac, prenant à peine le temps de respirer :

– Je faisais le veilleur quand ils amenaient quelqu'un à l'Opéra.

– La dernière fois que tu les as vus.

– Bismarck allait assiéger Paris. (Il déglutit avec difficulté.) Ils sont arrivés avec cette gamine. Elle n'avait pas quinze ans.

Gaston produisit le portrait qui avait été tiré de la photographie du docteur Blanche et diffusé dans les quatre-vingts commissariats de la capitale.

– Celle-là, confirma Vanthilo. Ils l'ont emmenée dans leur loge. Je l'ai vue repartir deux heures plus tard. Elle n'est jamais revenue.

Gaston imagina sans peine les monstres enfermant leur proie dans la caverne d'ors et de velours. Et les appels à l'aide qui avaient dû s'en échapper.

– Le nom des rats.

– Me... Me souviens plus.

Gaston lui rafraîchit la mémoire, en les citant dans l'ordre choisi par Camille pour les éliminer.

– Saint-Auban. Gabriel. Vireloque.

– Coquille, Troisétoiles et Minos, compléta Vanthilo. Minos, c'était le chef.

– Tu les reconnaîtrais ?

– Je n'oublie jamais un visage.

Gaston attrapa la chaise par le dossier et la tira jusqu'à la porte. Dans le couloir, un peu plus loin, Claude essayait de calmer un Léo furieux qu'on ne l'ait pas mis au parfum. De loin, le commissaire leur fit signe. Quatre plantons décrochèrent Vanthilo de sa chaise pour l'escorter dans une cellule spéciale du Dépôt. Ils auraient pu être deux. Le colosse était doux comme Isaac après le simulacre de sacrifice que son père lui avait fait subir.

Claude ferma la porte du réduit sur eux. Loiseau ouvrit la fenêtre pour évacuer les odeurs animales. En bas, la tête de la femme avait été recollée sur son buste. La lame avait été remontée. Seule la flaque rouge tachait encore le pavé et l'échafaud. Elle serait lavée à grande eau.

– La veuve a encore fait des merveilles, constata le chef de la Sûreté. Je viens de parler avec son inventeur d'ailleurs.

– L'enchanteur ? releva Gaston.

– L'inaction lui pèse. Il aimerait transmettre son savoir à l'un des nôtres. Nous apprendre le grec, comme il dit. J'ai pensé à vous. L'expérience vous tenterait-elle ? Vous me répondrez plus tard. Ne nous dispersons pas. (Claude se frotta les mains.) Que Vanthilo vous a-t-il dit ?

Loiseau répéta le peu que le chef de claque avait lâché sur les rats, Blanche-Neige et Minos tout en piochant dans une boîte de dragées à l'huile de foie de morue. Les agapes de la veille et la courte nuit avaient quelque peu déréglé son système intestinal.

– Non, merci, fit Claude lorsque Gaston lui tendit la boîte.

Léo, dans son coin, affichait une expression hostile. Gaston ne lui proposa pas de dragée.

– Parfait, reprit le patron. Avec le chef de claque, nous avons le témoin idéal.

– Sûr. Bizet comme la Bernhardt auraient hésité à déposer à la barre.

– Ils auraient carrément refusé de parler, vous voulez dire ! Les choses rentrent dans l'ordre. Et *Le Figaro* n'a pas parlé du mort accroché à sa façade.

– Cavendish a raté un beau papier. N'empêche, tant que cette folle ne sera pas sous les verrous, les rats survivants ne seront pas en sécurité.

Chacun de se plonger dans un abîme de réflexions. Fallait-il s'immiscer dans ce qui ressemblait à un règlement de comptes plutôt fondé du côté de la victime ? Tant qu'elle troublait l'ordre public, oui. Et avec sa manie de mettre ses cadavres en scène...

Léo sortit enfin de son silence.

– Pour vous, Minos ne peut pas être notre Vampire ?

– Et il vendrait du coco, hein ? grinça le chef de la Sûreté. Plus sérieusement, le mort du *Figaro* a été identifié ?

– Oui, répondit Gaston. C'était un négociant de la halle aux vins. On le connaissait sous plusieurs noms, dont celui de Coquille. Il portait son cruciforme sur l'omoplate.

Gaston imagina sans peine Camille gravant cette marque sanglante dans la loge numéro 1 de l'Opéra Le Peletier.

– Et du côté de Passy ?

– La fille Mespel n'est pas rentrée à la clinique de la nuit. Si elle avait dormi dans un garni, on l'aurait su au petit matin.

– Restent les ponts et les églises.

– Nous la coincerons dans la journée, affirma Gaston, sûr de lui.

– La mairie de Suresnes nous a envoyé ce qu'ils avaient sur elle, embraya Léo. Née en 53. Rosière en 69. Sa mère est morte pendant le siège. Un obus prussien qui a dévasté sa maison. Elle n'a plus de famille, ni frère ni sœur. Mais elle a effectivement hérité d'un pactole à l'âge de quinze ans.

Gaston attrapa une seconde dragée. Il commençait à la sucer lorsqu'on frappa violemment à la porte.

– Entrez ! tonna Claude.

Un inspecteur apparut, de la septième brigade, crut se souvenir Gaston. Depuis la veille au soir, c'était toute la Préfecture qui chauffait pour alpaguer Camille.

– On en tient un !

– Un quoi ? fit Claude.

– Un rat ! On l'a arrêté sur les boulevards pour propos séditieux. Il est à l'infirmerie du Dépôt.

– Qu'est-ce qui vous permet d'affirmer que c'en est un ? insista Gaston, défait de se voir voler la vedette.

– Le drôle a une cicatrice en forme de croix en plein milieu du front. Une vraie cible humaine. On nous a tout de suite prévenus quand on a vu ça.

Oubliant que Claude était à ses côtés, Gaston se précipita dans le couloir, direction le quai de l'Horloge et l'infirmerie. Le patron de la Sûreté suivait sans prendre cette attitude fougueuse pour un affront personnel. Elle faisait la force de son commissaire. Quant à Léo, profitant du mouvement de tempête, il se maintint au niveau de Gaston pour lui glisser :

– Vous auriez pu m'avertir que cette guillotine était un leurre.

– Vous auriez eu une réaction moins sincère.

– Ne me refaites jamais une chose pareille, menaça Léo.

Menace que Gaston, par son silence, prit au sérieux. Ils

sautèrent d'un couloir à un autre, les employés de la Préfecture se collant contre les murs à leur passage.

– Cet enchanteur dont parlait le patron, qui est-il ?

Cela, Gaston ne pouvait le dire. Et ce fut fort opportunément que la nouvelle mascotte de la Préfecture vint en trottinant à sa rencontre.

– Stop ! Toujours là au bon moment, hein ? Tu veux voir un rat de soixante kilos ? (Le chien aboya une fois, ce qui voulait dire oui.) Alors suis-nous.

Gaston adressa un coup d'œil à Claude qui arrivait seulement. Le patron lui signifia, de loin, de ne pas perdre une seule seconde. Loiseau et Léo reprirent leur périple au pas de charge vers l'infirmerie de la Préfecture.

Acte IV

Scène 2

L'allure constante de Camille était fascinante. Elle ne ralentissait ni n'accélérait. Elle traversait les rues sans se soucier de la circulation, allant au plus court. Blanche suivait à un rythme plus chaotique, la perdant parfois de vue, courant de ci, se cachant de là. Heureusement, Camille ne se retournait jamais.

Elles traversèrent la Seine, les Halles, le boulevard de Sébastopol. Dix heures sonnaient à la mairie du IIIe lorsque Camille s'engagea dans le carreau du Temple. Blanche, dissimulée derrière une fontaine Wallace, marqua un temps d'hésitation.

Elle n'avait jamais visité le marché aux vêtements dont l'architecture de fonte avait été copiée sur celle des Halles. Mais elle en avait entendu pis que pendre par sa mère. Le Temple était un repaire de voleurs, de malandrins, de vendeuses, de râleuses, disait-on, qui voulaient vous fourguer du coton mouliné pour du premier choix. La lingerie s'achetait dans les Grands Magasins. Et neuve. Porter de la seconde main ? Un non-sens, question hygiène.

En effet, ça grouillait là-dedans. Et Blanche risquait de perdre Camille plus sûrement que dans une gare à l'heure de pointe. Elle quitta sa cachette et pénétra dans le carreau, portant immédiatement les mains à ses oreilles, assaillie par les vendeurs et clients s'interpellant et les cris renvoyés par les verrières. Blanche repéra Camille qui grimpait à l'étage par un escalier métallique.

— Matelas ! Articles de voyage ! Lingerie ! Layette !

— Rubans ! Châles ! Nouveautés !!!

Le rez-de-chaussée rassemblait les boutiques vendant le neuf soldé, l'occasion étant réservée à l'étage. Le neuf ou le faux ? Une râleuse s'interposa entre Blanche et l'escalier, une poignée de colliers en strass à la main, tentant de les faire briller de mille feux. Blanche écarta le miroir aux alouettes d'un coup de patte et s'engagea dans l'escalier. On l'arrêta à un guichet. C'était cinq centimes pour monter. Blanche fouilla son aumônière, constata que, dans sa précipitation, elle avait omis de l'alourdir en espèces sonnantes, dénicha une pièce de cinq. Le guichetier lui permit de faire son premier pas sur le parquet de la bourse à la défroque.

— Vêtements de rebuts ! Coupons d'étoffes !

— On répare les bottines éculées ! On rajeunit les vieilles savates ! On vous laisse les chaussures immondes !

— Bibelotez vos frusques ! Bibelotez vos frusques !

— Combien pour votre décrochez-moi-ça ?

Blanche mit un moment avant de comprendre qu'on s'adressait à elle. Une élégante fixait son chapeau avec, apparemment, l'intention de l'acheter.

— J'ai une cliente qu'en cherche un tout pareil. Je vous en donne deux francs.

Un chapeau acheté vingt francs galerie Vivienne ? Pour qui elle se prenait, celle-là ? pensa Blanche. Elle ravala sa colère en voyant Camille, derrière l'impolie, tendre le contenu de son sac à une vendeuse de frusques en tas. Blanche profita du bouclier humain pour observer la scène à loisir.

– Deux francs, c'est peut-être pas assez. Je veux bien monter jusqu'à trois. Mais pas au-delà.

Camille avait sorti un jupon de son sac. Un jupon orné d'une large éclaboussure sombre. L'acheteuse rechignait et divisait son prix. Camille, dont le profil restait de marbre, acquiesça. Elle récupéra une pièce de cent sous avant de reprendre le chemin de la sortie.

– Trois francs, c'est un bon prix. Je pourrais en avoir un pareil pour moins cher !

Blanche passa derrière l'insistante sans prendre la peine de lui répondre et fondit sur celle qui venait de faire affaire avec Camille.

– Combien pour... pour ça ?

À ses yeux, le « ça » désignait davantage qu'un jupon ensanglanté. C'était une pièce à conviction, un indice dont la blanchisseuse s'était débarrassée. Dans cet état, le jupon ne valait rien. La vendeuse, voyant la détermination de cette blondinette à peine entrée dans l'âge adulte, en exigea trois francs. Blanche se traita d'idiote en comptant quarante centimes dans son aumônière.

Il fallait faire vite, Camille descendait déjà l'escalier. Blanche n'essaya pas de marchander. Elle courut sur celle qui voulait lui acheter son chapeau, le lui colla presque dans les mains.

– Il est à vous, fit-elle, haletante.

L'acheteuse contempla l'objet comme s'il était tombé du

plafond, la bourgeoise décoiffée qui se tordait les doigts dans l'attente d'une réponse, sa taille de guêpe.

– Au final, la gonzesse est nib de braise ?

– Pardon ?

– Elle a pas de thune. Elle est fauchée comme les blés, sans le sou, traduisit l'impolie, les mains sur les hanches. Vous en toucheriez plus au mont-de-piété.

– Pas le temps, rétorqua Blanche. Vous le prenez oui ou non ?

– Pour trois francs, je prends le chapeau et la ceinture.

– Hein ?

– C'est une Des Vertus, non ? Ceinture plus chapeau égalent trois francs. À prendre ou à laisser. Si vous voulez vous changer, ce vestiaire – elle désigna un rideau crasseux tiré contre la paroi – est à moi.

Camille était partie. Blanche se cacha derrière le rideau et défit sa ceinture en un tournemain pour la coller sur son chapeau – bon débarras ! – et récupérer les trois francs qu'elle courut donner à la fripière. Elle fourra elle-même le jupon dans un sac et fonça vers l'escalier. D'en haut, elle vit Camille sortir du carreau par la porte ouest. Elle dévala l'escalier et traversa la foule en courant. Pas assez vite. Dehors, il n'y avait plus de Camille.

– Flûte !

Si la blanchisseuse était sortie de ce côté de la bourse aux vêtements, c'est qu'elle comptait se diriger plus ou moins vers la rue Saint-Martin. Blanche courut dans cette direction. Elle déboula dans la rue animée, regarda de droite et de gauche, vit Camille, cinquante mètres plus haut, grimper dans un omnibus de la ligne L. L'omnibus repartait déjà pour passer sous la porte Saint-Martin.

C'était fichu. À moins de prendre une voiture. Mais avec ce qu'elle avait en poche ! Et s'il fallait attendre le prochain omnibus...

Qui s'arrêta juste à côté d'elle. Un autre L, miraculeusement vide. Par quelque loi physique encore inconnue, il suivait de près l'omnibus précédent et le talonnerait ainsi jusqu'au terminus. Blanche donna trente centimes au contrôleur pour une banquette à l'avant.

Les cheveux défaits, les mains crispées sur son sac, elle garda les yeux sur la lanterne rouge qu'ils suivirent le long des rues du Faubourg-Saint-Martin et de la rue de Flandres. À l'approche du pont, Blanche craignit que Camille ne descende de son omnibus pour prendre le chemin de fer de ceinture. Nib de braise, comme avait dit son arnaqueuse... Elle ne pourrait acheter de ticket de correspondance. Camille ne descendit pas à cette station mais à la suivante, devant le portail d'entrée des abattoirs de la Villette.

Blanche descendit de son omnibus alors que Camille franchissait la grille des abattoirs. La blanchisseuse se dirigeait vers un attroupement, une queue humaine, en fait, dans laquelle elle s'installa.

Blanche remonta le trottoir de l'autre côté de la grille en s'assurant que Camille ne pouvait la voir. Qu'attendaient donc ces gens ? Des femmes pour la plupart et de toutes conditions – on voyait des équipages à grandes guides attendre un peu plus loin. La file avançait lentement. Mais les choses s'éclaircirent au bout de dix minutes. Les mugissements renseignèrent

Blanche. Ainsi que l'odeur qui lui fit coller un mouchoir contre son nez.

Elle vit la blanchisseuse donner une pièce au commissionnaire qui venait d'égorger un bœuf aux yeux exorbités. L'homme remplit une chope au cou de la bête avant de la tendre à Camille qui la but d'un trait et s'essuya les lèvres du revers de la main, y laissant une traînée carmin.

Blanche s'accroupit contre le muret lorsque Camille rebroussa chemin. Elle traversa la rue de Flandres et s'enfuit par la tangente, plein sud, contournant le nouveau parc des Buttes-Chaumont par le bas. Elle se disait, marchant vite : *Camille a simplement taché son jupon à la guinguette des buveurs de sang de la Villette.* Elle aurait pu abandonner son sac contre un mur. Et pourtant, elle ne le lâchait pas.

Ce sang, était-ce celui d'un animal ou d'un être humain ?

Elle comptait revenir aux Saints-Pères avec son trophée afin de l'étudier. En attendant, ses pas l'avaient portée dans la rue des Cascades.

Blanche reconnut l'alignement de bicoques aux façades ornées de glycines.

Émilienne n'avait pas redonné signe de vie. Il ne s'agissait pas de venir lui faire signer une reconnaissance de dette – Blanche se maudit d'y avoir pensé – mais de prendre des nouvelles. Ce qu'elle aurait dû faire plus tôt, d'ailleurs.

Elle entra dans la maison, grimpa au second, frappa à la porte. Evgueni lui ouvrit. Son visage fermé, aux traits tirés, acheva de la troubler.

– Bonjour. Émilienne est là ?

Le Russe resta dans l'appartement, la main sur la porte.

– Elle est sortie faire une course.

– C'est vrai que tu travailles la nuit, se rappela Blanche. Je t'ai réveillé.

Mais il avait ouvert trop vite. Et il était habillé de pied en cap. Et les bottines d'Émilienne étaient visibles sur le plancher.

– Oui. Le boulot est difficile. Excuse-moi si je ne te laisse pas entrer.

– Bien sûr. Salue-la pour moi. Et dis-lui que je repasserai.

Evgueni referma la porte sur une Blanche désemparée, une Blanche qui descendit l'escalier en manquant de rater une marche. Elle s'arrêta sous les fenêtres d'Émilienne. Les reflets ne laissaient rien voir de l'intérieur. Elle s'éloigna le dos voûté et se lança dans la longue marche qui la ramènerait aux Saints-Pères.

Émilienne ne pouvait être malade. C'était une force de la nature et on ne l'avait jamais vue attraper pire qu'un rhume. Que lui arrivait-il ? L'ancienne communarde était-elle, une fois de plus, dans le pétrin ? Et si elle avait simplement décidé de couper les ponts avec sa vieille copine de la rue des Petits-Champs ? Elle était venue lui emprunter de l'argent, puis adieu la bourgeoise !

C'est l'âme en charpie et les pieds en compote que Blanche poussa la porte de son appartement. Mais elle avait la tête sur les épaules. On ne bâtit rien sur des suppositions. Elle retournerait la voir. Et, cette fois, Evgueni la laisserait entrer.

Blanche sortit le jupon de son sac pour l'étaler sur l'établi dans l'atelier. Le sang avait recouvert une inscription à l'encre, la rendant illisible. L'enquêtrice attrapa son *Manuel complet de médecine légale*, un achat récent, en consulta l'index.

Une section disait comment distinguer le sang humain du sang animal, en créant une poudre d'interposition. Blanche lut l'article avec soin. Il lui fallait du bicarbonate, du sulfate de cuivre, du papier buvard, une assiette de porcelaine... Et plus de trois jours pour que l'opération soit concluante.

Blanche voulait finir avant le retour d'Alphonse. Et il y avait cette inscription qu'il fallait, avant toute chose, faire apparaître. Elle troqua son ouvrage de médecine légale contre celui d'économie domestique, apprit le moyen de nettoyer un linge souillé de sang. Avec de l'eau de Javel. Elle n'en avait pas. Elle alla en chercher chez le droguiste du coin.

Ils étaient trois – Claude, Léo et Loiseau – à se tenir face à Troisétoiles – son passeport était à ce nom – engoncé dans son gilet à rayures. Troisétoiles était poitrinaire, tuberculeux, leur avait précisé le toubib avant de les laisser. Ce qui n'arrangeait pas les policiers. Un homme proche de la fin est naturellement moins enclin à parler. De fait, il s'obstinait à se taire comme Vanthilo une heure plus tôt.

Claude s'approcha du bonhomme, attrapa délicatement la violette napoléonienne accrochée au revers de sa veste, la froissa dans son poing avant de la jeter par terre. Il fouilla les poches intérieures de Troisétoiles, en sortit un jeu de photographies de la famille impériale. Interdites.

Stop, assis dans un coin, le regardait faire, la tête de côté, l'oreille gauche dressée.

– Vous voudriez être envoyé au violon, vous ne vous y prendriez pas autrement.

Troisétoiles ne savait quoi penser de ce policier. Aussi

donna-t-il un peu plus de relief à son personnage en s'écriant, bras dressé, poing fermé :

– Vive Napoléon IV ! Mort à Thiers ! Le tyran tombera !

Stop gronda. Gaston lui caressa le crâne pour le calmer. Le chien frémissait de haine en fixant le rat acculé sur sa chaise. Claude observa la réaction de l'animal, le provocateur assis en face de lui. Il se frotta l'arête du nez avant de reprendre :

– Vous n'échapperez pas au Vampire avec une méthode aussi grossière.

La mention de l'ennemi figea Troisétoiles de terreur. Il ne réagit pas lorsque Claude écarta les accroche-cœurs qui cachaient son front comme un rideau de fantaisie. La balafre en forme de croix de Saint-André apparut. La poitrine de Trois-étoiles se souleva.

Chacun s'écarta quand une toux rauque lui déchira les poumons. Il sortit un mouchoir et y cracha une bile spumescente teintée de rouge. Puis il posa sur les policiers un regard épuisé.

– Que voulez-vous ?

– Celle qui vous tue l'un après l'autre.

Troisétoiles eut un ricanement de hyène.

– Vous pensez qu'elle m'aura avant elle ? (Il cracha un glaviot purpurin entre les pieds du chef de la Sûreté.) Qu'elle vienne. Je saurai lui rendre la monnaie de sa pièce.

Personne ne savait s'il parlait de la mort ou de Camille.

– Si vous ne nous aidez pas, vous serez le cinquième sur la liste.

– Le cinquième ?

– Elle a eu Coquille.

Cette révélation arracha une grimace à l'ancien sociétaire de la loge infernale.

– Ne restent donc que Minos et moi, compta Troisétoiles, pathétique.

Les policiers ne s'attardèrent pas à lui demander comment il avait eu vent du massacre. Il suffisait de lire *Le Figaro* et de connaître les noms complets pour les relier aux initiales. Mais l'autre se taisait. Et ils n'avaient pas que ça à faire. Aussi Claude mit-il les poings sur les *i*.

– Nous savons qu'elle s'appelle Camille. Camille Mespel. Qu'elle fut rosière. Que tout a commencé lorsque vous lui avez fait subir les derniers outrages une nuit d'hiver 1870.

– Les derniers outrages ? Qu'est-ce que vous me chantez ? La donzelle était jeune mais consentante. Nous étions des agneaux, à côté d'elle. Et je garde, comme vous pouvez le voir, un souvenir cuisant de notre rencontre. (Il remit ses accroche-cœurs en place.) J'aurais aimé ne plus avoir à entendre parler de cette furie. Ce n'est pas comme Minos. Il avait trouvé sa Proserpine. Pauvre fou.

Camille n'était donc pas une frêle créature emportée dans une spirale vengeresse ? Voilà qui remettait pas mal de choses en question. Et Troisétoiles parlait avec les accents de la sincérité, proximité – une fois de plus – avec l'autre monde oblige.

– Où est Minos ? lança Gaston.

– Parti en Afrique avant que Paris ne soit bloqué. Je ne l'ai pas revu depuis.

Une nouvelle quinte de toux menaça. Le tuberculeux parvint à la contraindre.

– Et serait-il à Paris que ça ne changerait rien à rien.

Ses yeux sautèrent d'un policier à l'autre. Ils riaient.

– Elle vous donne du fil à retordre, hein ? Attrapez-la et je témoignerai contre elle avec grand plaisir. Et je dirai toute la vérité, rien que la vérité. Je le jure. (Il se retint de cracher en voyant la mine de Claude.) Sinon, je ne vois pas comment je peux vous aider.

Il croisa les bras en attendant que ça passe. Claude fixa ses deux assistants, l'air un peu perdu. En effet, que pouvaient-ils faire ? Ils n'allaient pas l'accrocher à la fontaine du Palmier en attendant de voir si la chèvre, en bêlant ou en toussant, attirait le Vampire ? Quoique. Avec ce sang qui lui remplissait les poumons...

Un gardien de la paix intervint pour glisser quelques mots à l'oreille de Claude dont la mine s'illumina d'un coup. Il partagea l'information avec les deux policiers. Tous sortirent vivement de la pièce. Claude revint seul pour lâcher le morceau avec une joie évidente :

- Camille a été repérée par un vendeur de tickets. Elle sera ce soir au bal des rosières, au Château-des-Fleurs.

Troisétoiles ferma à demi les paupières, se demandant de quel côté le coup allait venir mais s'y attendant, quoi qu'il advienne.

– Formidable, commenta-t-il. Désormais, je suis sauvé d'un côté et condamné de l'autre. Vous n'aurez aucun problème pour la serrer.

– Ce ne sera pas aussi simple. Il y aura foule. Et il nous faudrait un beau petit flagrant délit. Ça nous ferait gagner du temps.

Comprenant quel rôle Claude voulait lui voir tenir, Troisétoiles se leva.

– Jamais ! Vous m'entendez ? Jamais je ne ferai l'appât !
Plutôt mourir !!!

– Justement, j'y viens, continua Claude, sarcastique. Il y a
plusieurs façons de mourir. Dans quelques semaines, au
terme de votre maladie. Ce soir, vidé de votre sang. Ou pas
plus tard que dans une heure.

Claude prit son prisonnier par le bras avec une telle poigne
que l'idée de fuir ne l'effleura pas. Il le fit sortir de l'infirmerie, direction la cour aveugle et son bureau témoin, de l'autre
côté de la Préfecture.

– J'ai quelque chose à vous montrer qui vous fera changer
d'avis. Fous sont les résolus, n'est-ce pas ? Au fait ! (Claude
prenait un plaisir évident à sentir la détermination de Troisétoiles se déliter sous ses doigts.) L'épouse de Minos n'était
pas Proserpine, mais Pasiphaé. Celle qui s'accoupla avec le
taureau de Crète pour enfanter le Minotaure.

Troisétoiles n'en était plus à un détail près. Il se savait
remonter le couloir du condamné. Et il n'y avait personne
pour le sauver.

Blanche avait fait tremper le jupon dans quatre litres d'eau
mêlés de deux cuillers d'alcali – de la soude – et d'un verre
d'eau de Javel qui avait le pouvoir de tout détacher, même les
crimes les plus odieux des consciences les plus noires, avait
plaisanté le droguiste avec une mimique inquiétante. Elle
attendait depuis bientôt une heure que la tache veuille bien
lui laisser lire l'inscription. Il ne se passait rien. Il était encore
trop tôt. Elle piaffait d'impatience.

Elle décida de laisser le jupon baigner encore un peu dans
sa solution révélatrice et de redonner à l'appartement un
semblant d'ordre. Elle se consacra donc aux gestes de la

ménagère – retirer les cendres des salamandres, refaire le lit, ranger la vaisselle, épousseter – en allant régulièrement jeter un coup d'œil à son chiffon, histoire de voir si l'inscription apparaissait enfin.

– Aux grands maux... fit-elle en vidant la bouteille d'eau de Javel dans la bassine.

Elle se dépêcha d'ouvrir la fenêtre car les émanations lui piquèrent les yeux. Elle retira le jupon de la bassine, l'essora en respirant par la bouche, l'étala sur l'établi. Le sang, rongé par l'agent chimique, disparaissait, laissant voir l'inscription. Mais la Javel la rongea aussi vite et Blanche n'eut que quelques secondes pour lire :

Cl Dr Bl r Berton 17

Puis le jupon redevint aussi immaculé que la toge de Lucifer avant qu'il ne chute.

Blanche se dépêcha de noter l'inscription dans son carnet d'enquêtrice, toujours ouvert – il faudrait le cacher avant le retour d'Alphonse –, et se tint assise, à son bureau, à se masser les tempes. Elle écrivit :

Clinique docteur Blanche rue Berton 17

Le jupon de Camille appartenait à l'asile du XVIe arrondissement.

Donc : la blanchisseuse et la résidente libre ne faisaient qu'une. Ou alors...

Blanche blêmit en voyant l'autre explication s'échafauder petit à petit dans son esprit.

Ou alors il y avait eu deux Camille, comme elle l'avait d'abord soupçonné : l'héritière et la blanchisseuse à qui le chèque avait été adressé par erreur. Et l'une avait pris la place de l'autre. Violemment, vu le sang. Et Blanche avait mis la meurtrière sur la piste de Passy !

Elle serra les poings. Il fallait absolument qu'elle voie son oncle. Mais sa détermination fit long feu lorsqu'elle pensa au jupon immaculé. Elle venait de détruire l'évidence.

Qu'est-ce que j'ai fait ? se demanda la jeune femme en se prenant la tête entre les mains.

Les coups de poing contre la porte de l'appartement, pourtant discrets, la firent sursauter depuis l'atelier. Elle n'attendait personne. Elle se leva, remonta le couloir – on frappa à nouveau –, s'arrêta à deux mètres de la porte.

– Qui est là ?

Pas de réponse. La porte n'avait ni judas ni verrou de sécurité. Et si c'était Camille ? Blanche alla chercher un rouleau à pâtisserie. Elle entrouvrit le battant de quelques centimètres. Les favoris blonds, les lunettes ovales et le nez camus de Balathier de Bragelonne apparurent dans l'entrebâillement.

– Ce n'est que vous, soupira-t-elle en cachant son rouleau derrière son dos.

– Ce n'est que moi, convint l'homme de lettres avec le sourire incrédule du demi-dieu que l'on outrage.

– Qu'est-ce que vous voulez ?

– Je vous dérange ?

– Non, non. Allez-y.

– J'ai une proposition honnête à vous faire.

Blanche se remémora leur précédente rencontre, la façon dont le compilateur avait sorti l'historique de Camille de ses fichiers, la faveur qu'il avait sollicitée. Ce n'était ni l'heure ni le moment. Profitant de ce que Blanche cherchait ses arguments, Bragelonne avança les siens :

– Je suis invité à une soirée un peu particulière, ce soir. Au Château-des-Fleurs. Devant les Tuileries. Une soirée déguisée.

Blanche rougit. La veille du retour de son mari, voilà qu'il voulait l'inviter dans une soirée déguisée ! Il ne manquait pas d'audace ! Mais elle triait ses mots avec tant de soin que le rédacteur en chef du *Voleur* continua :

– J'ai pensé qu'il vous agréerait de m'accompagner. Non pour flatter mon humble personne, mais parce qu'il s'agit du raout des rosières, de leur rassemblement annuel. C'est leur sabbat, en quelque sorte. (Il éclaira les lumières de son abonnée qui, perdue, clignait des yeux comme une chouette.) Cette blanchisseuse qui vous intriguait tant, elle y sera sûrement.

Blanche tenta de dissimuler le sourire qui envahissait son visage. Et il y aurait des policiers, comme dans tout bal. Il lui suffirait de repérer Camille et de la désigner aux cerbères... Bragelonne, qui attendait une réponse explicite, se permit de demander :

– Vous dites oui ?

– À quelle heure passerez-vous me prendre ?

– Eh bien, euh, vingt et une heures me semble adéquat.

– Je serai prête.

Blanche referma la porte au nez de Bragelonne. Une soirée costumée, pensa-t-elle. En quoi allait-elle se déguiser ?

Elle se rendit dans la salle d'eau, attrapa une fiole d'eau

281

claire, s'en colla quelques gouttes derrière les oreilles. De l'eau de Lourdes rapportée par Madeleine du sanctuaire.

– Les infidèles aussi ont leurs gris-gris, convint Blanche en se frottant le bout du nez.

Qu'elle aurait bien troqué contre un nez à la Roxelane. Car personne, ce soir, pas même Alphonse s'il avait été là, ne devrait la reconnaître.

Acte IV

Scène 3

– Il y aurait un traité à écrire sur les roses et Paris. Tenez, à la fin du règne de Louis XIV, les pairs de France et princes du sang en faisaient présent au Parlement. On appelait cela la baillée des roses. Joséphine en était folle. À la Malmaison, elle en fit acclimater de Belgique, de Hollande et d'Angleterre. Anne d'Autriche, elle, les détestait et fut forcée de quitter le territoire.

Le suisse qui contrôlait les entrées du Château-des-Fleurs les laissa pénétrer dans le parterre de lumières où se croisaient déjà une bonne tripotée d'invités.

– La rose est l'ornement idéal de tout destin tragique, continua Bragelonne. Prenez l'histoire de Rosette, que j'ai eu l'honneur de raconter à mes lecteurs. Jeune fille de la campagne, exempte de tout vice, elle vint à passer devant une haie où s'épanouissait un magnifique rosier. En arracha une tige. Fut prise sur le fait par un gendarme. Verbalisée, montrée du doigt, Rosette monte à Paris pour s'y perdre. Jeune femme sans protection n'ayant d'autre atout que ses charmes, elle fait comme tant d'autres avant elle. Avec succès dans un premier temps. Et notre Rosette de se rebaptiser Mme de Saint-Rose. Mais ce genre de succès n'a qu'un temps. Et la beauté se fane. On la délaisse. Ses créanciers la harcèlent. La fin approche. Alors l'éprise de fleurs épineuses arrache tous les pétales des chéries qui empoisonnent sa serre, en forme une couche dans une pièce sans aération et s'allonge dessus avec le calme d'une martyre chrétienne. On la découvrit quelques jours plus tard, morte, tuée par les exhalaisons méphitiques de la fleur maudite qui avait présidé à son existence.

Blanche ne fit aucun commentaire à ce témoignage inventé ou réel. Elle était dans la place. Et tous ses sens étaient concentrés sur la foule qui animait le carnaval des rosières.

En fait, il ne s'agissait pas vraiment d'un carnaval, carême étant déjà commencé, mais d'une fête de charité déguisée. Un panneau à l'entrée annonçait que l'Œuvre du sou des chaumières récoltait les dons. Des jeunes filles passaient entre les groupes, des paniers remplis de roses en papier sous le bras. Et chacun de ces messieurs d'en acheter une à un prix exorbitant pour l'offrir, avec tendresse ou calcul, à la compagne de son choix.

– Il y avait aussi le champ de roses de la rue Saint-Jacques, au centre duquel se trouvait le tombeau de Mme de La Vallière. Dumas en parle dans ses *Mohicans de Paris*. Mais je vous ennuie, je le sens bien.

Blanche fixa Bragelonne qui s'était déguisé en ramoneur, allant jusqu'à se barbouiller le visage de cirage. Il s'attendait à ce que son abonnée s'embellisse, s'épanouisse et éblouisse telle une princesse accompagnant un mendiant. Au lieu de cela, elle s'était déguisée en postillon écossais, cachant ses cheveux blonds et son minois sous une casquette trop grande, niant les formes de son sexe dit aimable sous un rugueux carrick rouge.

Mme Petit, dans ses motivations comme dans le choix de ses costumes, restait pour lui un mystère. Mais il avait des potins à soutirer, des confrères à égratigner, un futur article à écrire. Bragelonne cherchait des têtes connues derrière les masques de fantaisie qui se croisaient aux sons d'un quadrille. Il en identifia trois, ainsi que des actrices en veux-tu en voilà.

Blanche, elle, scrutait les jeunes femmes au teint frais qui plaçaient leurs fleurs en papier. Elles composaient une armée en jupons, telles des roses pâles éparpillées dans un parterre de violettes. Car la tendance costumière était au sombre, carême oblige.

– Vous la voyez ?

– Qui ?

– Votre blanchisseuse.

– Non. Mais avec tout ce monde...

Le Château-des-Fleurs proprement dit, vaste construction éphémère avec atlantes, lustres et orchestre, avait été érigé devant les ruines du palais des Tuileries, encore là deux ans après les incendies de la Commune. Les longs bras du Louvre fermaient l'arène sur deux côtés. Une arène plate qui, à part la scène, offrait peu de points de vue satisfaisants.

Bragelonne donna à Blanche une bourrade du poing sur l'épaule. Un maître ramoneur n'aurait pas fait autrement avec son apprenti.

– Bonne chance, moussaillon, lui lança-t-il. Je pars en chasse de mon côté.

Bragelonne se glissa entre un Nicolas Flamel et une femme dans son inquiétant costume des Açores. Blanche baissa sa casquette sur ses yeux, rehaussa l'un des multiples cols de

285

son carrick et plongea à son tour dans la foule bruyante et agitée.

Gaston avait le grime dans la peau. Petit, il adorait enfiler son déguisement de hussard pour chevaucher son cheval de bois. Et pour le bal des rosières, il aurait pu adopter n'importe quelle défroque. Facteur de la poste aux lettres, agent de change, joueur de boules, garçon de café, maquignon, postillon... La tenue de bourreau avait retenu un moment son attention avant que Léo ne lui propose celle d'horticulteur. À une fête des rosières, elle aurait été de rigueur.

Le commissaire Loiseau s'était rabattu sur la seconde peau qui avait été sienne récemment et qui le revêtait, parfois encore, en rêve, lorsqu'il sauvait des créatures innocentes de flammes avides. De plus, cette tenue avait l'avantage, avec son casque à cimier, d'être visible de loin. C'est donc en pompier qu'il s'était présenté à l'entrée du Château et c'est en pompier qu'il suivait, à dix mètres de distance, la silhouette en fil de fer de Troisétoiles se faufilant entre les habits de mascarade.

Troisétoiles n'était pas déguisé, lui. Et une trentaine d'hommes de la Préfecture, dont Loiseau, suivaient son cheminement de plus ou moins loin. Le rat avait pour mission de s'arrêter à chaque rosière et, d'un signe convenu, de signifier à ses anges gardiens s'il s'agissait ou non de Camille.

Anges gardiens... Il se sentait autant en sécurité qu'un touriste perdu dans le quartier mal famé d'une ville étrangère. Rectifions : il aurait été plus en sécurité dans les Five

Points à New York ou dans le quartier de la Khitrovka à Moscou, une liasse de billets dépassant de sa poche.

Comment sortir de cette situation impossible ? se demandait le poitrinaire. D'un côté, une femelle névropathe assassinait ses anciens compagnons de loge. De l'autre, des policiers non moins névropathes lui imposaient une démonstration de guillotine, lui mettant au figuré le tranchant sur la nuque. Si seulement il avait pu s'enfuir par les ruines dont il scrutait les ténèbres avec envie. Comment les atteindre ? En créant une diversion ? Pour être aussitôt maîtrisé...

Son cœur s'arrêta lorsqu'une rosière le frôla de ses fleurs de crépon. Ce n'était pas Camille. Il le fit savoir en se titillant l'oreille droite et reprit sa déambulation erratique.

Erratique ? Pas tant que ça. Car il venait de reconnaître quelqu'un. Un vieil ami qui avait, à son intention, soulevé son masque de Zanni avant de le remettre. Oui ! Il était venu pour lui sauver la mise. Aucun doute là-dessus. Et le faux Zanni fit comprendre à Troisétoiles qu'il devait le rejoindre sous la scène. D'un hochement de tête, l'appât signifia qu'il avait compris et prit, d'un pas plus décidé qu'auparavant, la direction de l'orchestre.

Une polka venait de commencer. D'un rapide panoramique, Gaston fit le compte de ses hommes. Léo était resté à la Préfecture pour servir de relais avec la maison mère. On ne savait jamais ce qui pouvait arriver : un nouveau mort ; le signalement de Camille hors de cette enceinte. De toute façon, son adjoint ne croyait pas à la rosière assassine. Il n'avait pas remis son marchand de coco sur le tapis, mais c'était tout comme.

– Qu'est-ce qu'il manigance ? grogna Loiseau entre ses dents.

Troisétoiles marchait trop vite. Quelque chose était sur le point de se produire. Et la polka électrifiait la foule. On n'était pas loin de l'ambiance du bal des canotiers à Bougival. Rendez-vous-y tous les dimanches à cinq heures dès le retour des beaux jours. Et vous verrez ce que « tohu-bohu » veut dire. En plus, avec un peu de chance, vous y croiserez des compositeurs de talent.

– Désolée.

Un homme, une femme – comment savoir ? –, vêtu d'un carrick rouge venait de lui écraser les pieds avant de se noyer dans la foule. L'inattention de Gaston n'avait duré que deux ou trois secondes. Le temps qu'il suffit à Troisétoiles pour sortir de son champ de vision.

Le pompier attrapa son sifflet et allongea le pas dans la direction prise par le rat. Il ne le vit nulle part. Il partit dans un sens puis dans l'autre. Le contestataire aux accroche-cœurs leur avait filé entre les pattes.

Les inspecteurs virent le casque de Loiseau s'agiter comme un bouchon de liège au milieu d'une tempête. Ils comprirent que Troisétoiles essayait de se faire la belle et gagnèrent les points de sortie qu'ils s'étaient attribués. Mouvement qu'un cri de femme, poussé devant la scène, contraria dans son ensemble :

– Au meurtre !

Un souffle glacé parcourut l'esplanade du Château-des-Fleurs. L'orchestre se tut. Chacun fixait son voisin avec inquiétude. Une autre voix, masculine celle-là, prit le relais du cri et jeta vers les étoiles :

– Le Vampire ! Le Vampire est parmi nous !

Deux mouvements contradictoires ballottèrent le commissaire : l'un de panique vers la sortie, l'autre de curiosité vers la scène. Comme tout pompier qui se respecte, Gaston alla au feu, son Lemat en guise de hache, une fureur sauvage au fond des yeux.

Elle était appuyée au mât d'un réverbère, une rose de papier dans le corsage, observant l'assistance avec ennui.

La foule s'agita, se brouilla, pour l'un comme pour l'autre. Ils devinrent la seule réalité dans ce monde d'illusions, Adam et Ève perdus sur une terrasse de l'Enfer, connaissant la profondeur du gouffre au bord duquel ils se tenaient, mais tout prêts à se prendre par la main pour sauter, de concert, en son sein.

Il s'approcha de la rosière, les paumes en avant, les lèvres tremblantes.

Cavendish avait préparé ses mots avec soin.

Des mots d'excuse. Des mots d'amour. Des mots de vengeance aussi.

Camille l'écouta alors qu'autour d'eux tout se précipitait.

« Les rats ont payé. Tu as toujours été mon seul, mon unique amour. Accompagne-moi. Je t'emmènerai loin de Paris. Dans un jardin d'Éden dont tu n'as pas conscience. »

Grâce au bon docteur Blanche, Camille avait retrouvé un certain équilibre. Certes, elle éprouvait encore le besoin de se saigner puis d'aller boire au cou des bêtes de la Villette. Certes, blanchisseuse et résidente vivaient dans deux mondes distincts et communs à la fois. Certes, elle se savait malade.

Mais malade d'amour. Il n'avait jamais quitté son esprit. Ce n'était pas de la haine qu'elle ressentait pour l'homme qui se tenait face à elle. Les autres, oui. Elle les avait marqués.

Minos, elle l'avait simplement caressé.

Aussi Camille prit-elle le bras du roi des rats pour sortir du Château-des-Fleurs par les ruines des Tuileries.

Un homme avait été égorgé sous la scène. La police tentait tant bien que mal d'établir un périmètre de sécurité. La cohue était telle qu'aucun costume ne remarqua leur départ. À part un carrick rouge qui les suivit sur l'amas de décombres jusqu'à la rue de Rivoli.

Le chevalier et sa rose sautèrent dans un fiacre qui prit la direction du Trône. Le carrick en héla un qui venait dans le sens inverse. Il ordonna au cocher de ne pas perdre de vue la voiture dont la lanterne vacillait le long de la perspective du Louvre tout en faisant attention à bien conserver ses distances.

Léo en avait eu assez d'attendre au Dépôt. Aussi se dégourdissait-il les jambes dans les couloirs de la Préfecture en compagnie de Stop. Les couloirs déserts étaient éclairés par les veilleuses au gaz allumées de place en place. Ce pauvre Troisétoiles serait-il assez appétissant pour le Vampire ? Léo, plus sceptique que jamais, en doutait.

– Une rosière homicide. On aura tout vu, lança-t-il à l'adresse du quadrupède indéterminé qui l'accompagnait en battant doucement de la queue. C'est un homme qu'il faut rechercher. Pas une femme. Ce Minos ferait le candidat idéal. Chef de la loge. Parti à l'étranger. Énigmatique. Le problème, c'est qu'à part le témoignage de Gruby, nous n'avons strictement rien sur le marchand de coco.

Léo cessa là son monologue stérile. Après tout, Gaston avait raison. S'accrocher à une théorie aussi fragile comme un naufragé au radeau de *La Méduse* ! Tout bon policier se devait d'être ouvert à toute possibilité. Justement ! Si Gaston n'avait pas mis tant d'énergie à renvoyer son marchand de coco dans les limbes, le commissaire Léo n'y aurait peut-être plus attaché tant d'importance !

Léo s'arrêta. Il venait de reconnaître cette portion de couloir comme une de celles que le commissaire lui avait fait visiter lors de son arrivée dans la Préfecture. La porte à sa droite donnait sur les Plaintes.

Si le Sommier ne vous apprend rien – et il ne lui avait rien appris concernant son marchand fantôme –, adressez-vous aux Plaintes, lui avait conseillé Loiseau. L'interstice sous la porte ne montrait aucune lumière. Léo pesa sur la poignée. Le bureau était vide. Il alluma le bec de gaz. Une lumière blanche illumina les meubles à tiroirs rangés contre les murs. Aussitôt, il les fouilla.

Les plaintes étaient rangées par dates. Et il y en avait un bon paquet pour chaque saint du calendrier.

– Quand cela a-t-il commencé ? essaya-t-il de se rappeler.

Grâce à ses précieuses notes, il fit l'historique du périple vampirique.

– Philémon de Saint-Auban, tué dans la nuit du 31 janvier au 1er février. (Léo sortit le paquet de plaintes correspondant au 1er février et le laissa tomber lourdement sur le bureau.) Gabriel, crucifié dans la nuit du 1er au 2. (Un deuxième dossier rejoignit le premier.) Vireloque, voyons. (Il n'avait rien noté à son sujet.) C'était la veille de Mardi gras. Avant-hier. Mon

Dieu, ça me paraît si loin. Quant à Coquille, il aurait pu être tué la même nuit.

Les dossiers des 23 et 24 février s'abattirent à côté des précédents. Léo s'assit sur le siège à pivot, se frotta les mains et se mit à compulser les notes rédigées d'une écriture soignée. Le fonctionnaire s'appliquait. Au moins le policier ne s'abîmerait-il pas les yeux à la tâche.

1er février. Tapage diurne. Les abeilles d'un apiculteur empoisonnent le voisinage. Un homme loue un rez-de-chaussée à un fabricant de glucose. Ses barres d'appui rouillent. Ses rideaux de soie s'altèrent. Une odeur piquante l'empêche de dormir. Un autre porte plainte contre un entrepreneur qui n'a pas, selon lui, exécuté le devis de trois couches de peinture à l'huile. Un expert sera diligenté.

– Quel ennui, constata Léo en se retenant de bâiller.

Une dame Maurin se présente à la Préfecture pour une raison jugée futile par le scribe, d'après la note inscrite au crayon rouge dans la marge gauche.

Léo, le cœur battant, lut la plainte trois fois, la mit de côté, sauta aux dossiers suivants, ne dénicha rien pour le 3 février. Mais l'autre fragment de son épée de lumière se cachait dans celui du 23. La même dame Maurin était revenue à la charge pour la même raison. Cette fois, le fonctionnaire la jugeait folle. Il l'avait priée de ne plus venir l'importuner pour ces coquecigrues. Sinon, elle aurait affaire au bras armé de la justice que l'on ne sollicite pas impunément.

– Merci, merci, dame Maurin, fit Léo en embrassant les plaintes.

La mercière retraitée demeurait rue des Carrières, numéro 3, au pied des Buttes-Chaumont. L'acariâtre – fallait-il qu'elle

292

le soit pour faire coucher sur le papier par un fonctionnaire patenté un grief aussi mince et à deux reprises – était venue se plaindre qu'un marchand de coco, croisé près des grilles à l'aube, avait refusé de lui servir un gobelet du breuvage contenu dans sa bonbonne. La seconde fois, il l'avait carrément ignorée avant de s'enfoncer dans les jardins.

La dame Maurin voulait faire payer cet impoli qui l'avait laissée sur sa soif. Et elle le décrivait, de pied en cap, insistant sur le fait que, non content de s'être trompé de saison, le drôle n'avait pas l'air français. Grand. Costaud. Favoris roux. On pensait plus à un Anglo-Saxon. Si les étrangers venaient à voler le travail des Français, où allions-nous ?

Léo, abasourdi par ce qu'il venait de lire, laissa ses yeux errer au plafond avant de les poser sur Stop qui l'observait, la langue pendante.

– J'avais raison, lâcha-t-il. Il se déguise en marchand de coco.

Il se racla la gorge – lui aussi aurait eu besoin d'un bon verre de coco –, relut le signalement de l'Anglo-Saxon.

– Cavendish, comprit-il enfin. Zacharie Cavendish est notre Vampire.

La voiture de Blanche s'arrêta dans la dernière flaque de lumière avant les ténèbres. L'autre fiacre était garé cinquante mètres plus haut. Camille et son cavalier en étaient descendus pour franchir le portillon ouvrant sur les jardins.

Blanche savait où elle était : aux abords des anciennes carrières d'Amérique. Carrières assainies, transformées en parc monumental avec rocher, lac, ponts, grottes et cascades. Les

Buttes-Chaumont n'en avaient pas moins conservé une réputation digne du diable Vauvert.

Par la médaille de Saint-Hubert ! se dit-elle. *L'épouse d'un ingénieur des Ponts et Chaussées n'a rien à faire dans cet endroit, à une heure pareille, habillée en garçon. Et tout ça pour quoi ? Pour courir après une chimère digne d'une vitrine d'apothicaire...*

– Si vous voulez descendre ici, ça fera deux francs cinquante, lui lança le cocher. Je ne reste pas plus longtemps dans cet endroit mal famé.

Blanche compta rapidement les pièces et les donna au cocher qui fit demi-tour avec son attelage et la laissa, seule, aux abords des grilles. Blanche écouta le martèlement des sabots décroître jusqu'à ce que le silence fût total.

Tu es en train de faire une grosse bêtise, pensait-elle en s'approchant du portillon par lequel Camille et l'inconnu avaient pénétré dans le parc.

Au-delà, une cabane en bois, un chemin macadamisé, la nuit.

Blanche franchit le portillon. Ses chaussures à semelles souples piquées à Alphonse – elle en avait bourré les pointes avec du papier journal – ne rendaient aucun bruit. Elle tremblait, malgré son carrick épais.

Ce vent léger qui faisait frémir les feuilles des cèdres de l'Himalaya plantés sur la montagne, cet oiseau de nuit qui hululait depuis la réplique du temple de la Sibylle, en haut du rocher, ce bruit de cascade la mettaient sur les nerfs. Plus ses pas l'éloignaient de la grille, plus sa volonté s'effilochait.

Après quoi courait-elle ? Une tueuse buveuse de sang ou une blanchisseuse ayant un rendez-vous galant dans un parc de Paris ? Que Camille fût folle ou non, ce n'était pas son affaire. Et si le docteur Blanche avait eu vent d'un meurtre commis dans sa clinique, ou d'une disparition, il se serait tourné vers la police, non ?

Qu'elle rentre chez elle. Au plus vite. Qu'elle se glisse sous son édredon et cherche le sommeil. Demain, Alphonse revenait à la maison. Par la force des choses, sa vie redeviendrait *normale*.

Blanche déboucha sur une pelouse en pente. Elle permettait de voir le pont suspendu lancé vers le rocher surplombant le lac. La lumière des étoiles était chiche. Mais elle éclairait Camille, pâle silhouette. Ainsi que l'homme en noir à ses côtés.

Les deux spectres traversèrent le pont et disparurent dans le rocher.

Le cinquième rat n'avait pu être saigné comme les autres. De toute façon, Troisétoiles était malade, son sang impur. En plus, ce couard s'était jeté dans les bras de la police en croyant échapper à son destin. Couard doublé d'un imbécile, il lui avait fait confiance jusqu'au bout.

Cavendish jeta son masque de Zanni dans un coin et posa sa lanterne par terre. Camille, les bras serrés contre sa poitrine, étudiait la grotte, intriguée. En fait de grotte, il s'agissait d'un palier entre le pont et le temple. Une grande ouverture donnait sur le lac et vingt mètres de vide.

– Qu'est-ce que... Qu'est-ce que nous faisons ici ?

Cavendish, affairé, ne disait rien. Il se déshabillait, malgré le froid. Il plia précautionneusement ses habits à côté d'une bassine remplie d'un liquide épais et noir. Camille connaissait l'odeur qui s'en dégageait.

295

– Qu'est-ce que tu fais ?

Cavendish plongea les bras dans la bassine. Il se recouvrit le torse, les jambes, la face avec le sang mêlé de sucre pour qu'il ne coagule pas. Maintenant, il était aussi effroyable qu'une idole indienne. Camille recula.

– Les rats nettoient la ville. Les rats nettoient les plaies. Les rats nettoient les âmes.

– Tu es fou.

Il lui coupait toute retraite vers le haut comme vers le bas.

– J'ai connu une rosière. Elle était belle. Belle comme un cœur. Elle me trompa avec cinq gentils petits rats que jamais l'on n'attrapera.

– Tu m'avais promis de m'emmener loin de Paris.

– Et je ne t'ai pas menti, fit Cavendish, montrant le couteau qu'il cachait dans sa main.

Camille voulut crier. Tous deux se figèrent en entendant l'exclamation qui venait d'être poussée dans l'escalier.

Blanche descendait à tâtons. L'architecte du rocher avait dessiné des marches inégales et des parois rugueuses. Par deux fois elle s'écorcha les mains pour se rattraper de justesse. Mais les voix indistinctes qui lui parvenaient en contrebas l'incitaient à continuer.

Le reflet d'une lanterne rendit enfin les marches discernables. Une odeur âcre d'abattoirs l'agressa.

Quelque chose de vivant frôla la mince bande de peau entre ses chaussures et le bas de son pantalon. Quelque chose qu'elle identifia aussitôt pour y avoir échappé, dans un caveau de la Bastille, quelques années plus tôt.

Un rat sauta sur son dos et escalada le carrick. Blanche

hurla et le jeta par terre. Elle fit demi-tour et remonta l'escalier en courant. En fait, elle remontait un flot continu de vermine. Elle déboucha à l'air libre et courut à perdre haleine jusqu'au portillon. Dans la flaque de lumière, sur le trottoir, protégée des monstres, elle essaya de se calmer.

L'homme saurait s'occuper des rats, se rassura Blanche dont le dos était parcouru de frissons.

La rue était déserte. Le parc, oblique et menaçant, s'étendait sur sa droite et sur sa gauche. Blanche s'en éloigna sans un regard en arrière, son esprit projeté vers Belleville la Rouge, vers une certaine maison de la rue des Cascades où elle serait en sécurité.

Il avait tourné les yeux à peine deux secondes vers l'origine du cri. Lorsqu'il voulut les reposer sur Camille, elle n'était plus là. Il battit des paupières, observa, interdit, l'ouverture sur le vide, s'en approcha lentement.

Un sifflement, dans son dos, le fit changer d'avis.

Un rat énorme se tenait au pied de la bassine. D'autres se pressaient alentour et se chevauchaient car il en venait encore et encore d'en haut comme d'en bas. Mais le gros rat, lui, ne bougeait pas. Il fixait l'homme à la peau suintante et écarlate, la gueule entrouverte et les prunelles ardentes.

Le reporter repensa à cette conversation qu'il avait eue avec le commissaire – comment s'appelait-il déjà ? – au sujet des abattoirs de Montfaucon et des cohortes de rongeurs que l'odeur du sang attirait. Les rats étaient capables, disait-on, de dépecer une carcasse de cheval en moins d'une demi-heure.

– Viens ! lança Cavendish, couteau tendu.

La lampe fut renversée et s'éteignit. Le rat, d'un bond, sauta au cou du Vampire.

Pas de lumière aux fenêtres d'Émilienne. On s'en serait douté, à près de onze heures du soir. Evgueni travaillait sûrement à l'usine de gaz et Émilienne dormait comme une souche, considération qui n'arrêta pas Blanche au terme de sa course. Elle avait un urgent besoin de réconfort et une seule envie, se cacher dans les bras de sa vieille copine.

Elle grimpa au deuxième étage et frappa à la porte. Pas de réponse.

– Émilienne, chuchota-t-elle en grattant contre le panneau de bois.

Elle tourna le bouton. La porte s'ouvrit. Blanche n'eut qu'à tendre le cou pour avoir un aperçu du minuscule appartement.

Émilienne était allongée dans son lit, les cheveux en désordre, immobile. Elle semblait dormir. Evgueni n'était pas là. Blanche entra, ferma derrière elle, s'approcha du lit qui, le jour, était dressé contre le mur.

– Émilienne, tu dors ? appela Blanche en touchant l'épaule de son amie.

Émilienne ouvrit les yeux à moitié, voulut se redresser, n'y parvint pas. Elle regarda Blanche, un pâle sourire aux lèvres.

– Je suis désolée. On ne pouvait pas le garder. Faut pas m'en vouloir.

La tête d'Émilienne retomba sur l'oreiller. Blanche prit la couverture et la souleva. Elle vit la tache sombre sur le drap du dessus et comprit.

– Oh non.

Elle écouta le cœur d'Émilienne. Les battements étaient faibles, lointains.

– Tu vas t'en sortir. Tiens bon.

Elle alla tambouriner à la porte en face sur le palier. Un homme au regard embué de sommeil lui ouvrit.

– Votre voisine fait une hémorragie. Il faut l'emmener immédiatement à l'hôpital.

L'homme en liquette se réveilla tout à fait et disparut le temps de s'habiller et d'envoyer un de ses enfants chercher une voiture chez le maréchal-ferrant. Dix minutes plus tard, Émilienne était allongée sur une banquette à l'arrière d'une hirondelle, sa tête sur les genoux de Blanche.

– À la Cité, dit Blanche. À l'Hôtel-Dieu. C'est le meilleur endroit où l'emmener.

Blanche ne cessa de caresser les cheveux d'Émilienne qui ouvrit les yeux alors qu'ils contournaient la colonne de Juillet.

– Je suis désolée, répétait-elle. Je suis désolée.

La rouquine cacha ses larmes dans le giron de Blanche qui se pencha sur elle pour la protéger de son dos et de son cœur et lui glisser à l'oreille :

– Chut. Calme-toi. Ça va aller. Ne t'en fais pas, ma belle.

Les sœurs hospitalières recueillirent Émilienne et l'emmenèrent dans l'énorme bâtiment. Blanche voulut entrer. Les sœurs l'en empêchèrent. Alors elle fixa longtemps le couloir au bout duquel avait tourné la civière et, ce qui ne lui ressemblait pas, elle pria.

Acte IV

Scène 4

Cris et rires faisaient résonner la coupole du cirque des Champs-Élysées. Le sport se pratiquant au skating-ring du cirque d'Hiver était la dernière attraction à la mode. Et Alphonse, toujours avide de sensations nouvelles, n'y avait pu résister. Blanche, plus prudente, restait de l'autre côté du garde-fou, en compagnie de son oncle et d'Arthur Léo encore chaussé de patins à roulettes. On avait essayé le tourbillon. On s'était retrouvé le cul sur le plancher de bois clair. Et on s'était replié dans les tribunes sous les sarcasmes de Loiseau pour ne pas bleuir son postérieur plus que nécessaire.

Au moins cette dinguerie, comme l'appelait Gaston, permettait-elle au trio de parler affaires criminelles. On était en avril. Les Casquettes noires passaient aux assises. Les verdicts tomberaient bientôt. Mais les Casquettes, c'était de la petite bière à côté de l'affaire du Vampire qui avait défrayé la chronique deux mois plus tôt. Blanche buvait les propos des policiers qui lui avaient fait un compte rendu fidèle des crimes d'alors. Elle était l'une des rares personnes à avoir entendu parler du cadavre du *Figaro*, se dit-elle avec fierté.

Mais elle aurait aimé en savoir plus. Sur cette femme dont les policiers avaient tu le nom. Sur l'endroit où on avait trouvé les cadavres. Cavendish avait été dévoré par les rats, lui avait glissé son oncle dans le tuyau de l'oreille. Quant à la femme, elle avait fait une chute de près de vingt mètres. Elle était morte sur le coup.

Quoi qu'il en soit, les commissaires de première et cinquième classe se disputaient comme des chiffonniers pour savoir qui, du reporter ou de la femme mystère, était le Vampire. Et pour l'instant, c'était Léo qui avançait ses arguments face à une montagne butée mais à l'écoute.

— Vous imaginez Ca... (Léo s'arrêta de justesse en se rappelant la promesse faite au docteur Blanche de ne pas ébruiter le nom de son ancienne pensionnaire impliquée dans l'affaire criminelle.) Cette frêle créature accrochant Gabriel aux ailes du moulin de la Galette, Coquille à la statue du *Figaro* ? Et tout colle. Ma rencontre avec Cavendish alors que je me rendais dans la bicoque de Thomas Vireloque. Les meurtriers ne reviennent-ils pas sur les lieux de leurs crimes ? Le fait qu'il ait toujours été si bien informé. Pour ça, il était aux premières loges. Le mort du *Figaro*. Son dernier forfait au Château-des-Fleurs...

— Vous étiez au Château-des-Fleurs ? releva Blanche en cessant d'agiter l'éventail devant son nez.

Éventail qui portait une face ornée de morceaux de verre en forme d'Hydre, et qu'elle prenait garde de conserver cachée.

L'oncle observa la nièce, un sourcil arqué.

— Nous y fûmes, ma bichette. Nous y fûmes. Et Cavendish y aurait tué Troisétoiles avant de s'enfuir en compagnie de

Celle-Dont-On-Doit-Taire-Le-Nom. Tu ne te sens pas bien ? Tu veux un soda ?

Blanche se sentait parfaitement bien mais une soudaine pâleur avait envahi ses joues. Elle se revoyait poursuivant Camille et l'inconnu dans les ruines des Tuileries. Loiseau et Léo avaient repris leur polémique. Blanche la suivait d'une oreille et, de l'autre, intérieure, s'écoutait raisonner. Se pouvait-il que cette « frêle créature » et Camille... ?

– Le problème, mon cher Arthur, c'est que nous n'avons pas l'attirail du marchand de coco.

– Mais nous avons la pièce manquante de jeu d'échecs. La dame blanche était posée sur la table de nuit du reporter dans sa chambre d'hôtel.

C'était le point qui rapprochait le plus Gaston de la version d'Arthur. Mais le grognard de la Préfecture n'était pas assez honnête pour s'accorder de vive voix avec son contestateur préféré.

– Rien de probant.

– Et l'article ?

– Ah. Ça !

– Quel article ? essaya Blanche, reprenant le fil de la discussion.

Alphonse passa sur ses patins à roulettes. Il envoya un baiser des deux mains à sa femme avant de replonger dans le maelström humain.

– Nous avons déniché une ancienne contribution de Cavendish au *Journal des voyages*, la relation d'un fait atroce survenu en Afrique.

Léo hésita avant de continuer. Mais Blanche attendait la suite. Et Léo savait qu'elle en avait entendu d'autres.

– Le souverain du Dahomey avait, pour célébrer la mémoire de son père, décrété la création d'une mare de sang humain sur laquelle un canot devait pouvoir flotter. Deux mille hommes furent tués pour cette barbarie, dont Cavendish a été témoin. Ça plus la bassine de sang sur laquelle nous sommes tombés dans le rocher des Buttes-Chaumont...

– Léo ! rappela Gaston à l'ordre.

Le sang. Le sang cognait aux tempes de Blanche. Elle revoyait la si pâle Camille vendant son jupon au carreau, buvant à la Villette, avançant sur le pont suspendu...

– Vous parlez à une représentante du sexe faible !

– Je ne crois pas, non, fit Léo en observant le jeu des émotions sur le visage de l'intéressée.

Blanche voulait savoir. Comment, pourquoi Camille en était arrivée là ? Elle interrogea Gaston sans rien laisser filtrer de son côté. Qu'aurait-elle pu dire d'ailleurs ? Le dernier acte était joué depuis longtemps.

L'oncle, vaincu – mais il ne demandait que cela –, raconta à sa nièce le chemin qui les avait menés à la femme. Les croix, l'Opéra, *Carmen* et une certaine institution que ce scandale n'éclabousserait pas. Son patron, le docteur X comme l'appela Gaston, avait trop d'amis haut placés, M. Claude notamment.

Gaston de conclure :

– Le Vampire, qu'il ait été mâle ou femelle, peut rejoindre le tiroir aux chimères du Sommier de la Préfecture de police.

Et de se sortir un cigare.

– Comment va Émilienne ? lança-t-il, le sujet criminel étant clos.

La rousse flamboyante avait passé deux semaines à l'Hôtel-Dieu, choyée par des sœurs dont elle avait pourtant horreur. Si Blanche n'avait pas été là...

303

– C'était moins une mais elle est tirée d'affaire.

Blanche préféra changer de conversation.

– J'ai montré ses modèles à une boutique de la rue de Choi-seul qui lui a commandé cent poupées. Elle va travailler direc-tement avec le Bon-Marché. Si vous la croisez, ne lui dites pas que je suis derrière tout ça.

– Motus et bouche cousue, promit Léo en levant la main droite.

– Juré, craché, fit Gaston en levant la gauche.

Un mouvement chaotique se produisit dans le skating-ring. Un mouvement causé par un chat fait femme, une liane sur roulettes, qui s'approchait d'eux en ondoyant au rythme de ses patins. Elle causait un vif émoi chez les Parisiens et Pari-siennes qui la reconnaissaient pour l'avoir vue en vrai sur scène ou décrite dans les *Paris-potins*. Elle se tint au garde-fou, face à Gaston. Blanche, vaincue par la timidité, se cacha derrière son éventail.

– Commissaire Loiseau ! Léo ! Alors, fin de l'histoire ? La chauve-souris a cessé de nuire ?

Un regard entendu fut échangé entre l'actrice et le policier qui prophétisa :

– Un autre méchant défraiera bientôt la chronique. Le mal a horreur du vide.

– Si vous le dites... Mais c'est notre Blanche ? s'exclama l'ac-trice en reconnaissant son ancienne infirmière derrière son éventail. Venez là que nous échangions le baiser pascal.

Ce qui fut fait sans cérémonie.

– Vous êtes radieuse. Et mariée ? Formidable. Il faut faire des enfants maintenant. Les enfants sont le sel de la terre et source de grandes joies. Surtout, ils vous feront voir la vie... différemment.

Sarah abandonna Blanche pour son oncle qui venait de recevoir un animal de la taille d'un gros chat dans ses bras. Le bestiau grognait en fixant l'actrice. Et ses touffes de poils hérissés lui donnaient un air de phacochère aux soies agressives.

– Qu'est-ce donc ? Une martre ? Une belette ? Un renard ? s'informa Sarah.

– Un corsac, l'éclaira Gaston.

– Vous avez réussi à l'identifier ! s'exclama Léo, toujours enthousiaste devant un mystère résolu.

– Je l'ai montré au directeur du Jardin d'acclimatation. (Le commissaire gratta le crâne de sa bestiole.) Je ne sais pas comment Stop a débarqué sur le boulevard des Italiens, mais on ne rencontre ses congénères, *a priori*, que dans les plaines du Tartare. C'est un chien de chasse. Un des meilleurs qui soient.

Le moment étant aux présentations, Sarah, d'un mouvement de l'épaule qui avait dû rendre fou plus d'un financier de la capitale, fit apparaître un rat blanc. Blanche recula d'un pas.

– Voici Norbert, mon compagnon du moment.

– Un rat ? fit Léo, dégoûté.

– C'est du dernier chic. Chacun aura le sien à Bade.

– J'irai peut-être prendre les eaux, continua Gaston. Avec Stop. Il n'a pas son pareil pour attraper les rongeurs albinos.

Stop n'attendait qu'un mot de son maître pour sauter sur l'épaule de Sarah qui comprit parfaitement le danger couru par son cher Norbert. Elle salua l'assistance et s'éloigna sur ses patins avec élégance.

– Des rats blancs, soupira Gaston. Ils ne savent plus quoi inventer pour vaincre leur ennui.

– Dans la haute, on appelle cela le spleen, rappela Léo l'anglophile.

Ils restèrent à contempler le manège au moyeu invisible.

– Vous venez demain aux Petits-Champs ? lança Blanche, au hasard.

Pour un énième déjeuner du dimanche...

– Non, répondit Gaston. Je pars en province. Du côté de Blois. Je ne sais pas quand je reviens. J'espère que Bernadette n'aura pas accouché d'ici là.

– Flûte. Vous allez faire quoi à Blois ?

– Apprendre le grec.

– Apprendre le grec ? releva Léo qui, une fois de plus, n'avait pas été mis au courant.

Gaston esquiva en reprenant :

– Au sujet de Bernadette, ils ont les prénoms ?

– Je ne crois pas, non.

– Pourquoi des prénoms ? demanda Léo. Elle attend plusieurs bébés ?

Gaston observa son adjoint avec consternation.

– Un prénom si c'est une fille. Un prénom si c'est un garçon.

Léo se gratta la joue.

– Et pourquoi pas Camille ?

– Ah non ! s'exclama Blanche avant de cadenasser ses lèvres.

306

Gaston se mit à scruter le visage de sa nièce avec insistance.

– Pourquoi ? continuait Léo l'étourdi. Camille, ça peut être porté par une fille comme par un garçon, c'est pratique...

Gaston sondait l'âme de Blanche. Il se souvenait fort bien d'avoir craint pour sa vie alors qu'il traquait l'Hydre et il pensait ce genre d'angoisse derrière lui, à jamais.

– Léo a raison, appuya le commissaire en fixant sa nièce. Pourquoi pas Camille ?

Blanche n'eut pas loisir de répondre. Car son mari, en nage, revenait.

– J'en peux plus. Je vais rendre mes patins.

– Je t'accompagne, mon chéri, répondit Blanche en s'accrochant au bras d'Alphonse.

Elle avait replié son éventail pour le soustraire au regard scrutateur de son oncle qu'elle embrassa, ainsi que Léo, Pâques obligent.

– Ils font la paire, tous les deux, remarqua Léo de loin.

Gaston suivait des yeux la silhouette pressée de Blanche sortant du skating-ring. Son visage était fermé. Mais intérieurement, il souriait.

Il avait mal lu son indicateur des chemins de fer. Il pensait avoir un train plus tôt. Aussi n'arriva-t-il à Blois qu'en fin d'après-midi. Il embaucha un charron devant la gare pour se faire emmener à Saint-Gervais. La destination arracha une grimace à l'indigène. Le prieuré ? La demeure du sorcier ? Mais la somme était coquette. Et ce Parisien à moustaches ne demandait pas à ce qu'on l'attende.

L'attelage longea la rive gauche de la Loire à une lenteur désespérante pour déposer Gaston, son sac de voyage et son improbable animal de compagnie devant l'entrée du prieuré. Le charron empocha son dû et repartit dans la nuit noire, sans se soucier que son passager soit vraiment attendu dans la demeure mystérieuse. Au pire, il reviendrait à pied sur Blois et se dénicherait une chambre dans un hôtel. Les loups étaient remontés avec l'hiver, comme chaque année, vers le nord. Et il y en avait eu moins cette année que la précédente.

Gaston gratta une allumette pour contempler le portail composé d'une grille pour les voitures, d'une porte blanche pour les piétons et d'une boîte aux lettres. À hauteur d'œil, sur la porte, une plaque donnait le nom du propriétaire.

– C'est bien ici, reconnut-il en jetant son allumette pour en griller une autre.

Un marteau doré accompagnait la plaque. Il était sculpté en forme de tête fantastique et agrémenté de l'ordre « Frappez ! ».

Certes, Gaston était attendu. Certes, l'enchanteur, le roi des escamoteurs, l'inventeur de la veuve allait lui apprendre des tours avec lesquels il débusquerait les Grecs les plus tenaces. C'était à une formation à l'escroquerie de haut vol que le commissaire se rendait. Mais tout dépendrait de l'humeur du maître et des qualités de l'élève.

Aussi Gaston, comme à la communale face à un problème sérieux, hésitait.

Il souleva le marteau, frappa en se demandant qui pourrait jamais l'entendre derrière cette grille montrant un bois et un vague chemin.

Stop aboya lorsque la plaque « Frappez ! » bascula pour montrer un nouvel ordre : « Entrez ! » L'homme et l'animal pénétrèrent dans le domaine alors que la porte, mue par un ressort, se refermait doucement derrière eux.

– Interdiction d'aller dans le parc. Tu me colles. Compris ?

Claude, habitué du prieuré, avait parlé du parc à Loiseau. Truffé d'automates, de ponts mécaniques, d'arbres à spectacles optiques. Il y avait aussi un stand de tir où il pourrait s'entraîner au Lemat et une chambre noire géante munie d'un périscope. Le policier visiterait tout cela de jour. Là-bas, **à près de cinq** cents mètres, s'allumaient des lumières qui laissaient deviner une bâtisse.

Le commissaire ne vit l'enchanteur qu'en ombre chinoise, dans un premier temps. Mais la poignée de main fut franche. Rudement franche pour un homme officiellement mort en juin 1871.

– Bienvenue. Et bienvenue à toi aussi, fit-il en direction de Stop.

Qui aboya et agita la queue pour montrer sa sympathie. Gaston observait le profil d'aigle, ce regard perçant. Il avait hâte d'apprendre de cet homme-là.

– L'air que vous sifflotiez, quel est-il ? voulut savoir le magicien.

– L'air ?

Gaston ne se rendait plus compte quand il sifflait, parlait ou chantait tout seul. Léo le moquait régulièrement à ce sujet, d'ailleurs. Et il avait raison.

– L'air des cigarières de *Carmen*.

– Jamais entendu parler.

– L'opéra n'a pas encore été joué.

– Je vis trop loin de Paris, se plaignit l'enchanteur. Je ne suis plus au courant de ce qui se fait. En tout cas, c'est bien joli. Mais entrez, entrez. Vous avez mangé ? Non ? Je vais commencer par vous montrer votre chambre.

La porte du prieuré se referma sur le chien et les deux hommes. Des fenêtres s'allumèrent à l'étage sans nuire aux étoiles qui scintillaient ici plus qu'ailleurs.

Blanche et Alphonse étaient passés voir Bernadette. Ils ne rentrèrent aux Saints-Pères que fort tard.

L'appartement avait peu changé en deux mois. Mais il s'était enrichi d'une douche anglaise rapportée par l'ingénieur de son voyage. Une douche que, pour une fois, Blanche dédaigna au profit d'un bain brûlant dans lequel elle resta longtemps.

Elle n'y jeta aucun sachet de poudre pour troubler l'eau. Elle contempla ses formes de femme le temps que le bain tiédisse tout en pensant pêle-mêle à Émilienne, à Camille, aux enfants qu'elle espérait avoir avec Alphonse.

Elle sortit du bain, passa un peignoir, rejoignit la chambre. Alphonse avait déjà tiré les rideaux. Il était couché et lisait ou faisait semblant de lire *L'Homme-femme* de Dumas fils.

– Tu as reçu ton exemplaire du *Voleur*, dit-il en posant le livre. C'est bizarre. Quelqu'un a dessiné un ramoneur sur la première page. Il faudrait que tu le rapportes, qu'ils t'en redonnent un propre.

Blanche retournerait au journal pour mettre les choses au clair avec M. de Bragelonne. En attendant, elle comptait les mettre au clair avec M. Petit.

Elle laissa tomber son peignoir à ses pieds. Alphonse se sentit tout à coup tiraillé entre la peur et l'exaltation. *Nous vain-*

310

crons l'une avec l'autre, se dit-il alors que Blanche se glissait contre lui.

– C'est toujours oui ? demanda la belle, douce et chaude.

– Toujours, répondit Alphonse.

Les chandelles de la lampe bouillotte frémirent lorsqu'ils disparurent sous la courtepointe.

RIDEAU

D'autres livres

Rafael ÁBALOS, *Grimpow, l'élu des Templiers*
Clive BARKER, *Abarat Tome 1*
Clive BARKER, *Abarat Tome 2*
Stephen COLE, *Code Amrita*
Neil GAIMAN, *Coraline*
Hervé JUBERT, *Blanche ou la triple contrainte de l'Enfer*
Hervé JUBERT, *Blanche et l'Œil du grand khan*
Silvana DE MARI, *Le Dernier Elfe*
Lucy Daniel RABY, *L'Elfe du Grand Nord*
Angie SAGE, *Magyk Livre un*
Angie SAGE, *Magyk Livre deux : Le Grand Vol*
Jonathan STROUD, *La Trilogie de Bartiméus I. L'Amulette de Samarcande*
Jonathan STROUD, *La Trilogie de Bartiméus II. L'Œil du golem*
Jonathan STROUD, *La Trilogie de Bartiméus III. La Porte de Ptolémée*

Logo Wiz : Cédric Gatillon

Composition Nord Compo
Impression Bussière en février 2007
Éditions Albin Michel
22, rue Huyghens 75014 Paris

ISBN : 978-2-226-17407-9
N° d'édition : 17059. – N° d'impression : 070561/4.
Dépôt légal : mars 2007.
Loi n° 49-956 du 16 juillet 1949 sur les publications destinées à la jeunesse.
Imprimé en France.